CONTENIDO

GÉNESIS

Cuanto más os acercáis a mí más os detesto. Mientras me ignoráis, yo también puedo ignoraros. O abstraeros, tomando solo lo superficial de vosotros. En cambio, cuando os acercáis, incluso si es con buenas intenciones, siento vuestra humanidad. Me repugna.

No soy como vosotros. No soy humano. Vosotros lo supisteis al poco de yo nacer. Y tratasteis de eliminarme; en muchas ocasiones. Yo, en cambio, no he tenido plena consciencia de ello hasta hace poco.

Pero ahora yo sé el porqué. Ahora yo tengo ventaja.

Soy vuestra peor pesadilla. Una pesadilla antigua, que vuelve. Para acabar con vosotros. Para siempre.

Aunque no sabéis quién soy, nunca me habéis olvidado.

EN ALGÚN LUGAR DE ORIENTE MEDIO HACE UNOS 300.000 AÑOS

Un homínido observa desde lo alto de un acantilado a un grupo de sapiens desfilando por el valle. Son tres hombres y una mujer. El homínido considera que, como siempre, los sapiens caminan haciendo demasiado ruido y sin ningún tipo de prudencia ni astucia. Como si no tuviesen nada que temer, o no fuesen lo suficientemente inteligentes como para respetar lo desconocido. Como si no tuviesen que recordar porqué han de tener miedo. Sus movimientos son torpes, incluso cuando están precavidos.

El homínido sabe que, si se muestra, los humanos huirán, como muchos antes hicieron, pero al no tener ningún otro lugar a donde ir, de forma inevitable se establecerían no muy lejos de allí, siendo un incordio para los de su grupo. Como habían hecho sus padres, los padres de estos y muchas otras generaciones antes, decidió que era mejor tenderles una emboscada y acabar con todos ellos.

De otras batidas había aprendido con su grupo la mejor manera de acabar con ellos. Las piernas de los humanos eran más largas que las suyas, y aguantaban más corriendo en el llano. Sin embargo, en distancias cortas, tres o cuatro humanos adultos juntos no podían compararse en fuerza o destreza a uno solo de su especie. Sus piernas no les permitían moverse con rapidez entre las rocas y los arbustos en terrenos empinados.

Poco hacía sospechar a los homínidos dominantes de aquella tierra que aquello solo eran avanzadillas de humanos. Exiliados desesperados por encontrar un nuevo hogar que llegaban debilitados y despistados a una nueva tierra tras atravesar un largo desierto. Poco les hacía sospechar que si parecían no recordar porqué debían tener miedo, era justamente porque no lo recordaban, pues nada debían temer de la naturaleza allí de dónde venían.

UNA VERDAD INCÓMODA

El mundo, tal y como lo conocemos, es consecuencia de un acontecimiento pasado. Dicho acontecimiento determina quiénes somos y a dónde vamos. Dicho acontecimiento es, por lo tanto, de dónde venimos.

No habría Estación Espacial Internacional sin él. Ni ciencia, ni historia. Sin dicho acontecimiento la humanidad solo sería un animal salvaje más, a la espera, quizás por miles de años, quizás por millones, de algún otro acontecimiento que le permitiese dar un paso similar al dado.

Porque han existido humanos como nosotros por al menos 700.000 años, y homínidos con capacidades cerebrales muy similares a las nuestras por millones de años. Pero, la civilización no emergió hasta que dicho acontecimiento sucedió.

Dicho acontecimiento no es otro que la confluencia entre el homo sapiens y el homo neandertal, que tuvo lugar en algún lugar de Oriente Próximo hace entre 200.000 y 100.000 años y ha continuado hasta hace unos 30.000 años. Contrariamente a lo que se pensaba hasta hace poco, de aquella confluencia surgió un híbrido. Ese híbrido es lo que somos en la actualidad las poblaciones de todo el planeta exceptuando el África subsahariana. No somos homo sapiens. Ni un solo europeo o asiático es homo sapiens. Somos una mezcla. Hasta un 20% del ADN neandertal (que sepamos por ahora) está presente en nuestro ADN.

Pero no son las características de este híbrido las que provocaron el milagro de la civilización. Civilización de la que tenemos constancia de haber surgido precisamente poco después de este evento. Ni cien mil años antes ni cien mil años después, sino justo cuando se completó el mismo. Pese a que nuestras capacidades mentales no eran muy distintas a las que tuvieron otros homínidos por al menos un millón de años antes, y a que, el homo sapiens existe desde hace al menos 500.000 años, nada nos separó de ser monos con aspiraciones hasta que dicho evento ocurrió.

Esa es la verdad: no somos una sola especie. Somos la mezcla de varias especies de homínidos. Es muy probable que ya lo hayas leído antes. Sin embargo, eso no es todo.

Algunos de esos homínidos evolucionaron durante cientos de miles de años para adaptarse a una forma de vida. Otros evolucionaron durante cientos de miles de años para adaptarse a una forma de vida opuesta. La población actual tiene, por lo tanto, herencia genética de todas esas poblaciones. De todas esas adaptaciones al entorno.

Los principales grupos de homínidos de los que hay herencia manifiesta en la población actual son el homo sapiens, el homo neandertal y los denisovianos (parientes cercanos de los neandertales).

Toda la población de origen no subsahariano tiene en torno a un 1-4% de ADN neandertal (que sepamos por el momento). Las poblaciones del sudeste asiático tienen hasta un 7% de ADN de origen denisoviano. Que sepamos hasta ahora, más de un 20% del ADN de los neandertales está presente en la actual población mundial, repartido de diferentes formas entre diferentes individuos.

En Europa, por lo tanto, tenemos ADN sapiens y neandertal. Y ahora viene lo importante: algunos de esos genes necesariamente han de afectar a las propiedades psíquicas de las personas. Tenemos, por lo tanto, variaciones de ADN que predisponen a un tipo de conducta u otra, en función del homínido del cual la hemos heredado.

Hace poco se ha descubierto que los europeos tenemos el cráneo un poco más puntiagudo debido a esa herencia y que, de hecho, el ADN neandertal está activo a veces en el desarrollo embrionario de nuestro cerebro.

Es sabido que hay personas extrovertidas e introvertidas. Sabemos también desde no hace mucho que un porcentaje notable de población presenta lo que llamamos alteraciones de conducta del espectro autista. Veremos que estas diferencias de comportamiento humano podrían no ser casuales. No ser simples errores o fruto del azar.

Hay muchas pistas de cómo ha sido en realidad ese proceso de hibridación. Veremos en esta obra que ese proceso tiene que haber sido, por fuerza, muy distinto a lo que hasta ahora suponíamos. Veremos que ese proceso es, de hecho, de importancia básica para entender lo que somos, y lo que debemos llegar a ser.

Yo soy neuroneander. Para mí no hay duda. Mi conducta es heredada de cientos de miles de años de adaptación a la vida en pequeños grupos de neandertales con fuertes parentescos familiares y poca socialización. De pequeño me diagnosticaron autismo. Luego cambiaron el diagnóstico a trastorno de espectro autista (también llamado síndrome de Asperger).

Oficialmente soy un humano más. Un sapiens. Indistinguible de los demás. Fui al colegio como los demás. Me enamoré como los demás. Veo la tele como los demás. Pero no es así.

Los neuroneander tenemos una distribución de resiliencia-satisfacción muy distinta a los neurosapiens. Los neurosapiens quieren satisfacciones rápidas y constantes y tienen aversión al dolor. Teniendo pequeñas satisfacciones, las grandes satisfacciones les importan menos. Están programados por la evolución de esta manera porque esto los hace más sociables, y la sociabilidad les da algunas ventajas evolutivas. A los neuroneander, en cambio, el sufrimiento no nos anula. Podemos incluso sentir satisfacción al mismo tiempo que sufrimiento. Las pequeñas satisfacciones nos acaban hastiando. Las grandes satisfacciones nos parecen algo valioso por lo que luchar.

Pero la gran diferencia en la práctica entre neuroneander y neurosapiens es otra. Los neurosapiens, pueden pensar al mismo tiempo que hablan. Están preprogramados de nacimiento con esa habilidad. Por supuesto, eso tiene un precio: lo que dicen normalmente no es precisamente brillante; más bien prescindible.

Eso de hablar y pensar a la vez es difícil para nosotros los neuroneander. No tenemos la predeterminación genética para hacerlo. La supervivencia de nuestros antepasados no dependía de ello. Y así es como los neurosapiens nos detectan.

No es algo reciente su conocimiento sobre nosotros. Si analizamos la historia, veremos que siempre nos han tratado de detectar. Veremos, incluso, que la cultura de esta sociedad es en gran medida el esfuerzo por detectarnos, por hacer patente que somos diferentes. Porque una vez fuimos su mayor amenaza y ese conocimiento ha quedado incrustado en la psique colectiva neurosapiens. Veremos que la cultura de esta sociedad en realidad es, en gran medida, el esfuerzo por eliminarnos. Un esfuerzo inútil, como veremos.

Siempre hemos estado ahí. Siempre hemos sido un enemigo. Pero resulta que tenemos habilidades especiales. Resulta que sin nosotros la civilización tampoco existiría. Resulta que somos necesarios, y la evolución ha encontrado también caminos para que ocupemos nuestro lugar. Veremos, que todo esto tiene consecuencias. Consecuencias terribles para todos. Pues lo que suena como una pesadilla ideada por una mente perturbada y malvada, es exactamente todo lo terrible que parece.

REFERENCIAS

WHO WERE THE NEANDERTHALS? – NATURAL HISTORY MUSEUM
https://bit.ly/2tDszJ0

NEANDERTHALS 'KEPT OUR EARLY ANCESTORS OUT OF EUROPE' – THE GUARDIAN
https://bit.ly/2E9CMBA

HOMO SAPIENS MAY HAVE OUTLASTED NEANDERTHALS BECAUSE THEY EVOLVED TO BE SOCIAL – QUARTZ https://bit.ly/2Ejtsvh

OUTSTANDING QUESTIONS IN THE STUDY OF ARCHAIC HOMININ ADMIXTURE – PLOS GENETICS https://bit.ly/2H08sfM

THE LIMITS OF LONG-TERM SELECTION AGAINST NEANDERTAL INTROGRESSION – BIORXIV https://bit.ly/2IByNDl

WAS INTER-POPULATION CONNECTIVITY OF NEANDERTHALS AND MODERN HUMANS THE DRIVER OF THE UPPER PALEOLITHIC TRANSITION RATHER THAN ITS PRODUCT? – SCIENCEDIRECT https://bit.ly/2SX0sDr

REVISITANDO LA BIBLIA

EN GALILEA, ALREDEDOR DEL AÑO 5 D.C.

—¿Por qué eres así Yeshua? ¿Por qué no puedes ser como los demás?

Yeshua dejó de mirar fijamente al infinito para mirar por un instante a los ojos a su madre llorando junto a él. Al ver ella cómo Yeshua le devolvía la mirada, esbozó una leve sonrisa. Había conseguido apelar a la empatía de Yeshua, lo cual no era fácil.

Yeshua reconoció esa sonrisa. Era una sonrisa de victoria. Sintió rabia.

Ella abrazó a Yeshua y apoyó su cabeza sobre él. Permaneció así unos instantes acariciando su hombro.

A Yeshua no le preocupaba en realidad lo que su madre pensaba que le preocupaba. Si no quería pasar la tarde en casa de su tía, no era por lo incómodo que era para él estar con aquella gente. No era porque se riesen de él y lo llamasen bastardo. O retardado. O tonto. No era porque los otros niños se burlasen o lo ignorasen mientras jugaban entre ellos. Ni porque hablasen delante de él como si él no estuviese. Ni siquiera por las agresiones físicas. Ya había aprendido a lidiar con todo aquello. La situación ya no era tan extrema como había sido antes. Lo que en realidad preocupaba a Yeshua era lo que haría su madre sin él. La razón por la que necesitaba dejarlo con su tía. Le preocupaba cómo aquello no iba a gustar a José y cómo iba a empeorar la convivencia familiar. Pues Yeshua había aprendido que las tensiones entre su madre y José no solo eran desagradables, no solo hacían a José aún más ausente, no solo le forzaban a él a pasar más tiempo con otra gente que no lo quería con ellos. Era, incluso, una amenaza potencial a su supervivencia. Había tenido oportunidad de aprenderlo ya en su corta existencia: algunos preferirían que él no existiese.

Mientras su madre lo abrazaba, Yeshua no podía dejar de pensar en porqué su madre no era capaz de ver que lo estaba poniendo en peligro. ¿Cómo podía ser tan egoísta? Las otras madres no eran así. Las otras madres se quedaban en casa con su familia, no trataban de buscar experiencias fuera. En las otras familias, el padre no estaba siempre ausente. El padre defendía el hogar. El padre orientaba al hijo. Pero el padre de Yeshua no solo estaba ausente. Había incluso pretendido renunciar a él por toda aquella historia de su dudosa paternidad y cuando estaba con él confesaba sentirse incómodo. Porque Yeshua era diferente... no era solo el asunto de la paternidad.

Yeshua sentía que en gran medida la causa de que José estuviese ausente no era solo los conflictos con su madre, o el tema de su supuesta paternidad, sino también él: su apatía, su dificultad para compartir emociones con los demás. Sentía que, por ser diferente, su madre también sufría el rechazo de José.

—¿Quieres venir mañana a coger moras conmigo? Si te portas bien puedes venir conmigo y las tías.

Las otras tías de Yeshua eran más agradables con él. Yeshua siempre quería estar con ellas. No estaban casadas aún. No había otros niños ni hombres con ellas. Todo era más fácil.

Al sentirse abrazado Yeshua sintió apaciguado en parte su temor. Y entonces pensó que su madre no era muy distinta a sus hermanas. Pensó que él había sido una carga para ella sin la cual, sería aún libre como sus tías. Sintió que era una carga también para José. Y que en realidad nadie tenía la culpa de que él fuese distinto.

Quizás él también estaba siendo egoísta. Quizás debía dejar hacer a su madre. Quizás debía tratar de comprender más a José. Quizás debía entender incluso a su tía y la familia de ésta.

Quizás todo iría mejor si lo hacía. ¿Qué derecho tenía él a que los demás sufriesen por su culpa? Si bien era cierto que lo que su madre iba a hacer iba a disgustar a José, más lo era que si su madre perdía los nervios y montaba un número a José diciendo que no aguantaba más estar a cargo de Yeshua, todo iba a ser mucho peor. Yeshua no quería eso. Tampoco quería ver sufrir más a su madre.

Yeshua transigió. Incluso si aquella situación lo ponía en peligro. Perdonó. Contra toda lógica.

Funcionó. Resultó que aumentar la tensión no iba en su beneficio, incluso si era justo y prudente hacerlo. Perdonar acabó siendo una buena decisión.

Su familia se estabilizó. Dentro del caos, el perdón acabó llevándole a un caos menor. Al perdonar, su madre tuvo más fácil conseguir que todos le aceptasen a él un poco más. Las tensiones se redujeron. Los que antes eran agresivos con él ahora evitaban el conflicto. Todo el mundo en su entorno encontró una manera de situarse. Incluido José. Así, las cosas también mejoraron para Yeshua.

EL PERDÓN

La mayor innovación del cristianismo. Una innovación que cambió el mundo y permitió extenderse por todo el planeta a las actuales religiones post jesuíticas. Una innovación que funciona, y por eso ha triunfado.

- Elimina el miedo en nuestros enemigos, haciéndolos menos peligrosos.
- Rompe la cadena de represalias, que siempre acaba volviendo contra uno mismo.
- Permite focalizar energías en tareas más productivas que la venganza, haciéndonos a la larga más poderosos que nuestros enemigos.
- Es una herramienta para la cohesión de grupos diversos, con ideas distintas, pero capaces de conmoverse al unísono ante el perdón.

Los hechos han demostrado que funciona especialmente en entornos extremadamente violentos, en los cuales la violencia debilita las comunidades.

Sin embargo, el perdón es anti intuitivo. No es fácil entender que perdonar los errores de los demás puede beneficiarnos. Es una de esas invenciones que requieren paciencia y observación: cualidades no abundantes en los neurosapiens. Requiere además un castigo prolongado, pues quien no tiene nada que perdonar es difícil que pueda aprender a perdonar. Requiere verificación empírica de sus resultados.

Nadie puede enseñar a otros a perdonar sin haber comprobado por sí mismo los efectos de perdonar a otros. No hay argumentación lógica que pueda demostrar la utilidad del perdón, si no es a través de la experiencia.

Es por lo tanto una cadena: el efecto de una transmisión de conocimiento. Pero dicha cadena ha de tener un inicio. Un inicio casual. El primero en inventar el perdón no puede haberlo copiado de otro. Tampoco puede haberlo inventado racionalmente. Debe, por lo tanto, haberlo descubierto por casualidad. Debe haber perdonado sin querer, porque no tenía otra opción.

Y este tipo de casualidades no abundan.

Nosotros los neurodivergentes de tipo neuroneander hemos evolucionado durante milenios para perdonar. Cuando somos niños, al interactuar con otros niños, jamás ganamos una discusión. La opinión de los otros siempre prevalece, pues ellos no están programados para razonar, sino para buscar la fuerza social. Sus argumentos siempre captan la psique de otros neurosapiens. Los otros neurosapiens están incluso predeterminados genéticamente para adherirse a planteamientos de otros neurosapiens. Sin importar la razón. Es un mecanismo automático en sus cerebros. Porque esa predeterminación es su fuerza. Es lo que los hace estar unidos.

Esto es más evidente en la infancia. Podemos imponernos de forma individual a cualquiera de ellos, pero jamás al grupo. Además, aprendemos que, en caso de liderar, no seremos capaces de maximizar la potencialidad del grupo, pues no podemos conseguir que ellos piensen como nosotros. Por lo tanto, hemos de ser siempre sumisos, aprender a callar, dejar que otros dominen incluso cuando están equivocados. Eso nos produce sufrimiento, pero un sufrimiento que hemos de perdonar, pues sabemos que lo contrario no mejorará nuestra situación.

EL CONFLICTO ENTRE LOS APÓSTOLES Y JESÚS

Está escrito en la Biblia, aunque pocos quieren verlo. La crucifixión de Jesús deriva de una cadena de acontecimientos, entre los cuales es parte primordial un conflicto profundo entre Jesús y sus seguidores: los apóstoles. Un conflicto tan intenso que lleva a Jesús a perder los nervios, a fantasear con sacrificarse, a acusar veladamente a los suyos, a desconfiar de ellos, y al final, quién sabe si a provocar su propia tragedia de forma voluntaria. Lleva asimismo a sus seguidores a acusarlo de desviaciones de la doctrina, a desconfiar de él, a traicionarlo, a renegar de él... y existe la probabilidad de que nunca sepamos si a algo más... como manipular su mensaje y ocultar partes de él.

¿Importa acaso lo que en realidad sucedió? No importa si en realidad Jesús era un humano torturado desde la niñez, si era neuroneander, o si era Dios. Importa que, por cualquiera de esas razones, él era neurodivergente.

Seguramente tuvo problemas para liderar un grupo por esa razón. Seguramente es por eso por lo que acabó chocando de manera directa contra la civilización neander-sapiens, incluso con la mayoría de sus propios seguidores.

Si fue neuroneander, es posible que no aspirase a las satisfacciones que proporciona la vida en sociedad —las cuales acabarían hastiándole— sino a las satisfacciones de una vida sencilla, en comunión con la naturaleza, en constante contacto uno a uno con otras personas, no con grupos de personas organizadas. En frecuente contacto a solas con el Dios que le hablaba en su cabeza. Una vida alejada de las reglas de esta civilización, sin dogmas, sin más mentiras; una vida centrada en transmitir nuevos impulsos de aprendizaje a una nueva generación; una nueva generación surgida de un amor verdadero, como el que quizás él sentía hacia otra persona. Una persona que sí le entendía, no como sus seguidores neurosapiens.

O quizás todo lo contrario. Quizás se diese cuenta de la opresión que sufrían los que eran como él. Es posible que sintiese que ni sus propios discípulos eran sus aliados. Quizás buscó nuevos aliados. Quizás quiso empezar una rebelión. Tal vez por eso fue crucificado junto a otros revolucionarios violentos. Quizás aspiraba a ser el rey de los oprimidos: de los neuroneander. Y quizás eso no gustó a sus seguidores neurosapiens.

Lo que en realidad importa de su historia es que es una recreación evidente del conflicto entre neurodivergentes y la civilización neander-sapiens. ¿Qué otra explicación más razonable hay para su perdón original? ¿Cómo puede un niño aprender a perdonar si no es por ser diferente? ¿Qué otra explicación hay para su incapacidad, no solo de integrarse en la sociedad, sino incluso de congeniar con sus propios discípulos? Los datos descritos de su personalidad concuerdan con lo que hoy sabemos de las personalidades neurodivergentes. Los hechos descritos concuerdan con una realidad derivada de un conflicto de Jesús con el mundo y con sus propios seguidores. Sus diálogos mentales concuerdan con una personalidad solitaria, que ha pasado muchos años alejada del contacto íntimo con los demás.

Estas diferencias de Jesús con sus discípulos llevarían a estos a traicionarlo. Y esta traición llevaría al más famoso perdón de todos: el perdón de Jesús a la humanidad. Un perdón que en realidad era el perdón de Jesús a sus discípulos más cercanos, el perdón de Jesús a los neurosapiens. Porque Jesús sabía que no pueden evitar ser como son. Un perdón que conmovió a los apóstoles, dándoles fuerza para lanzar el mensaje del perdón hasta donde no hubieran imaginado que pudiera llegar.

EN ALGÚN LUGAR DE ASIA MENOR HACE UNOS 80.000 AÑOS

Entel observa en lo alto tras una roca a Emes acercarse a la cueva situada unos 10 metros más abajo.

Movido por la desesperación provocada por las dificultades del grupo para alimentarse y su propia angustia por su creciente aislamiento dentro del mismo, Emes se dirigía a la cueva del león Nergal con la intención de enfrentarse a él. Si vencía, ya no tendrían que competir más por alimento y territorio. El grupo podría apoderarse de la cueva: sin duda un mejor lugar para asentarse. Si perdía la vida, acabaría igualmente su sufrimiento. Un sufrimiento que ya no podía soportar más.

Cuando ambos eran niños, Emes siempre había sido el preferido del grupo. Siempre escuchaba. Siempre obedecía. No provocaba a otros niños. A menudo los adultos se veían obligados a castigar a todos los niños... a todos menos a Emes. Aun así, por lo general, los otros niños tampoco se lo echaban en cara y sentían respeto, incluso admiración por él. Emes destacaba también en las aptitudes físicas y aprendía con facilidad superior a los demás, sin embargo, nunca usaba su ventaja para forzar a otros o dominarlos.

Todo eso cambió en algún momento. Emes seguía siendo un niño obediente, atento, espabilado, amable con los demás... pero algo en él no acababa de encajar con el resto. A veces, cuando todos reían, él permanecía serio. A veces, cuando todos decidían algo, él encontraba otra forma: a veces mejor, otras veces no. Demasiadas veces. En las largas horas en que no había nada que hacer, la compañía de Emes no resultaba entretenida. Era más entretenido estar con cualquiera de los otros niños... hasta que los otros niños la liaban y entonces, todos los adultos alababan a Emes de nuevo.

Poco a poco aquello empezó a pasar factura a Emes. Los otros niños tendían alianzas entre ellos. Esas alianzas pocas veces incluían a Emes. Emes empezó a aislarse. Participaba menos en actividades físicas. También participaba menos en actividades en grupo con los adultos.

Con el tiempo, se volvió físicamente más débil que los demás niños de su edad, y sus propuestas casi nunca eran consideradas por el grupo, como antes sí sucedía. Su carácter cambió, y en algunas ocasiones se enfrentaba de forma dialéctica al resto de niños. Pues si bien todos lo veían como débil, Emes no tenía la misma impresión. Aún destacaba en la mayoría de las actividades físicas que no eran de fuerza y aprendía con mayor facilidad que el resto. Sin embargo, dichos enfrentamientos no pasaban a mayores y Emes, aunque más aislado, seguía siendo respetado por todos.

Entel, en cambio, siempre había sido el niño travieso al que los adultos abroncaban con frecuencia. Cuando lo hacían, al contrario que Emes, no aceptaba sin rechistar la reprimenda, sino que les respondía. La mayoría de las veces se entendía con los otros niños, los cuales siempre querían estar de su lado. Cuando no estaban de su lado, se enfrentaba a ellos. Y ganaba. No destacaba tanto como Emes en las pruebas físicas y aprendiendo, pero, aun así, siempre estaba entre los mejores. Siempre fue el más fuerte de los niños. Todos disfrutaban compartiendo tiempo con Entel... hasta que la liaba.

Pese a ser tan distintos, Entel y Emes se entendían. A menudo, el mayor soporte de Emes en el grupo resultaba ser Entel. Esta alianza venía de lejos. Si Entel conseguía estar entre los mejores a menudo era por lo que había aprendido de Emes. Entel conocía a Emes mejor que nadie.

Al llegar la adolescencia los problemas de Emes se acrecentaron. Si antes sus opiniones habían dejado de tener peso en el grupo, ahora eran prácticamente ignoradas. Su aislamiento lo había debilitado físicamente aún más. La presión del grupo incluso lo había hecho dudar de sí mismo y tener poca confianza frente a cualquier iniciativa. Sin embargo, una llama seguía muy viva en el interior de Emes. Cuando se lo forzaba hasta el extremo de tener que defenderse, nadie se atrevía a enfrentarse a él. Y este temor, en realidad, lejos de ayudarlo, acrecentaba su aislamiento. Pues si bien no podía imponerse a los demás, tampoco podía ser derrotado y asimilado por los demás.

En un momento determinado, Emes dio un estirón. Su diferencia física con los demás no solo disminuyó, sino que, sin llegar a ser de los más fuertes, permanecía entre los de mayor tamaño y capacidades físicas.

De hecho, la razón por la que no era considerado entre los más fuertes era principalmente su rechazo por enfrentarse a los demás, pues si bien su volumen y fuerza física no era superior, sí tenía otras cualidades en que destacaba por encima del resto: determinación, resistencia al sufrimiento, velocidad, agilidad, capacidad de identificar los puntos débiles de los demás... Y si no estaba entre los más fuertes era también por seguir participando menos en actividades colectivas.

Emes había descubierto que la fuerza física y el liderazgo no eran cualidades que él desease. Le interesaba más su capacidad de entender a los demás, lo cual le permitía encontrar sus puntos débiles. Ser débil y marginado, contrariamente a lo que pudiera parecer, lo hacía más fuerte, pues le obligaba a encontrar debilidades en los demás y guardar sus armas solo para situaciones límite: las situaciones que verdaderamente importaban.

Emes sintió un escalofrío al dar un paso más, como si hubiese cruzado una barrera invisible que lo adentraba en una atmósfera nueva y lúgubre. El olor, el cambio de vegetación. Acababa de entrar en el dominio de Nergal.

Pensó que podría pasar a ser uno más de aquellos montones de huesos esparcidos por el suelo. Parecía una fea manera de acabar. Se centró en un esqueleto reciente. Algo parecido a un ciervo. Su piel aún cubría sus restos devorados. Sus ojos abiertos sin expresión. No parecía posible adivinar cuál había sido su último pensamiento.

Emes volvió a mirar adelante. Si aquel escenario parecía sombrío y terrible, mucho más lo parecía la cueva.

Se detuvo. Sentía como estaba a solo un paso de pasar de un miedo helador al terror absoluto. Su instinto le impelía a huir mientras el miedo abrumaba al resto de sus emociones.

A huir o a avanzar. A buscar un final. Pues lo que había dejado atrás no era menos aterrador.

Pero no hizo lo uno ni lo otro. Permaneció quieto. Sabía que había cruzado la línea sensorial de Nergal: la línea tras la cual en cualquier momento éste podría haber sentido su presencia. Aunque aún demasiado lejos como para que hubiese total certeza de ello.

Permaneció allí, inmóvil. Sintiendo su entorno. Familiarizándose con él, familiarizándose con el miedo. Evaluando posibles circunstancias, visualizando lo que podría ocurrir a continuación.

Pues si bien Emes veía improbable vencer no veía imposible herir a Nergal y huir. Huir para luchar otro día, con un Nergal ya debilitado. Si la oportunidad se presentaba no quería que lo pillase sin un plan.

La brisa se avivó por un instante. Algunos huesos se movieron y un sonido hueco resonó en el ambiente.

Entre aquellos sonidos uno no encajaba. Un sonido desde arriba. No le dio más importancia. Nunca se había visto a un león escalando por las rocas.

Volvió a hacerse el silencio. Pero solo duró un instante. De repente, desde el fondo de la cueva se escuchó a Nergal rugir.

Más que un rugido sonó como un quejido. Como si Nergal se sintiese importunado. Los siguientes segundos se hicieron interminables.

Aquel rugido había parecido humano. Como un lamento de un ser que veía perturbada su paz. La paz de Nergal.

Emes deseó instintivamente que regresase aquella paz. No estaba listo. Quería aún seguir escrutándose a sí mismo unos instantes más.

Era extraño como dentro de aquella atmósfera siniestra pudiera haber también paz: orden, una justicia certera, ausencia de conflictos...

Empezaba a sentir respeto por Nergal. Si bien las historias sobre Nergal eran terribles, esas historias provenían de los mismos que contaban feas historias sobre él mismo. Sí, aquel lugar estremecía, pero como también estremecían algunos rincones de su alma a ojos de los demás. Ambos estaban ahora unidos por un mismo objetivo: ambos querían que regresase aquella paz.

Emes pensó en darse la vuelta, pero si Nergal había notado su presencia aquello solo acrecentaría su inquietud. Así que permaneció inmóvil. Pretendiendo que Nergal no diese más importancia a lo percibido para así dar la vuelta más tarde y abandonar el lugar.

Ahora quería volver atrás. Había cambiado de opinión. Más allá del miedo, lo que impelía a Emes ahora a volver era el respeto. El respeto a aquella paz. Emes no podía hallar coraje en su corazón para luchar contra esta circunstancia imprevista. No estaba preparado para eso. Debía volver, y reevaluar sus emociones.

La paz parecía haber vuelto. Ningún sonido proveniente de la cueva. Un pájaro cantó desde no muy lejos. Por lo demás, silencio total salvo la brisa a veces creciente.

Emes iba ya a darse la vuelta cuando vio aquellos ojos brillar en la oscuridad, mirándole fijamente.

Un segundo. Dos segundos. El tiempo en que se generan las bifurcaciones del destino fluyendo hacia la eternidad. Nergal dio un paso al frente, dejando ver parte de su cara. Su boca entreabierta, la lengua fuera. Olisqueó con curiosidad.

La sangre de Emes se congeló. Permaneció inmóvil, pese a que su instinto le impelía a salir corriendo. ¿No sería acaso posible hacerle entender a Nergal su recién avenido respeto hacia él?

De repente otro sonido desde lo alto. Otra vez en las rocas. Y ese sonido sobresaltó a Nergal, haciéndole desviar su mirada hacia arriba. Emes no pudo evitar dar un paso atrás también sobresaltado. Y esto inquietó aún más a Nergal, quien ahora mostraba sus dientes. Su cabeza se agachó. Dio otro paso adelante. Empezó a rugir. Su postura ahora era de acecho.

Emes dio otro paso atrás, tropezando con torpeza. Sintió que había sido un error. Había demostrado su miedo.

Emes había visto antes a Nergal en acción. En una ocasión unas hienas lo habían acorralado reclamando una presa. En un momento determinado se dirigió al trote hacia ellas, dispersándolas. Cuando notó que estaba lo suficientemente cerca de una, aceleró. En pocos segundos la agarró por el cuello y la dejó a sus pies. Las demás hienas hicieron ademán, incluso unos instantes después, de seguir acechándolo. Él simplemente alzó la cabeza mientras sujetaba a la hiena con sus patas. Cuando la hiena a sus pies hizo un movimiento defensivo, se abalanzó sobre ella y le arrancó el cuello en medio del sonido desgarrador de su rugido y los gritos de la hiena tratando de reclamar auxilio. Las demás hienas chillaron unos segundos más. Tras esto olisquearon. Sus chillidos cesaron. Pronto habían desaparecido todas.

Emes no iba a chillar como aquella hiena. Es lo que le vino a la cabeza. Se irguió en actitud relajada pero desafiante. Mirando fijamente a Nergal. Si iba a morir, no sería como aquella hiena. Quiso que Nergal lo supiese.

Esto desconcertó a Nergal que se detuvo a unos metros, pero jadeante y despreocupado, disimulando cualquier inquietud. Como cuando atacó a la hiena.

Qué grande era. Parecía imposible causarle daño y huir como era su plan. Si te agarraba aquella cosa no había huida posible. Aquella enorme melena hacía imposible adivinar dónde estaba su cuello. Una herida superficial no parecía que lo fuese a detener.

¡Estúpido monstruo! ¡A mí no me mates con actitud indiferente como a una hiena! Sus ojos se clavaron en los de Nergal. Sus músculos se tensaron. Todos los vellos de su cuerpo se erizaron. Sus emociones se dispararon.

Nergal volvió a olisquear. Como si pudiese oler el cambio de tensión en Emes. Hizo ademán de recular por un instante, como impresionado por una actitud a la que no estaba acostumbrado y con más ganas de volver a su siesta que otra cosa.

Pero entonces una mueca surgió en su cara.

No podía retirarse. Debía hacer honor a su naturaleza. Aquello era su terreno y él debía demostrar ser el rey allí. No tenía más remedio.

Reforzó su actitud de predador, abandonando la indiferencia. Cuello encorvado. Cabeza gacha. Mirada directa a los ojos de Emes.

Emes se sintió aliviado con el cambio de actitud de Nergal. Aquello le parecía una muerte más digna. Pero no perecería sin luchar. Al igual que es peligroso desafiar con la mirada a una fiera, no era tampoco prudente desafiar la mirada de Emes cuando estaba resuelto a luchar.

Cambió de mano su arma y la acercó todo lo que pudo a Nergal, tratando de mantener su cuerpo alejado. Sabía que Nergal se centraría en lo que tenía delante. Que trataría de eliminar la amenaza del cuchillo antes de abalanzarse. Prefería que si algún brazo quedaba dañado en esa escaramuza inicial fuese el izquierdo, para que el derecho no estuviese inutilizado cuando lo necesitase para el ataque final. Para cuando su supervivencia dependiese de que su golpe final no fallase.

Levantó instintivamente su brazo derecho para parecer más alto, y para alejarlo de cualquier amenaza. Para su sorpresa aquello funcionó. Nergal reculó.

La situación había derivado a un empate técnico, con ambos desafiándose con la mirada, pero ninguno haciendo ademán de atacar.

De vez en cuando Nergal lanzaba un zarpazo sobre el brazo izquierdo de Emes. Emes hábilmente lo esquivaba y rozaba levemente a Nergal en la zarpa, tratando de no pinchar demasiado para evitar una reacción en él furibunda y desesperada. Cuando veía que Nergal empezaba a envalentonarse le gritaba para atraer su atención y lo desafiaba con la mirada. Y al dar un nuevo zarpazo, este acababa de nuevo en dolor. No era nada que Emes tuviese planeado, pero funcionaba. Mientras Nergal miraba a los ojos de Emes no se atrevía a atacar, limitándose a dar zarpazos sobre su brazo izquierdo, de la misma forma encontrando un doloroso final. Y aquello hacía retroceder aún más a Nergal.

Solo había un problema: Emes no quería acorralarlo, pues no sabía qué hacer con él una vez acorralado. Era hora de tratar de recular, sin que Nergal se diese cuenta de que era por miedo. Esperaba que Nergal ahora lo dejase ir. Así que empezó a retroceder.

Pero aquello resultó una mala idea. Al verlo retroceder, Nergal empezó a caminar de lado a lado más enfurecido aún si cabe, como buscando un ángulo desde donde atacar por sorpresa a Emes. Como si se sintiese ofendido por ser acorralado por un ser cobarde que ahora huía.

Emes a esas alturas entendió que Nergal no le dejaría ir. Que jamás se rendiría. Y sus energías empezaban a escasear. No así las de Nergal.

Jamás podría escapar corriendo. Alejarse poco a poco tampoco había funcionado.

Un escalofrío recorrió su cuerpo. Le extrañaba que Nergal no se diese cuenta de su debilidad. O quizás sí lo hacía... Porque él sí sentía ahora una unión con Nergal, como si sus mentes fueran una.

Avanzar no era una opción. Retroceder tampoco. ¿Lo era acaso entenderse con Nergal? Se serenó un instante. Relajó su respiración. ¿Era posible que Nergal, de alguna forma, sintiese también respeto hacia él? ¿Entendía quizás Nergal que eran almas paralelas? Almas atrapadas en una misma calamidad: la incomprensión del grupo del que huían, con la diferencia de que Nergal había logrado su independencia y su paz, pero Emes aún no. ¿O acaso respetaba Nergal que Emes, pese a todas las dificultades, no hubiese huido del grupo, como hizo él, y estuviese allí para reclamar la dignidad de su puesto dentro de él? Por cualquiera de esas supuestas razones, Emes creyó ver respeto en Nergal. Respeto hacia él. Pocas ganas de acabar con él. Un respeto que se iba transformando en duda.

Pero en un momento dado esa duda acaba ofendiendo al propio Nergal. Como recordando ocasiones pasadas en las que el respeto hacia los demás no le hubiese llevado a buen resultado. Como recordando que hacía ya mucho tiempo que había perdido su esperanza en los demás. Recordando que debía seguir su instinto. Debía hacer lo que tenía que hacer. No debía dudar.

Y Emes notó el momento exacto en que aquello sucedía. El momento en que Nergal decidía no dudar.

Al saber Emes que Nergal había decidido no dudar supo lo que haría a continuación. Supo por qué lo haría. Supo, por lo tanto, cómo lo haría. La falta de duda hizo previsible a Nergal. La falta de duda hizo también a Emes perder su respeto por Nergal. La falta de duda hizo a Emes sentirse superior a Nergal. No pudo respetar la falta de duda en su adversario. Su miedo a la duda. No pudo respetar que evitase el sufrimiento; que tomase el camino fácil.

Así, Emes supo que atacaría su brazo izquierdo. Pero más fuerte esta vez. Y quizás esta vez no se pararía a continuación. Quizás esta vez sería el ataque final. Por eso, esta vez Emes no se limitó a esquivar y pinchar. El corte en la garra derecha de Nergal fue profundo.

Nergal rugió con fuerza y se retorció en el suelo.

Hizo ademán varias veces de levantarse y saltar sobre Emes. Pero ya no podía apoyarse sobre su pata delantera izquierda. Se retorció varias veces de manera furibunda por el suelo tratando de acercarse así a Emes. Pere este consiguió esquivarle y cortarle unas cuantas veces.

Nergal ya no podía desplazarse con agilidad. Ahora permanecía en una actitud defensiva.

[...]

Durante todos aquellos años en que Emes había vivido marginado en el grupo, algunos habían tratado de desafiarlo en ocasiones. Cansados de que Emes siempre rehuyese del conflicto trataban de azuzarlo. A veces, no con el fin de hacerle daño, sino más bien de ayudarlo. De forzarlo a reaccionar para que de esa manera se viese su fuerza y otros lo respetasen.

Pero Emes siempre se daba cuenta de sus intenciones. Sabía que no era el más fuerte. Que no iba a imponerse a todos los demás sino solo a unos cuantos. Sabía que incluso si pudiese imponerse a todos, aquello no le iba a ayudar. No quería imponerse, quería ser respetado por otras razones. Y no quería tampoco ser respetado por los más débiles debido a su fuerza. Aquello solo hubiese significado tener que corresponder con un respeto equivalente a los más fuertes que él. No quería eso. No quería ser respetado por la fuerza, ni respetar a otros por su fuerza. Si no podía tener el respeto de todos no quería el respeto de los débiles.

En otras ocasiones, los que lo desafiaban no lo hacían con buenas intenciones. No lo conocían lo suficiente y pensaban que bajo aquella apariencia de debilidad había debilidad real. Cuando querían ascender socialmente en el grupo y no se atrevían a atacar de forma directa a los más fuertes, consideraban que una buena manera podría ser atacar a aquél al que los fuertes parecían, en cierta forma, respetar pese a su aparente debilidad. Consideraban que atacar a Emes era un modo de desafiar al orden establecido. En esas ocasiones también Emes reconocía sus razones. En esas ocasiones... Emes sabía que debía actuar.

Pero incluso en esas ocasiones Emes no solía enfrentarse a ellos. No sabía si vencería. Si perdía aquello sería malo. Si vencía tampoco sería bueno. Estaría legitimando el orden social. El orden que él quería cambiar. El orden basado en la fuerza. Así, lo que Emes hacía era demostrar a aquellos incautos que se planteaban desafiarlo hasta dónde podía llegar su determinación. Cuánto estaba dispuesto a aguantar cualquier sufrimiento. Mostrarles que ellos quizás olvidarían al poco tiempo, pero él no olvidaría jamás. Que si lo forzaban a actuar como él no quería... no solo encontrarían su verdadera fuerza, no solo deberían estar dispuestos a soportar un dolor equivalente al que Emes estaba dispuesto a soportar, sino que, además, se verían obligados a seguir luchando hasta que Emes decidiese. Nunca serían ellos los que decidiesen cuándo todo había terminado.

Emes solía conseguir que estos lo entendiesen. Entonces perdían el interés. Y así, Emes nunca llegaba a un enfrentamiento físico real.

[...]

Emes permaneció unos instantes contemplando a Nergal. Su lengua fuera, su mirada en ocasiones perdida. Ya no le aguantaba la mirada. Como si aceptase la derrota.

Pero aun así no lo dejaba marchar. Si Emes trataba de retroceder se retorcía enfurecido hacia él.

Pero no lo suficientemente rápido. Emes sabía que, en aquellas circunstancias, le sería fácil huir.

Si lo hacía, podría volver con el resto del grupo. Y con Nergal ya debilitado, les sería fácil acabar con él.

Entonces lo entendió.

Nergal quería que fuese él. A Nergal le parecía aquella una manera digna de acabar. No quería que fuesen otros. No quería que fuesen hienas. No quería que fuesen otros humanos. No quería que fuesen otros leones. No quería ni siquiera que no acabase. Nergal estaba cansado. Cansado de luchar. Cansado de huir. Prefería morir a manos de Emes. A manos de aquél humano que parecía entenderle y sufrir algo parecido a él.

Aun así no abandonaría su instinto. No dejaría de defenderse. Y si Emes fallaba, no dudaría en acabar con él.

Emes tampoco quería ceder el mérito al resto del grupo. Sabía cómo eran. Aprovecharían la circunstancia para atribuirse el mérito. Pensó que venciendo él solo quizás podría aprovecharlo para finalmente implantar sus ideas. De esta forma quizás no solo acabaría la hambruna, quizás acabaría también su frustración.

Emes cambió de mano su arma. Sabía que solo tendría una oportunidad. Sabía que debía ser rápido y certero. Que debía estar dispuesto a hacer un sacrificio si era necesario. Incluso dejarse atrapar, pero manteniendo su brazo derecho libre. Libre como para actuar lo suficientemente rápido y que las heridas recibidas no fuesen mortales.

Y ese fue el final de Nergal.

CINCO AÑOS DESPUÉS

Emes ahora era el líder de su grupo. Ahora que no tenían la competencia de Nergal en el valle las cosas habían mejorado para todos. Ya no pasaban hambre. Gracias a la cueva ya no estaban tan expuestos a los ataques de otros predadores.

Pero eso no era todo. Habían encontrado nuevas cuevas, y nuevos leones. Emes había entrenado a otros en el grupo a luchar con leones. En poco tiempo su territorio era mucho más amplio. Otros grupos de humanos cercanos se habían unido a ellos. Debilitados por las energías que perdían compitiendo contra félidos, no podían resistir la acometida del grupo de Emes, el cual tenía más comida y más tiempo libre y, por lo tanto, mejores opciones para organizar expediciones de conquista.

Ahora todos respetaban a Emes, y las cosas se hacían como él decía.

Pero no todos estaban contentos con la situación. Entel, que había visto todo oculto tras las rocas sabía qué era lo que había llevado a Emes a enfrentarse al león. No era fortaleza, como todos creían, sino debilidad. Debilidad y desesperación. Su encuentro con el león tampoco era exactamente como Emes lo contaba. Ahora que el grupo era mayor, empezaban a hacerse patentes de nuevo las dificultades sociales de Emes.

Emes se daba cuenta. Una vez más, añoraba tiempos más sencillos de su infancia. Su liderazgo en el grupo se estaba volviendo menos sólido. Sus opiniones tenían que ser impuestas por su autoridad cada vez con más frecuencia.

Un año después

Las cada vez más frecuentes actitudes autoritarias de Emes se han vuelto insostenibles. Emes sabe que su posición corre peligro. Puede que incluso su vida.

Una mañana, cree encontrar una respuesta a sus problemas. No bastaba con enseñar a los miembros del grupo cómo matar leones. Debía transmitirles el espíritu, la actitud para matar a futuros leones. Era esa la razón por la que no le respetaban lo suficiente. No entendían su carga. No entendían que debía preservar ese espíritu. Porque habría más leones en el futuro, y no serían derrotados simplemente imitándole a él, sino entendiendo cómo derrotó él a Nergal. Solo podrían derrotarlos siendo como él.

Comenzó a reclutar a los miembros que consideraba más aptos para adquirir dicho espíritu, formando una élite a la que se encargaría de entrenar personalmente. Como aquello le requería mucho tiempo, decidió dejar a Entel al cargo de tareas más cotidianas de administración de la tribu.

Pero Emes no llegó nunca a entender en realidad porqué había derrotado a Nergal. Pensó que podía transmitir su espíritu a los más fuertes y nobles. No pensó que quizás debía intentarlo con los débiles. No pensó que quizás debió intentarlo con los que se escondían por ser diferentes. Con los que escondían una llama bajo su desesperación.

Entel en cambio, hizo un gran trabajo con el resto del grupo. En lugar de la autoridad, utilizó historias que fomentaban una actitud positiva. A diferencia de Emes, no se centró en la fortaleza mental sino en conceptos como esperanza, suerte, valor, fe. No le importaba que los individuos aprendieran a derrotar leones. Con que hicieran lo que conviniera más al grupo era suficiente. No todos necesitaban saber derrotar leones. Después de todo, él estuvo allí. Él vio a Emes dudar, recular, tropezar. Lo vio paralizado por el miedo. Emes no solía enfatizar estos aspectos al tratar de transmitir su historia y enseñanzas. Entel sabía que Emes no había ido allí a vencer... sino a perecer (o al menos así lo creía Entel).

Incluso, bajo el liderazgo de Entel, el grupo aprendió a matar leones de forma sistemática, no individualmente como había hecho Emes. Y esto les permitía expandirse por más territorios y controlar más comunidades.

Nuevos grupos de territorios cercanos establecieron alianzas o directamente se integraron sin ni siquiera requerir violencia. Lazos comerciales comenzaron a aflorar entre tribus distantes. Empezaron a intercambiarse historias. Historias al principio sobre Emes y Nergal, luego sobre todos los aspectos de la coexistencia en grupo.

En un momento dado, esas historias empezaron a incluir a Entel.

Al final, Emes decidió que ya había conseguido transmitir sus conocimientos al grupo de elegidos y estaba listo para gobernar de nuevo a todos con la ayuda de esta élite.

Pero Entel se negó. No tenía sentido mantener aquella farsa. Había sido testigo de cómo Emes entrenaba a su élite. No era aquello lo que él había visto que ayudara a Emes a derrotar al león. Los otros miembros de la tribu no solo recordaban el autoritarismo de Emes. Ahora habían podido experimentar un régimen de más libertad con Entel. Una vida con más satisfacciones cotidianas y menos obligaciones.

Aun así, pese a las diferencias con Emes, muchos en el grupo aún recordaban cómo fue Emes quien les permitió prosperar. Así, intercedieron por Emes y lograron que el grupo acordara que lo justo sería que la élite de Emes se enfrentase a un grupo de igual tamaño elegido por Entel. El grupo vencedor designaría al nuevo líder. El líder perdedor debería abandonar el grupo.

Emes y Entel aceptaron.

Los de Entel ganan. Sabían cómo habían sido entrenados los de Entel, mientras que los de Emes, aislados en su entrenamiento con Emes, no sabían nada de los de Entel.

Emes debía, pues, ser desterrado.

Pero Entel no cumplió su compromiso, temeroso de que Emes volviese algún día siendo el líder de otra tribu.

Emes fue apresado en secreto y sentenciado a morir.

—¿Por qué lo haces? —dijo Emes a Entel en la mañana de su ejecución. —Vendrán otros leones. No podrás derrotarlos solo con lo que os he enseñado. Se necesita también entender cómo adquirí el conocimiento para derrotar a Nergal. Cuando necesites ese conocimiento ya no podré dároslo.

Entel se quedó mirando fijamente a Emes con compasión. —No lo entiendes Emes. Nunca lo entendiste. Es verdad que habrá más leones. Siempre los habrá. Siempre te necesitaremos para derrotarlos... —Una pausa— pero siempre nos ayudarás. —Y dicho esto clavó su lanza en el corazón de Emes.

Emes notaba como su vida se apagaba mientras una frase resonaba en su cabeza. «Siempre nos ayudarás» ... A medida que sus sentidos se desvanecían y su pulso se paraba solo esas palabras permanecían en su mente. «Siempre nos ayudarás».

De repente todo se apagó. Su consciencia se desvaneció del todo. Su mente ya solo le hablaba en sueños. Sueños de una claridad más profunda a la del resto de sueños... Los sueños que preceden a la muerte.

Entonces todo volvió por un instante a iluminarse. Emes recuperó la consciencia. Abrió los ojos.

Entel seguía allí. Mirándole fijamente. Emes sonrió. Volvió a cerrar los ojos. Y ya no los abrió más.

Entel permaneció un minuto aterrado mirando a Emes ¿Iba a levantarse de nuevo? ¿Era posible que fuese a levantarse de nuevo? Aquella sonrisa le había resultado estremecedora. ¿Qué había descubierto Emes?

Pasó un minuto más. Emes no iba a volver. Su plan se había cumplido. Habría nuevos leones, sí. Pero también habría nuevos Emes. Y él sabía lo que llevaba a cualquier Emes a convertirse en lo que él quería. Sí, habría nuevos leones. Y Emes estaría allí, una vez más, para hacer lo que desease Entel. Siempre lo haría. Siempre lo haría. Siempre... ¿por qué había sonreído?

CAÍN Y ABEL

El conflicto entre neurosapiens y neuroneander puede tener incluso raíces más antiguas en la Biblia.

¿Por qué habría de estar celoso Caín de Abel? ¿Qué eventos históricos podría rememorar esa traición entre hermanos? ¿No pudiera acaso rememorar los tiempos de hermandad entre sapiens y neandertales? ¿No podría acaso rememorar el momento en que los sapiens sintieron celos de los neandertales y decidieron que ya no debían ser hermanos nunca más? Porque los neandertales no amaban más que ellos a su Dios, y aun así éste los bendecía. Porque no se prestaban a adorar a su Dios y aun así éste los amaba. Porque no eran como ellos. Porque Dios no iba a hacer nada para eliminarlos si no lo hacían ellos mismos.

O ¿no puede acaso rememorar la época en la que surgió la civilización por el conflicto entre hermanos? Por el conflicto entre neurosapiens y neuroneander. El conflicto que obligó a los neuroneander a inventar, en su desesperación, y a los neurosapiens a aprender a coordinarse, dando lugar, de esta manera, a las herramientas que se requerían para iniciar la civilización.

EN ALGÚN LUGAR DE LOS CÁRPATOS HACE UNOS 45.000 AÑOS

Uno de los usos que los parásitos hacen de sus víctimas es el de emplearlos como medio para reproducirse y dispersarse. Es el caso del Dicrocoelium dendriticum, que comienza su ciclo en el hígado de animales como las ovejas. Allí ponen huevos que después son expulsados a través de las heces y pasan a infectar a caracoles que se alimentan de ellas. A continuación, los caracoles producen unas mucosidades que atraen a las hormigas y acaban infectadas por los parásitos. Mientras la mayoría de los parásitos se queda en el hemolinfo, la sangre de las hormigas, uno solo de los parásitos migra hasta la cabeza del insecto y, se cree, comienza a segregar algún tipo de sustancia química que sirve para controlar su comportamiento.

Una vez infectada, la hormiga sigue comportándose como una más de su colonia, pero cuando cae la tarde y el aire se enfría, abandona al grupo y se sube a lo alto de una brizna de hierba. Una vez allí, se sujeta mordiendo con fuerza y espera a que algún animal la devore. Si cuando amanece, la hormiga ha salvado la vida, regresa a su colonia y se comporta normalmente hasta que vuelve a anochecer. En ese momento, el parásito toma el control de nuevo y regresa a una brizna de hierba a la espera de acabar en el hígado de un animal en el que el parásito pueda completar su ciclo.

Las historias de horror de los parásitos que controlan la mente de sus víctimas – El País 3 de mayo de 2018.

EN LA CUEVA

Bzzzzz... La mosca se detuvo sobre su mano grasienta. Su ojo derecho se clavó en ella. Su ojo izquierdo permanecía tapado por su mano izquierda, sobre la cual apoyaba la cabeza. Todo animal de aquel bosque temería aquella mirada clavada en él. No aquel ser. La curiosidad le hizo permanecer absorto observando.

Curioso ser. ¿Qué sería lo que lo llevaría a actuar de aquella manera? Un movimiento rápido de su otra mano y moriría aplastado. Parecía no ser capaz de percibir el peligro.

No quiso esforzarse mucho pensando. Permaneció unos instantes más en su sopor, observando la mosca sobre su mano moverse de aquí a allá en movimientos nerviosos, deteniéndose de vez en cuando haciendo algo con sus patas. ¿Estaría aquel ser devorándole sin él darse cuenta?

Bzzzz... La mosca voló un instante y se situó de nuevo en su mano, pero esta vez donde no podía verla. Sentía, sin embargo, su cosquilleo al andar. Pero siguió sin mover un solo músculo. Su ojo derecho volvió a enfocarse hacia su entorno de forma distraída, en un estado entre el sueño y la consciencia.

Bzzzz.

Bzzzzzzzz.

Un ruido seco resonó un poco más abajo en la colina. Su ojo derecho hizo ademán de querer fijarse. Pero ya sabía lo que había causado aquel ruido, y la vegetación no le permitiría ver nada. Volvió a fijarse en su entorno cercano, buscando alguna anormalidad en que fijarse. Nada. Solo el fuego y distintas herramientas desparramadas por el suelo, junto a restos de cuerpos de animales devorados. Su párpado se quedó medio cerrado. Su cerebro se enfocó en su mano izquierda, borrosa al estar a tan poca distancia y no poder ser enfocada. Nada destacable a observar.

Bzzzz. La mosca volvió de nuevo a posarse en un lugar visible de su otra mano.

Entonces apareció Sifa con unos troncos. Bor se sintió importunado. ¿Todo ser en aquel bosque temería su mirada? Quizás. Pero él temía la mirada de Sifa.

Sifa sonrió al notar el pesar de Bor.

Bor esperaba poder pasar un rato más sin hacer nada. Pero Sifa no era muy dada a no hacer nada. Siempre estaba haciendo algo. Y no le gustaba que los demás no hiciesen nada. Como en los demás grupos de su especie, las mujeres neandertales, además de robustas, tenían una fuerte personalidad que las llevaba a dominar los clanes. Los hombres sabían que no les convenía llevarles la contraria.

Sifa dejó los troncos a la entrada de la cueva.

Entonces pareció notar algo extraño en el interior y se adentró.

Desde la posición de Bor, el contraste de luz del exterior con la oscuridad de la cueva era demasiado alto y no podía ver nada de lo que ocurría en el interior.

Unos segundos después Sifa salió de la cueva. En sus brazos traía a la niña sapiens que habían capturado días atrás. Sifa parecía nerviosa, pero con una extraña sonrisa en su cara. Acariciaba a la niña para calmarla.

Bor trató de permanecer impasible. Aquella cara de Sifa parecía indicar que tramaba algo. Y sabía que cuanto más demostrase su inquietud, más animaría a Sifa a perpetrar lo que fuera que tramase. Así que permaneció con la cabeza apoyada en su brazo izquierdo. Pero no pudo evitar fruncir el ceño al notar la mirada de Sifa clavada en él.

—Tiene mal de cueva.

Bor alzó su mirada un instante. Se cruzó con la mirada de la niña. Su tez estaba blanca. Sus labios morados. Su cara inexpresiva. Pero no parecía sufrir en aquel momento. Parecía tranquila. Miró a Bor con un atisbo de curiosidad, pese a su inexpresividad.

Bor seguía notando la mirada de Sifa clavada en él. Seguía sintiendo aquella sonrisa. Apartó la mirada al suelo. Suponía que Sifa esperaba una sugerencia a qué hacer con la niña. Pero Bor no tenía nada que decir. Ya le había parecido mala idea capturarla. Demasiado joven.

Entonces pudo ver de reojo cómo Sifa ponía a la niña a sus pies de espaldas a ella. Situó la rodilla en su nuca. Su mano en su barbilla. Un sonido seco resonó con fuerza. Como si un gran tronco se partiese.

Un escalofrío recorrió el cuerpo de Bor.

La niña cayó al suelo en seco. Su cara mirando hacia donde estaba Bor. Sus ojos en blanco. Su boca abierta con la lengua asomando. Ya no había vida en ella.

—Grrrñ —Soltó un gruñido de disgusto. Pensó en recriminar a Sifa. Pero ella seguía mirándolo con aquella cara inquietante. Entendió que era exactamente lo que ella querría.

Así que se dio la vuelta y se dispuso a irse a otro lugar a sentarse. No sin demostrar su malestar.

Sifa había hecho lo que tenía que hacer. La niña iba a morir igualmente. Y si la dejaban allí más tiempo podía contagiar a las otras. Era solo que Bor nunca veía esas cosas. Sifa solía ocuparse. Solía hacerlo cuando Bor no estaba. Simplemente un día Bor llegaba y una de las niñas ya no estaba.

Después de todo, Bor era quien tenía que aparearse con ellas. Era inevitable que a veces surgiese un vínculo emocional. Y Sifa sabía que, por esa razón, no convenía mostrar a los hombres que participaban en la hibridación con humanos los efectos más desagradables de esta. Podía tener efectos indeseados. Podían volverse reacios a participar en la hibridación. Podían volverse reacios a capturar más hembras humanas…

Así, cuando eran jóvenes se les explicaba que habían huido. O que las habían llevado a otro clan. O que las habían liberado porque ya no servían.

Pero Bor no era tonto. Ya se había imaginado tiempo atrás lo que ocurría cuando una niña no estaba al volver. Simplemente lo aceptaba. ¿Qué otra cosa podía hacer?

Solo había una razón por la que una hembra ya vieja como Sifa continuaba teniendo hombres jóvenes como Bor a su disposición. Solo los placeres con las hembras humanas que ella criaba compensaban a los machos del grupo por la convivencia con una hembra vieja y malcarada como ella.

Pero aun así Bor hacía ya tiempo que no se apareaba más con Sifa. Sobre todo, desde que habían capturado a aquella niña de pelo de color del sol y ojos claros.

Era la preferida de todos los machos. Pero Bor además parecía tener un vínculo especial con ella. Y Sifa lo notaba. Por eso había insistido en capturar aquella otra niña. Aunque fuese demasiado joven. Sifa tenía la esperanza de que complaciese a Bor, y con ello, su vínculo con la otra niña disminuyese. Y así quizás Bor volvería a aparearse con ella.

Quizás simplemente quiso castigar a Bor al ver su plan fracasar. Quizás quiso hacerle sentir algo, como en un intento por romper su indiferencia, por traspasar su dolor a él y que notase lo que ella sentía. Solo Sifa sabe por qué lo hizo. Quizás ni siquiera ella.

Bor permaneció sentado sobre una roca de espaldas a todo. Estaba muy enfadado. Pero sabía que enfrentarse con Sifa era exactamente lo que ella quería. No le daría ese placer.

Pero ya no aguantaba más. Ya lo había decidido. Al día siguiente pondría fin a aquella situación.

LOS OTROS

Erik se detuvo de repente alzando su mano en un gesto de aviso. Rápidamente se agachó. Los demás entendieron que debían esconderse también y evitar hacer cualquier ruido. Los trols de aquella zona no eran muy precavidos organizando posiciones defensivas, pero tenían buen oído. Era importante pillarlos por sorpresa. Si se les daba tiempo a organizarse, pese a ser muchos menos y verse completamente superados en estrategia de combate, podrían causar algunas bajas en los atacantes gracias a su ferocidad y fuerza. A veces incluso resultaban ser bastante ingeniosos y sorprendían a los atacantes con todo tipo de trucos. Era siempre mejor ser precavido e ir a lo seguro cuando de trols se trataba.

Por eso era mejor acercarse a sus cuevas al salir el sol. Cuando se los podía pillar durmiendo, pero con luz suficiente para ver. Pues eran más bien criaturas taciturnas y muy de mañana aún seguían durmiendo.

Erik hizo un gesto con su mano señalando a la izquierda. Rápidamente dos hombres descendieron por la ladera en esa dirección para dar un rodeo.

El resto de los hombres se acercó a donde estaba Erik. Entre ellos Olaf, el líder del clan.

Desde su posición podían ver la entrada a la cueva. Era en efecto, una cueva de trols. Los restos desordenados por todas partes, la hoguera apagada, el olor…

Los trols seguramente estarían en la cueva, todavía durmiendo, aunque no era descartable que alguno estuviese merodeando por los alrededores. Por eso dos hombres estaban dando un rodeo para asegurar no ser pillados por sorpresa por un troll que regresase.

Una imagen llamó la atención de todos. Un cuerpo colgaba de un saliente de la entrada de la cueva. Un cuerpo humano, despellejado y decapitado. Por su tamaño, parecía el cuerpo de un niño.

Esto ensombreció la cara de todos. No hacía falta decir nada. Todos estaban sintiendo la misma repugnancia. Todos sabían estar ansiosos por recibir la señal para atacar. La señal de los hombres que estaban dando el rodeo. La señal de que era seguro entrar.

Pero la señal no llegaba aún. La espera se hacía larga, con aquella imagen nauseabunda frente a ellos.

La ansiedad pudo con uno haciéndolo vomitar. Más de uno sintió también ganas, pero se reprimió para no hacer ruido.

Olaf hizo un gesto con su mano reclamando silencio. Varios hombres no tuvieron más remedio que apartar la mirada.

Olaf, sin embargo, parecía impasible tras su larga barba canosa. Observaba con atención cada detalle, sin dejarse llevar por la emoción.

Erik, por su parte, no tenía cara impasible. También pertenecía a la familia dominante del clan. Estaba, de hecho, entre los candidatos a suceder a Olaf. Erik también había demostrado en numerosas ocasiones su valor y templanza. Pero esta vez no era igual. Esta vez tenía una implicación más personal. Parecía angustiado. Aun así, no apartaba la mirada.

La señal por fin llegó. Todos se sintieron aliviados. Un chute de adrenalina recorrió sus cuerpos. Era el momento de atacar con rapidez, pillando a los trols dormidos en la cueva. Matándolos antes de que tuviesen tiempo de reaccionar. Sin embargo, varios hombres estaban ligeramente indispuestos y un poco más apartados. Olaf hizo un gesto para que se apresurasen.

Un ruido seco se hoyó en la cueva. Pasos. Pasos, como de un animal pesado. Pasos... o zancadas. Se les heló la sangre a todos por un instante. Aquellos pasos ya se sentían llegar a la salida de la cueva.

¡Yiiiiii! Un ruido espeluznante. Al mismo tiempo, un enorme troll saliendo a toda velocidad de la cueva. Sin mirar a ningún lado. En carrera alocada hacia ninguna parte. Al llegar al borde de la explanada de la entrada, simplemente se lanzó colina abajo haciendo un gran estruendo arrastrando maleza y rompiendo ramas a su paso.

Esto pilló a todos por sorpresa. Alguno se agachó a ocultarse atemorizado. Alguno trató de reaccionar y alcanzarlo, en vano, con su lanza. Hasta la cara del mismo Olaf se estremeció. Nunca habían visto nada igual. Nunca habían visto a un troll correr tan rápido. Ni siquiera imaginaban que eso fuese posible. Y ahora, podían estar perdiendo el elemento sorpresa. ¿Qué debían hacer a continuación? ¿Seguir el ataque corriendo el riesgo de verse atacados por la espalda más tarde? ¿Seguir al troll perdiendo la sorpresa sobre el resto?

Todos se veían ahora sobrepasados por la situación y espantados. Todos, menos Erik. No sabemos si estaría espantado o no. Pero su reacción fue inmediata. Aquel trol no debía escapar. Era la única manera de no tener que abortar el ataque. Así que salió tras él con igual ímpetu, pero algo más de precaución de no tropezar.

Pocos metros más abajo se encontró al trol en el suelo junto a una roca. Sangrando profusamente por un golpe en la cabeza. Una de sus piernas rota. A pocos metros de él, uno de los hombres que habían dado un rodeo.

El trol miró a Erik. Su cara, aún sin ser humana, reflejaba una expresión humana bien visible, una expresión de terror. Pero no era un terror como el que estaba acostumbrado a ver en los trols. Llamó poderosamente la atención de Erik. Era un terror como el de un delincuente a quien han pillado in fraganti haciendo algo terrible. Algo de lo que él mismo se avergüenza. Algo por lo que sabe que no solo va a perecer, sino por lo que va a tener que suplicar para que le dejen perecer.

Rápidamente el otro hombre se dispuso a cortar el paso al trol. Lo amenazó con su lanza. El trol lo miró un instante, pero rápidamente volvió su mirada hacia Erik, como comprendiendo que era éste quien debía preocuparle.

Erik comprendió que aquel trol ya no iría a ninguna parte, así que hizo una señal a los de arriba para que siguiesen. Los vio desaparecer en silencio hacia el interior y se quedó allí a pocos metros del trol.

El trol tenía cara llorosa como un niño. Es posible que lo fuese, pese a su formidable musculatura. Era difícil distinguir la edad de los trols.

Las caras de los trols eran especialmente expresivas. Erik en cambio, en ese punto, no mostraba expresión alguna. Estaba plenamente concentrado en evaluar la situación. ¿Dos hombres contra un trol en medio de la montaña? Bastante desafortunado. Incluso estando mal herido. Convenía ser prudente.

Decidió jugar la baza psicológica. El trol estaba claramente atemorizado. Su psicología no parecía muy sólida. Parecía más bien inmaduro. Y, aunque estaba acabado, y, pasase lo que pasase, no habría piedad para él, convenía tratar de que no se diese cuenta hasta que llegase el resto de vuelta de la cueva.

Erik bajó su arma tratando de tranquilizarlo, mientras lo miraba sin pestañear. Hizo una señal al otro hombre para que mantuviese la calma.

El trol miró un instante al otro hombre para ver cómo reaccionaba a la señal. Pese a que seguía amenazándolo con la lanza a escasos metros de él, volvió a ignorarlo y mirar a Erik. Como si no le preocupase en absoluto el otro hombre y solo Erik.

Esto llamó la atención de Erik. Estaba claro que aquella bestia no era tan estúpida como parecía.

Poco a poco fue bajando colina abajo, tratando de acorralar al trol, pero al mismo tiempo tratando de tranquilizarlo.

El trol empezó a renegar algo incomprensible en su lengua con gesto lloroso. No parecía que lo de tranquilizarlo fuese a funcionar. Sabía que estaba acabado. Aun así, ahora Erik tenía curiosidad. Curiosidad por entender al trol. Y si se confirmaba lo que temía que iban a encontrar en la cueva, no quería una muerte rápida para aquella bestia. Seguiría jugando la baza tranquilizadora mientras pudiese.

Pero el trol se dio cuenta de lo que estaba pasando. Y Erik notó el instante exacto en que el Trol se daba cuenta.

Demasiado cerca. Había sido imprudente acercándose tanto. A distancias cortas incluso un trol malherido podía acabar con dos hombres sin mayor esfuerzo. Pues los hombres podrían seguir infringiéndole heridas, pero eso no bastaría para detenerlo. No hasta que ellos estuviesen igualmente condenados. Una mueca apareció, esta vez sí, en la cara de Erik.

Así, pensó que el trol ahora atacaría. Y no pudo evitar dar un paso atrás, tropezando y cayendo de culo sobre la ladera.

El trol seguía mirándolo a los ojos. Seguía con ojos llorosos. Entonces, de forma inesperada, se serenó y algo salió de su boca. Una palabra que dejó a Erik helado, inmóvil, incapaz de reaccionar. Como si de un encantamiento se tratase. No hubiera sabido explicar por qué.

El trol sonrió. Y con una agilidad imprevista, se abalanzó sobre el otro hombre.

Éste intentó alcanzarlo con su lanza, pero al fallar su envite permitió al trol arrebatársela. No le hizo falta ni siquiera usarla. Con su otra mano le propició una bofetada tremenda. El hombre salió volando rodando por los aires colina abajo.

El trol se dispuso a huir. Pese a su pierna rota, de alguna manera, conseguía avanzar.

Si conseguía llegar al río, más abajo, quizás conseguiría huir dejándose arrastrar por la corriente. Aún quedaba un hilo de esperanza para él. Un hilo, de hecho, no tan estrecho.

Pero no fue así. El trol se detuvo en seco. Cayó al suelo. Estaba muerto. Un hacha clavada en su espalda. Erik se había repuesto a tiempo.

Un segundo hombre llegó. Comprobó el cuerpo del trol.

—Está muerto. —gritó.

Alguien más arriba hizo entonces una señal.

Erik subió. La situación en la cueva ya estaba asegurada.

—Todos muertos. Había tres más. —le comentó Olaf.

Erik tenía ahora los ojos clavados en el cuerpo decapitado y despellejado. Alguien lo había bajado y ahora yacía en el suelo.

Demasiado pequeño —pensó—, no es ella.

Olaf puso una mano en su hombro. —No está—.

Erik no sabía si sentirse decepcionado o aliviado. Otro hombre salió de la cueva tapando su cara con un trozo de piel para protegerse del nauseabundo olor.

Entonces empezaron a salir. Como espectros inexpresivos. Seres pálidos, sin apariencia de vida, pero aún vivos. Respirando, pero sin apenas sentir. Todas niñas. Todas de entre 7 y 11 años.

Pero ninguna era del clan. Y no había ningún clan cercano en el valle en muchos kilómetros. Al parecer aquellos trols viajaban largas distancias. Quizás a través de pasos de montaña, lejos de los lugares concurridos por su clan.

Pese a estar bastante desnutridas, había dos que parecían mejor alimentadas. Incluso con sobrepeso.

Erik se acercó a una de ellas, arrodillándose a su lado. La niña clavó sus ojos en los suyos. Todos se quedaron contemplando con rostro serio sin decir palabra.

—¿Tienes frío pequeña? — No pareció entenderle. Al verla más de cerca notó que no solo no era de su clan, sino que no parecía ser de ningún clan emparentado con el suyo. Sus rasgos parecían diferentes. Y entonces se dio cuenta también. No tenía sobrepeso, estaba embarazada.

Se percató entonces de que era el último que lo había notado. Por eso todos miraban sin decir palabra. Nadie se atrevía a explicarle lo que allí sucedía. No, sabiendo que Erik estaba allí en busca de su propia hermana, desaparecida hacía unas semanas.

—¿Alguien tiene pieles para cubrirlas? No os quedéis ahí quietos.

Olaf contemplaba la escena con rostro serio e inexpresivo. Pese a su barba podía notarse su mandíbula apretada.

—Erik, ven aquí. —Se agachó junto a él cogiéndolo por el hombro, y tirando de él hasta incorporarlo. Le hizo retroceder unos pasos.

—Mira eso —dijo, señalando a una de las niñas.

Erik se quedó pensativo mirando, pero no muy atento, todavía tratando de descifrar lo que significaba todo aquello. Lo que había pasado con el trol, aquella extraña palabra, aquellas niñas allí, venidas de algún lugar distante, sus caras inexpresivas, el embarazo de algunas…

Miró a Olaf como inquiriéndole con la mirada. No veía nada. Olaf le insistió con un gesto a que mirase.

Entonces lo vio. Aquellos arcos sobre los ojos. Aquella nariz. Aquella forma del cráneo… Era una niña medio trol medio humana.

—No son humanas, Erik.

Erik volvió a repasar con la mirada a todas, confundido.

—¿Qué quieres decir con que no son humanas? Yo solo veo una que es medio trol.

Olaf apoyó sus dos brazos sobre los hombros de Erik y lo puso frente a sí, de forma que ambos se mirasen a la cara. No dijo nada. Solo se quedó mirándole, tratando de hacerle ver que él podía seguir engañándose si quería, pero no iba a engañarle a él ni a los demás. Todos sabían lo que eran aquellas niñas. Erik debía aceptarlo, por mucho que le doliese la idea. Por mucho que le recordasen a su hermana. Esas niñas no eran humanas. No había forma de que convenciese a los demás de lo contrario.

—Encontraremos a tu hermana, Erik. No te preocupes. Seguiremos buscando. Esto es bueno. Estamos siguiendo el rastro correcto.

Erik era bastante espabilado, pero a veces no conseguía seguir las sutilezas del diálogo de los demás. No entendía qué estaba tratando de decirle Olaf.

Miró a los hombres a su alrededor. La mayoría no le mantenía la mirada. Los que lo hacían, tenían una expresión similar a la de Olaf.

Volvió a mirar a las niñas. Por alguna razón ahora todas lo miraban a él.

¿Cómo que no sois humanas? —Pensaba Erik para sí mientras las repasaba con la mirada. —¿Qué es lo que os hace no ser humanas? — Ponía cara como de estar hablando, dejando ver en su expresión buena parte de sus pensamientos, pero sin decir palabra. Al notar la expresividad de su cara, una de las niñas sonrió.

BOR Y BESTLA

Bor y Bestla habían contemplado la escena desde más arriba en la montaña.

Bor había tenido que amordazarla para que no gritase pidiendo ayuda a su hermano al principio y para que no se oyese su llanto después.

A diferencia de las otras niñas, Bestla no llevaba el tiempo suficiente con ellos como para haber perdido todo atisbo de expresividad. A veces, Bor se quedaba junto a ella cuando Sifa no estaba. Tratando de darle distracción. En un esfuerzo por evitar que acabase como las otras, perdiendo esa expresividad tan típica de los humanos. Pese a saber que sería inútil y que lo habría perdido todo en unos meses. No podía evitar tratar de impedirlo. Se sentía además a gusto con ella.

Por eso había decidido que aquello debía acabar. Por eso aquella mañana, antes de amanecer, la había llevado consigo, con la intención de liberarla.

Pero al sacarla de su jaula, había notado que no iba a ser posible. No ya. Era demasiado tarde. La niña tendría un hijo. Sifa le había enseñado a detectarlo.

No podía devolver a la niña a su tribu embarazada. Sabía lo que le harían. Acabaría, en el mejor de los casos, como aquellas pobres niñas de abajo que ahora alimentaban una gran hoguera.

No se podía confiar en la misericordia de los humanos. No si era hacia ellos, o hacia nada que tuviera que ver con ellos.

Bor había creído conveniente que Bestla lo contemplase todo, para que nunca se le ocurriese tratar de volver. No debía volver con los humanos sin antes haberse deshecho del niño. Y preferiblemente, no a su clan. Pues ellos sabrían lo que había pasado si aparecía un día por las buenas dentro de muchos meses.

Ahora la llevaba a ver a Buri, más allá del paso del pico de la montaña azul. A donde llevaban a los bebés nacidos. A donde se seleccionaba a aquellos bebés niña con apariencia aún no suficientemente humana, para ser devueltos a alguna cueva, donde serían criados hasta tener nuevos hijos. Donde se seleccionaba a aquellos bebés niño o niña con apariencia lo suficientemente humana, para ser devueltos a los humanos. Donde se seleccionaba a los bebés niño restantes para ser eliminados.

Bor tenía esperanza de que Buri hiciese una excepción y aceptase a aquella humana. Después de todo, no era en realidad una humana, como demostraba el hecho de que su hermano fuese un bebé devuelto. Los bebés a menudo eran devueltos a familias con algún padre a su vez devuelto. Que el hermano de Bestla fuese devuelto indicaba que seguramente también alguno de los padres de Bestla lo era, y que, por lo tanto, ella era uno de los suyos. Y algunos de sus rasgos parecían corroborarlo.

Había una palabra que repetían sin cesar a los niños que iban a ser devueltos. La repetían al ser amamantados. La repetían siempre que el niño iba a experimentar alguna emoción importante. La repetían al jugar con ellos los primeros meses. Era la única palabra que oían.

Si el niño tardaba lo suficiente en ser devuelto, aquella palabra quedaba grabada para siempre en su mente. Y al oírla, venían a su mente sensaciones olvidadas. No podían evitar verse abrumados al escucharla por la sensación de recuperar un recuerdo olvidado. Así se los reconocía a veces. Así había reconocido a Erik.

Bor esperaba convencer a Buri de que el hijo de Bestla sería de gran valor por ser un hijo de una descendiente de un devuelto y de un macho neander puro. Pues los cruces con cruzados que ya tenían apariencia humana tenían mayor probabilidad de presentar, a su vez, apariencia humana.

Así pues, Bor emprendió el camino por el desfiladero llevando consigo a Bestla. Ese fue el inicio de una gran historia.

EL ALGORITMO

El Algoritmo es el motor de esta civilización. Es lo que permite a la sociedad generar conocimiento. Donde no hay Algoritmo no hay civilización o esta no avanza. Esta civilización no es nada más que el Algoritmo. Sin el Algoritmo seríamos solo homínidos comportándonos como monos.

Pero el Algoritmo, como todo algoritmo, es frío y despiadado. No hay nada humano en él, pese a que le debamos todo lo que somos.

El Algoritmo surgió de las diferentes oleadas de encuentros entre sapiens y neandertales.

Una primera oleada de encuentros se produjo en oriente próximo, al salir los Homo Sapiens de África y encontrarse con los Neandertales. De aquel primer encuentro surgió un híbrido. Ese híbrido debió contar con algunas ventajas, pues todo Homo Sapiens y todo Neandertal que no fuese parte de ese híbrido no se expandió más. Solo ese híbrido prevaleció más allá de África. Solo ese híbrido cruzó los mares hasta llegar a todos los rincones de la Tierra, mientras que los Homo Sapiens de África no empezaron a navegar hacia islas cercanas hasta decenas de miles de años después, cuando lo aprendieron del híbrido (Madagascar, por ejemplo, no fue poblada hasta el siglo IV).

No sabemos si ese primer encuentro fue pacífico. Es de suponer que en un primer momento lo fuese, pues convivimos por mucho tiempo, y nos mezclamos entre nosotros.

El nuevo híbrido se expandió. Algunos tiraron de vuelta hacia el norte de África (Magreb y Egipto), otros hacia Europa a través de Anatolia y otros hacia Asia. Allá donde iba el nuevo híbrido (excepto norte de África y el sur de Asia) se encontraba con más Neandertales. A veces se hibridarían de nuevo con ellos, pero donde llegaban los nuevos neander-sapiens los neandertales acababan desapareciendo, bien fuese por la competencia de recursos, por ser asimilados dentro de grupos neander-sapiens más grandes, o bien por conflictos violentos. En cualquier caso, una cosa es segura: la cultura que prevalecía era la neander-sapiens de la primera hibridación. No hubo mayores aportaciones culturales, ni de los neandertales, ni de los sapiens tras la primera hibridación. El resto de neandertales fueron asimilados o exterminados.

Parece, por lo tanto, que de la primera hibridación surgieron algunas ideas. Una idea era que los neandertales debían desaparecer. No debían prevalecer. Otra idea era que, incluso si eran asimilados, la descendencia debía parecer sapiens. Todos hoy en día parecemos sapiens, no neandertales. De esta primera hibridación surgió, pues, la idea de la supremacía sapiens. Sin embargo, no pareció aparecer un odio especial hacia los neandertales. Los pueblos actuales que descienden de ellos (Asia, Oriente Próximo ...) tienen una cultura poco agresiva contra los neuroneander. Una cultura, incluso, que trata de luchar contra los instintos neurosapiens y hacer prevalecer en las élites a aquellos con pensamiento más neuroneander, aquellos que optan por la mesura y la contención.

Hay, no obstante, otro camino para salir de Oriente Próximo hacia Europa y hacia las estepas rusas: a través del Cáucaso. Es una zona montañosa. Una zona donde los neandertales no están en una desventaja tan clara contra grupos mayores y más organizados de sapiens.

Dichos neandertales podrían haber sabido el destino que tuvieron sus parientes de Oriente Próximo. Podrían haber sabido que el Homo Sapiens no dejaría rastro de ellos. Podrían, por lo tanto, haberse visto impelidos hacia un conflicto más brutal y menos desequilibrado contra los invasores neander-sapiens del sur.

Estos neander-sapiens, sin embargo, habrían acabado prevaleciendo, pero llevando con ellos un nuevo instinto reforzado contra los neandertales. Un instinto que habrían necesitado para competir con ellos en circunstancias menos ventajosas. Para competir con unos neandertales que, esta vez, no se iban a rendir.

De este segundo encuentro, surgiría el germen de los pueblos indoeuropeos. Pueblos que más adelante acabarían extendiéndose por India y Europa. Pueblos de fuerte mentalidad neurosapiens y fuerte rechazo a valores neuroneander.

Pero, habría habido una tercera oleada de encuentros. Algunos pueblos con los que más tarde se cruzarían los proto-indoeuropeos al extenderse por las estepas rusas, los Cárpatos y el norte de Europa se habrían encontrado con zonas de difícil colonización. Terrenos poco propicios para grandes asentamientos, más propicios para pequeños asentamientos distribuidos. Serían estas, una vez más, unas circunstancias menos desequilibradas para sus encuentros con los neandertales de esas zonas. Existen mitos en todos los pueblos de origen germánico sobre encuentros con extrañas criaturas. Los mitos fundacionales de esos pueblos hablan de guerras de los dioses con una raza anterior. Una raza de gigantes. Hablan asimismo de criaturas que habitan en los bosques. Criaturas que parecen humanos, pero que no lo son. Criaturas que, en ocasiones roban niños. Criaturas que, en ocasiones, reemplazan a los niños por otros niños. Esos pueblos del norte de Europa, descendientes de las migraciones de pueblos germánicos, han acabado teniendo mayor porcentaje neandertal que el resto de pueblos de Europa, quién sabe si como parte de una estrategia neandertal para sobrevivir. Pero sus sociedades no habrían evolucionado hacia un mayor equilibrio entre neuroneander y neurosapiens como en Asia. Allí donde la gente vive aislada, en esos países, la gente tiene personalidades marcadamente neuroneader, de acuerdo a su herencia genética. Pero allí donde la gente vive en sociedad, no hay culturas equilibradas como las de Asia. Todo lo contrario. Hay culturas en las que predomina el conflicto. Y culturas muy contrarias a los instintos neuroneander. Más que en ningún otro lugar del mundo los niños neuroneander tienen dificultades en esas sociedades: son señalados con más intensidad. De manera instintiva los niños neurosapiens de Occidente atacan al diferente. Lo hacen de forma brutal. A veces da la sensación de que, si pudiesen, acabarían con los niños diferentes. Esta violencia hacia el diferente se mantiene en la psique por toda la vida, aunque atenuada en algunos casos por la cultura. Los pueblos del norte de Europa son, aún hoy, más racistas. Su psique está amoldada, al parecer, a un conflicto del que dependió su supervivencia. Un conflicto en que debían detectar al diferente, pues el enemigo tenía la misma apariencia que ellos.

Por lo tanto, el Algoritmo es la consecuencia de todas estas circunstancias. Es un conjunto de reglas que rige el comportamiento de aquellas sociedades que han pasado por estas fases de encuentros entre sapiens y neandertales.

FUNCIONAMIENTO

El algoritmo requiere los siguientes elementos para funcionar:

- La existencia de una mezcla de neurosapiens y neuroneander como sustrato social y la imposibilidad de distinguirlos fácilmente por ser en apariencia iguales.
- Una voluntad innata e irrefrenable de los neurosapiens de eliminar a los neuroneander.

Así, la voluntad de exterminio por parte de los neurosapiens, hace que en estas sociedades los neuroneander vivan oprimidos. No porque de manera consciente los neurosapiens los persigan, sino porque de manera inconsciente los neurosapiens tienen actitudes que han adquirido tanto cultural, como evolutivamente, para tratar de imponerse socialmente en entornos de fuerte presencia de los neuroneander. Donde, para no acabar siendo dominados por estos, tuvieron que desarrollar actitudes fuertemente anti-neander. Actitudes que resultasen fuertemente discriminatorias contra ellos, impidiendo de esta manera que pasasen inadvertidos o que alcanzasen posiciones de poder.

Esa opresión es clave en el Algoritmo. De esta manera, como consecuencia de esta opresión, los neuroneaner se ven forzados a superar adversidades, se ven obligados a alejarse de distracciones. Su mayor capacidad de concentración se ve así reforzada. Se ven obligados a encontrar un cambio social que les permita sobrevivir. Dada su resiliencia y paciencia acaban encontrando la manera.

Y así generan conocimiento. Conocimiento que nutre a la sociedad y permite hacer avances sociales o científicos.

Pero hay una segunda parte del Algoritmo. Cuando esa manera de superar las adversidades de los neuroneander se impone, los neuroneander recuperan espacio. La sociedad se torna en una sociedad de más oportunidades para ellos. Pero al alcanzar posiciones relevantes en la sociedad, los neurosapiens vuelven a hacer prevalecer su instinto. El instinto que los impele a exterminar a los neuroneander. Porque al volverse relevantes, los neuroneander se hacen también visibles. Y de esta manera retorna la opresión hacia los neuroneander. De esta manera el algoritmo vuelve a iniciar una nueva iteración del bucle.

La repetición eterna de este bucle es lo que da lugar a los avances de la civilización: (1) los neuroneander hacen descubrimientos para combatir la supremacía asfixiante neurosapiens, (2) los neuroneander ascienden socialmente, (3) los neurosapiens, por instinto, y gracias a su superioridad numérica, hacen los cambios en la sociedad para que las nuevas circunstancias sigan permitiendo la supremacía neurosapiens y la opresión de los neuroneander.

Unos generan conocimiento. Otros lo ordenan, clasifican y distribuyen. La sociedad no funciona sin que ambas capacidades se coordinen. Y lo que coordina dichas capacidades no es ningún razonamiento humano, sino el Algoritmo. Una fría y descorazonada maquinaria creada por la evolución.

Pero no es tan fácil detener el Algoritmo. Los neurosapiens, al igual que tienen el instinto por exterminar a los neuroneander, tienen el instinto de denegar toda división en la sociedad. Siempre niegan la diferencia. La diferencia les resulta incluso ofensiva. Para ellos, todos somos iguales. Y si no lo somos da igual. Debe omitirse tal hecho. Porque si lo admiten, tendrían que admitir que los otros tienen derecho a existir.

Al igual que tienen la programación cerebral por defecto para confiar en otros, tienen también la programación por defecto para apoyar siempre las teorías igualitarias.

Son como personas viviendo en una cueva y que solo pueden ver sombras del mundo real. Como en el mito de la caverna. Para ellos, lo que sienten es la realidad.

Podemos verlo en sus definiciones de supuestas enfermedades. Si alguien tiene una alteración de su cerebro que le hace confundir palabras (dislexia) nadie va a decir que su comportamiento no sea humano. Si alguien ha perdido la vista, nadie dirá tampoco que ha dejado de ser humano. La gente, en general, aceptará fácilmente que eso no es una enfermedad, sino una circunstancia. En cambio, si alguien tiene un comportamiento autista y habla con un tono de voz monótono, no ríe las gracias de los demás y tiene una manera diferente de ver el mundo, quedará estigmatizado de por vida. Sus padres preferirán cualquier otra condición a esta. Será considerado un enfermo. Se inventarán teorías histéricas sobre el origen de dicha enfermedad (como las vacunas). Se tratará de encontrar una cura (nadie tiene tanta prisa por encontrar una cura para la dislexia). Se dudará, en definitiva, incluso de su humanidad (se diga o no).

Esto solo tiene una razón de ser: los neurosapiens estáis programados por la evolución para pensar así. Sobre todo, los descendientes de pueblos indoeuropeos. Y muy especialmente, los descendientes de pueblos germánicos. ¿Tiene sentido que si un perro busca la soledad deje de ser un perro? ¿Tiene sentido que si un perro tiene un ladrido monótono deje de ser un perro? Si un perro pierde el olfato, ¿no es más lógico pensar que entonces parece menos un perro que si ladra con un tono monótono? Parece lógico. Pero en los humanos no. En los humanos no se aplica la lógica. Habla el Algoritmo. Y vosotros obedecéis.

Un indicio de ello es un descubrimiento reciente. Los Neandertales tenían más desarrollado el córtex frontal, área eminentemente dedicada a la planificación y otras actividades cerebrales superiores, mientras que los Homo Sapiens tienen más desarrollada una parte más primitiva del cerebro: el cerebelo (presente incluso en los peces), la encargada de procesamiento no controlado por la voluntad.

Es una señal de que el avance evolutivo del Homo Sapiens no fue un mayor intelecto, sino los fundamentos del Algoritmo: su capacidad innata para autoengañarse por el bien de la comunidad y reaccionar en base a mecanismos no voluntarios sino instintivos.

Si el Algoritmo funciona, no es solo porque no pueda detectarse. Tampoco puede pararse. Los neurosapiens nunca pueden conseguir su objetivo de eliminar a los neuroneander. Porque no siempre pueden detectarnos. Porque, incluso si pueden detectarnos, no pueden simplemente eliminarnos sin más. Porque tenemos madres y padres neurosapiens... Porque algunos de ellos son hijos de neuroneander...

La evolución se ha encargado de que no sea tan fácil acabar con nosotros. Si todo eso no fuera suficiente, además, muchas mujeres neuronander son, hasta ahora, indetectables.

Veremos enseguida cómo esta teoría en apariencia disparatada sí puede ser contrastada con observaciones. Observaciones en la historia de la humanidad y observaciones en el presente. Veremos cómo muchos hechos y circunstancias del pasado y del presente son explicables de forma mucho más convincente si introducimos el Algoritmo y a los neuroneander en la explicación.

REFERENCIAS

RECONSTRUCTING THE NEANDERTHAL BRAIN USING COMPUTATIONAL ANATOMY – NCBI https://bit.ly/2TcVdif

AUTISMO Y HERENCIA NEANDERTAL

Pero antes de empezar, un inciso.

He dicho que soy autista (o, como se dice, estoy en el espectro). He dicho que ello es consecuencia de mi herencia neandertal. El autismo, por lo tanto, según esta hipótesis, sería una señal de que los neuroneander existimos. Si no se diagnosticase el autismo nunca hubiese llegado a pensar que soy consecuencia del choque cultural entre sapiens y neandertales. Nada me hubiese llevado a buscar una razón por la que, aparentemente, soy distinto. Pero las cosas son más complejas en lo relativo a la relación entre autismo y herencia neandertal.

Realmente, no sabemos prácticamente nada sobre lo que es el autismo, ni sus causas. Pero la comunidad científica tiende a ver algunos detalles como confirmados:

- Parece tener más prevalencia en hombres que en mujeres. La relación está estimada en 5 casos en hombres por cada caso en mujer.
- Existe una serie de rasgos definitorios comunes de las personas con autismo (o que están dentro del espectro autista)
- Las características de los individuos con autismo no son siempre las mismas, habiendo al parecer diferentes grados de afectación.

Por otra parte, hemos dicho que también empezamos a tener evidencia de algunos hechos respecto a nuestra relación con los neandertales:

- Todas las poblaciones humanas no subsaharianas tienen ADN neandertal como consecuencia de sucesivas hibridaciones con neandertales. Algunos grupos tienen más ADN neandertal y otros menos. Los asiáticos tienen más ADN neandertal (o de sus primos los denisovianos) que otros grupos. Siguiéndoles los europeos (en algunos estudios, sin embargo, los europeos son los primeros) y después el resto. Si bien no comprendemos del todo el ADN ni se han hecho suficientes estudios y estos datos podrían no ser del todo precisos.

- El camino seguido por los sapiens en su expansión por el mundo comenzó en la península arábica y Oriente Próximo, con dos caminos alternativos. Uno por la península, desde el actual Yemen, y otro a través del Sinaí, atravesando el actual Israel. Tal vez ambos caminos se dieron a la vez. Desde Oriente Próximo, los nuevos híbridos se separaron en al menos dos grupos. Uno se dirigió a Asia y otro a Europa, norte de África o se quedó en la zona de Oriente Medio. Estos dos grupos dieron lugar a todas las poblaciones actualmente existentes, excluyendo las subsaharianas.

Para que la teoría de la relación entre autismo y herencia neandertal sea válida, por lo tanto, los hechos conocidos sobre autismo y herencia neandertal deberían ser compatibles entre sí.

Una primera circunstancia que llama la atención es el hecho de que los habitantes del África subsahariana no tengan herencia neandertal. Parece que para que esta hipótesis sea válida ha de haber ausencia de autismo en dichas zonas. Dicha coincidencia sería una fuerte señal en favor de su veracidad.

Sin embargo, no es tan fácil de comprobar.

- No hay datos fiables de incidencia de autismo en poblaciones subsaharianas por circunstancias socioculturales y falta de recursos en salud.
- El diagnóstico del autismo es ya de por sí difícil en países avanzados. Muchos casos no son diagnosticados y... (esto no es en general expuesto así en círculos académicos) es bastante evidente que muchas veces se diagnostica como autismo diferentes circunstancias con poca o ninguna relación entre sí. Puede ser diagnosticada con autismo desde una persona con malformaciones, incapacidad de hablar y coeficiente intelectual muy por debajo de la media, hasta personas con apariencia totalmente normal, indistinguibles de otras personas al hablar y coeficiente intelectual superior a la media.

No hay datos fiables sobre incidencia en el África subsahariana... pero algunos estudios sí hay. Y, al parecer, esos estudios dicen, no solo que hay autismo en dichas zonas, sino que su incidencia es incluso mayor.

Hay que entrar en más detalle para sacar conclusiones.

Lo que en realidad sabemos sobre autismo en África subsahariana es:

- No hay estudios a gran escala.
- El diagnóstico de niños autistas coincide significativamente en mayor proporción en África con discapacidad intelectual que en el resto del mundo: los diagnosticados con autismo suelen ser diagnosticados a su vez con discapacidad intelectual.
- Las edades a las que se diagnostica el autismo coinciden con edades de vulnerabilidad ante otras enfermedades causantes de discapacidad intelectual. Dicha discapacidad intelectual, por lo tanto, podría ser consecuencia de dichas enfermedades en lugar de lo que la provoca en el resto del mundo.
- El diagnóstico de autismo en África suele ser más tarde que en el resto del mundo.
- Los individuos subsaharianos diagnosticados con autismo no parecen presentar algunas de las características que se dan en el resto del mundo, como los patrones repetitivos.

En base a todas estas observaciones hay, por lo tanto, dos hipótesis posibles:

La primera es que autismo y herencia neandertal no están relacionados, y en África hay autismo en el mismo grado que en el resto del mundo pese a no haber herencia genética neandertal (ni de denisovianos).

La segunda hipótesis es que sí hay relación y los datos contradictorios se deben en realidad a que:

- No sabemos diagnosticar realmente el autismo. En realidad, un gran porcentaje de casos diagnosticados en todo el mundo no corresponden a autismo sino a problemas de desarrollo del cerebro durante la gestación o en una etapa posterior. Los casos diagnosticados en el África subsahariana corresponderían en realidad a malformaciones, y de ahí el patrón de discapacidad intelectual y la falta de síntomas compartidos con otras poblaciones.

- Tal vez no todas las características del autismo tengan el mismo origen. Tal vez algunas son consecuencia de la herencia genética y otras de una alteración del desarrollo. El autismo estaría presente en potencia en los individuos con dicha herencia, pero solo se desarrollaría si además se da la circunstancia de una alteración del desarrollo. El grado de alteración del desarrollo marcaría el grado de autismo. En el caso de los subsaharianos solo se daría la alteración del desarrollo, la cual tendría algunos síntomas iguales a los del resto del mundo, pero no otros síntomas relacionados con la activación de la herencia neandertal. De hecho, recientemente se ha descubierto que incluso el ADN de las células del cerebro es alterado por los llamados transposones dependiendo de eventos durante el desarrollo embrionario (https://bit.ly/2EuU2Ts). Estos eventos, por lo tanto, podrían desencadenar la preponderancia de una herencia genética neandertal o sapiens; no dependiendo el ADN, por lo tanto, de forma exclusiva de la genética heredada.

Esta segunda hipótesis implicaría además que en las sociedades del resto del mundo habría individuos que sin presentar síntomas de autismo, sí presenten rasgos de personalidad consecuencia de herencia neandertal, aunque no seamos capaces de diagnosticar dichas señales.

Veamos. El 45% de los adultos manifiestan ser tímidos o introvertidos. Por alguna razón no se sienten con confianza para expresar sus opiniones abiertamente a los demás o establecer roles de liderazgo. Hay estudios de países por grado de introversión. Los datos de esos estudios coinciden en gran medida con los de países según su grado de afectación de autismo y su grado de herencia genética neandertal: los países del este asiático son los más introvertidos, los que más incidencia de autismo tienen y los que tienen más porcentaje de herencia neandertal. Les siguen los del norte de Europa en los tres casos. Luego el resto (también en los tres casos). No hay muchos datos del África subsahariana, pero por la cultura popular afroamericana en América no parece desprenderse que la introversión sea una característica destacada entre subsaharianos...

Otros factores a favor de la hipótesis de la relación entre neandertales y autismo son:

- Sabemos que el modo de vida neandertal era más acorde con el de las personas introvertidas. Las sociedades neandertales eran menos complejas en sus relaciones sociales.
- Sabemos que la hibridación entre neandertales y sapiens se dio entre hombres neandertales y mujeres sapiens. Seguramente, como ocurre con otros híbridos en animales, la herencia no era fértil de otra forma. Esto podría tener relación con la mayor incidencia del autismo en hombres que en mujeres.
- Sabemos que los genes heredados en neandertales están asociados a patrones de conducta. Se ha encontrado relación entre genes neandertales y riesgo de padecer depresión o fumar (https://bit.ly/2Qlb2hx). También sabemos que dichos genes intervienen en la forma del cráneo o el cerebro.

Queda a disposición del lector juzgar qué hipótesis es más válida. Pese a lo que algunos argumentarán, pasará aún mucho tiempo hasta que tengamos pruebas definitivas hacia un lado u otro.

En cualquier caso, cualquier hipótesis no cambia que el Algoritmo y los neuroneander existimos. Hay más indicios a lo largo de la historia de nuestra existencia...

REFERENCIAS

GENETIC DATA ON HALF A MILLION BRITS REVEAL ONGOING EVOLUTION AND NEANDERTHAL LEGACY – SCIENCE https://bit.ly/2Qlb2hx

CURRENT SITUATION OF AUTISM SPECTRUM DISORDERS (ASD) IN AFRICA – A REVIEW - https://bit.ly/2IBDcWT

ETHNIC DISPROPORTIONALITY IN STUDENTS WITH AUTISM SPECTRUM DISORDERS https://bit.ly/2XkEOYu

EL ADN YA NO ES LO QUE ERA – EL PAÍS https://bit.ly/2EuU2Ts

REVISITANDO LA HISTORIA – GRECIA CLÁSICA

LAS CULTURAS MINOICA Y MICÉNICA

Dicen que la civilización occidental tiene su origen en la cultura clásica helénica de a partir del siglo V a.C. Pero ¿de dónde viene esa cultura?

Desde el 2700 a.C. y hasta el 1450 a.C. una cultura dominaba el Egeo: era la cultura minoica. De lo que hasta ahora sabemos de esta cultura se deduce que:

- Eran una cultura basada en el comercio y no ejercían una dominación militar sobre otros territorios. Incluso sus palacios no tenían murallas para protegerse de su propio pueblo. Eran palacios abiertos.
- Sus pinturas representaban actividades cotidianas de la gente; nunca batallas o conflictos. Ni tan siquiera hay representaciones de soldados. Apenas se han encontrado restos arqueológicos de armas.
- Las mujeres tenían iguales derechos que hombres y ocupaban a menudo puestos de relevancia en la sociedad. La religión, por ejemplo, era administrada casi exclusivamente por sacerdotisas.
- No sabemos nada de sus gobernantes. Aparentemente había un rey, pero no hay escritos sobre ellos. No sabemos sus nombres ni sus historias. Ni siquiera hay tumbas reales. Los enterramientos entre ricos y pobres tenían escasas diferencias y eran mucho menos opulentos que los de otras civilizaciones cercanas (egipcia, hitita...) pese a que su riqueza era equiparable. De hecho, la única razón por la que pensamos que tenían un rey (y no una reina o un gobernante elegido) es la leyenda griega del Minotauro (muy posterior) donde se habla del rey Minos. Es una leyenda, por razones obvias, que no podemos tomar de manera literal. Sabemos, por ejemplo, que en la Ilíada los griegos tergiversan la realidad haciendo de los

troyanos un pueblo griego, cuando en realidad eran hititas (otro pueblo indoeuropeo).

Los minoicos eran, por lo tanto, una sociedad pacífica y en apariencia balanceada; sin desequilibrios. Algunos incluso dirían que idílica.

A partir del año 1350 a.C. dicha civilización desaparece por completo de la Historia, hasta el punto de que no hemos vuelto a saber de su existencia hasta el siglo XX, cuando las nuevas circunstancias políticas permitieron al fin hacer excavaciones arqueológicas en la isla de Creta (la isla donde se desarrolló principalmente la cultura minoica).

Su lenguaje ha desaparecido por completo. Somos incapaces de descifrar sus escritos. Si no fuese por los restos arqueológicos sería como si nunca hubieran existido.

¿Qué ocurrió pues para que dicha cultura desapareciese? Sabemos que desde el 1450 la isla empezó a ser dominada por una nueva cultura tras algún fenómeno natural que destruyó sus palacios (presumiblemente un terremoto o tsunami). Esa cultura era la micénica. Se podría argumentar que fue el fenómeno natural el que acabó con ella, pero resulta que hacia el 1650 a.C. un fenómeno equivalente, pero de mucha mayor magnitud no solo no había conseguido acabar con esta civilización, sino que la había fortalecido. Nos referimos a la explosión de Tera, que algunos asocian con las siete plagas de Egipto y la salida de los hebreos del delta del Nilo. Los palacios minoicos en el 1650 a.C. también fueron destruidos, pero inmediatamente después fueron reconstruidos y la civilización entró en una nueva edad de oro. Sin embargo, no fue así la segunda vez. La segunda vez esta civilización desapareció para siempre. La única diferencia: los micénicos.

La civilización micénica, en contraste con la minoica, era una civilización guerrera. Allí donde se instalaban establecían fortificaciones defensivas. Sus pinturas muestran soldados y guerra. Sus textos narran las epopeyas en la guerra de sus reyes. Las mujeres no tienen papel en sus historias más que como consortes. La más famosa historia que nos ha llegado de los micénicos es la de la guerra de Troya. Una guerra despiadada, en teoría desarrollada por el derecho de posesión de una mujer.

Una civilización, en resumen, coincidirá la mayoría, en apariencia, con cualidades menos deseables que la minoica.

Recientes estudios genéticos, sin embargo, confirman que ambos pueblos eran pueblos hermanos, con un mismo origen. Ambos pueblos descendían de pastores nómadas y agricultores de las estepas de Anatolia (en la cercana Turquía). Ambos pueblos, son la base genética principal de lo que hoy es la población griega. Su apariencia era similar a la de los actuales pobladores de Grecia y similar a la de los pobladores de Grecia en el período clásico.

Solo había una diferencia entre ambos pueblos. Solo esa diferencia explica la enorme diferencia cultural entre ambas civilizaciones. Solo esa diferencia fue la causante de que una cultura prevaleciese y sea recordada hoy en día por todo el mundo y la otra fuese borrada de la faz de la tierra.

Sabemos que los micénicos en algún momento se cruzaron con otro pueblo, y entre un 5% y un 15% de su ADN proviene de un pueblo del norte de Europa. Esto no era así con los minoicos.

Todo parece indicar que los micénicos traían consigo algo que los hacía incompatibles con los minoicos. Algo que habían heredado de ese otro pueblo. Algo que los impelió a hacer desaparecer de la faz de la tierra a los minoicos —sin piedad— en cuanto tuvieron la oportunidad. Por alguna razón, su cultura era opuesta a la de los minoicos pese a ser pueblos con un mismo origen, y casi el mismo ADN. Por alguna razón eran culturas no solo opuestas, sino incompatibles, irreconciliables. Hasta el punto de que una hiciese desaparecer a la otra de la historia.

Podemos comprobar que los minoicos presentan algunas características que pudieran ser compatibles con la mentalidad neuroneander. Eran más abiertos a las libertades de las mujeres. No buscaban la guerra: la guerra requiere organización social y cooperación, lo cual va contra el instinto neuroneander. Su sociedad parece estar regida por normas muy firmes, de forma que los individuos no tuviesen que discutir. Una sociedad en que parece que los hombres se enfocaban en tratar de estar en forma y el comercio, mientras las mujeres desempeñaban tareas administrativas y de gobierno. Una sociedad, aparentemente, en la que los neuroneander no se sintiesen incómodos desarrollando actividades sociales.

Si los micénicos en contraste fuesen un pueblo de orientación neurosapiens se encontrarían con que todas esas costumbres minoicas iban en contra de su programación mental; de la programación que la evolución había marcado a fuego en sus cerebros. De la programación que los impelía a crear sociedades participativas en las que las alianzas prevaleciesen sobre las normas. Para de esa forma identificar a los neuroneander y eliminarlos.

Una posibilidad es que esa diferencia entre micénicos y minoicos se debiese a lo siguiente (esta parte es especialmente especulativa, aunque no la conclusión).

En principio en toda la zona de Grecia, los Balcanes, Anatolia y Creta había un sustrato mezcla de indoeuropeos provenientes de los pueblos mesolíticos agrarios de Anatolia (esto es un hecho) y población autóctona más antigua. En algún momento, entró por el norte otro pueblo indoeuropeo (especulativo: hay otras opciones). Ese otro pueblo conquistó parte de las tribus del norte de Grecia, situando una aristocracia de ese pueblo al frente (especulativo), tal como hicieron españoles en América, romanos y godos en Hispania, o invasores indoeuropeos en India. Sin ser mayoría, impusieron sus leyes. Parte de esas tribus se refugió de la invasión en las zonas montañosas del norte, dando así lugar a la división entre dorios y micénicos (especialmente especulativo y no sostenido por investigaciones conocidas). Esos dorios, por lo tanto, serían un pueblo muy cercano al de los habitantes de Creta y a los propios micénicos, con la única diferencia que los micénicos habrían sido invadidos por otro pueblo que les impuso sus leyes y aristocracia antes de invadir ellos, a su vez, el sur de Grecia y Creta.

DORIOS CONTRA JONIOS

La civilización micénica, por lo tanto, se impuso. Muchos de los valores de dicha civilización los hemos heredado hasta hoy en día. Por ejemplo, los valores en lo referente a la situación de la mujer en la sociedad.

Por alrededor de dos siglos más, fueron los absolutos dominadores del Egeo. Pero, recordemos, el Algoritmo no nos dice solo que los neurosapiens siempre tratarán de eliminar a los neuroneander, también nos dice que siempre fracasarán. Porque los neurosapiens, conviene tenerlo muy claro, básicamente son idiotas. Son incapaces de discurrir mínimamente sin los neuroneander. Su organización siempre deriva en caos si el poder neurosapiens no es, de alguna manera, compensado por el poder neuroneander. Nunca hubiesen dejado de ser monos alrededor de un fuego sin los neuroneander (si bien es cierto que tampoco lo hubiesen dejado de ser los neuroneander sin los sapiens).

Así pues, fruto de esta inevitable deriva hacia la imbecilidad de todo pueblo en que los valores neurosapiens prevalecen, los micénicos fueron poco después (alrededor del 1100 a.C.) prácticamente arrasados por una nueva invasión desde el norte. Esta nueva invasión correspondía principalmente al pueblo dorio. Como veremos, esta deriva hacia la imbecilidad de los pueblos decantados hacia el poder neurosapiens es frecuente en la historia y algo muy actual.

El pueblo dorio también tenía orígenes similares a los de minoicos y micénicos. También provenía de algún lugar de Anatolia y su aspecto era similar al de los actuales griegos. Sin embargo, no ocurría como con los micénicos. No se habían cruzado con otros pueblos del norte portadores del Algoritmo. No portaban, por lo tanto, el Algoritmo (o no en su versión más extrema). Eran una sociedad que, al igual que los minoicos, había llegado a algún tipo de equilibrio entre neurosapiens y neuroneander. Algo común en otros pueblos de Oriente Próximo, cercanos a culturas en las que primero surgió la hibridación neander-sapiens.

Este pueblo dorio fue del que poco más tarde surgió la cultura espartana.

Y todos sabemos cómo eran los espartanos... Los valores de esta cultura eran:

- Mayor libertad para las mujeres.
- Entrenamiento físico intenso obligatorio para todos los ciudadanos varones.

- Austeridad.
- Parquedad de palabras: estimación de la mesura al hablar.
- Poca habilidad (o paciencia) para la política o la diplomacia.
- Pureza de la raza.

Valores que concuerdan en gran medida con el carácter neuroneander: resistencia al dolor, confianza en las mujeres, tendencia a la austeridad y la soledad, menores habilidades sociales... Sin embargo, con una gran diferencia respecto a la cultura minoica (sus primos cercanos): los dorios eran una cultura guerrera y al establecerse en el Peloponeso diseñaron la mentalidad guerrera más formidable de la historia de la humanidad. Como si tuviesen algo que temer. Como si supiesen que un gran enemigo implacable les rodeaba y jamás les perdonaría. Como si recordasen lo que ocurrió con sus parientes los minoicos.

A diferencia de ellos, encontraron un equilibrio, no en la paz, sino en la disciplina militar. Esta les permitía también disminuir las complejidades sociales, contrarias al espíritu neuroneander. Les permitía, además, sobrevivir.

Diríase que la cultura espartana era, pues, una cultura supremacista neuroneander, que trataba de reforzar los genes neuroneander tratando de evitar que se cruzasen con otros pueblos con tendencias más neurosapiens (renunciaban incluso a invadir más pueblos). Una cultura, diseñada para sobrevivir a cualquier precio, sabiéndose amenazada por un terrible peligro. Recordemos: los minoicos fueron borrados por completo de la historia.

De alguna manera, eso satisfacía también a sus ciudadanos neurosapiens, que aun así seguían siendo mayoría incluso entre los dorios y espartanos, pues los neuroneander siempre son minoría.

Algunas frases de espartanos que dan muestra de su carácter neuroneander...

Cuando un profesor estaba a punto de leer un ensayo elogioso sobre Heracles, un espartano dijo: «¿por qué? ¿quién dice algo contra él?».

En respuesta al Embajador de Abdera, quien, después de terminar un largo discurso, le preguntó lo que debía decir en el informe a su pueblo, el espartano dijo, «informe que durante todo el tiempo que quería hablar, escuché en silencio».

Cuando los embajadores de Samia habían hecho una larga arenga, los espartanos contestaron, «hemos olvidado la primera parte, y por lo tanto no podemos entender la última». A las contestaciones violentas siguientes de los tebanos respondieron, «su espíritu debería ser menor, o sus fuerzas mayores».

Así pues, este nuevo pueblo dorio, que podemos presuponer que tenía una fuerte tendencia cultural neuroneander, barrió en un inicio a los pueblos de tendencia neurosapiens que habitaban Grecia. Pero ya hemos dicho que estos neurosapiens no eran neurosapiens corrientes. Eran los neurosapiens del Algoritmo. Los neurosapiens del Algoritmo no pueden perder. Los neurosapiens en el Algoritmo, al final, siempre vencen.

De esta lucha a muerte entre dorios y jonios nació una de las grandes innovaciones neurosapiens que han llegado hasta nuestros días. Una de las bases de su poder actual. Una de las razones por las que dominan el mundo. Porque pese a que los dorios entraron arrasando, se crearon núcleos jonios de resistencia. Y dicha resistencia sería a muerte.

Pese a tener prácticamente la misma base genética, un origen geográfico similar, un mismo idioma, viviendo en espacios comunes durante siglos, teniendo problemas comunes, con enemigos comunes... nada pudo parar el odio a muerte entre dichos pueblos. ¿Qué otra explicación puede haber para tal odio si no es el Algoritmo? Dicho odio llevó al final a ambos pueblos a ser derrotados; prefiriendo debilitarse entre ellos en una lucha fraterna genocida antes que convivir.

REFERENCIAS

EL PROTOTIPO DE MUJER ESPARTANA EN PLUTARCO — ACADEMIA.EDU
https://bit.ly/2BSLHqG

LOS SOFISTAS Y SÓCRATES

Tras la invasión doria se crearon núcleos de resistencia jonios. El principal de dichos núcleos fue Atenas.

El mundo en general tiende a un equilibrio entre neurosapiens y neuroneander. En Occidente no. En Occidente el Algoritmo nos lleva al conflicto eterno. Veremos que Sócrates, los sofistas, Platón y Aristoteles establecieron los fundamentos del poder neurosapiens que caracteriza hoy a Occidente, y que refuerza el Algoritmo, evitando que los neuroneander impongan un equilibrio como hacen en otras partes. Con las herramientas intelectuales que los jonios desarrollaron en esa época, los neurosapiens contrarrestan su propia inherente incapacidad. Si bien siguen sin poder razonar individualmente, dichas herramientas les permiten razonar en grupo.

Dicen algunos que del conflicto entre los sofistas y Sócrates surgió la filosofía y el pensamiento moderno. La base de dicho pensamiento es dudar de todo, hacerse preguntas, establecer definiciones y seguir un método para razonar. Esta es básicamente la innovación proporcionada por Sócrates.

Pero podemos ver que hay algo que falta. Sócrates explica cómo descartar conocimiento mal inferido y cómo inferir conocimiento, pero en ningún momento explica cómo obtener conocimiento original.

Es irrelevante para él. Nunca experimentó la creación de nuevo conocimiento. No sabía cómo se hacía. Era neurosapiens.

Sócrates era en origen un sofista. Tras mucho escuchar a distintos sofistas llegó a la conclusión de que se contradecían entre ellos. Las invenciones neurosapiens siempre son bastante triviales. Cualquiera que hubiera escuchado a muchos sofistas se hubiese dado cuenta de que se contradecían.

A partir de ahí surge un trabajo más complejo de establecer porqué se contradicen y cómo evitarlo. Sócrates no da respuesta a esas preguntas, pero sí establece algunas intuiciones para lo que se ha dicho que es la aportación de Sócrates: descartar conocimiento incorrecto, generar nuevo conocimiento mediante inducción, y establecer definiciones precisas.

El resultado de su pensamiento, he de admitirlo, impresiona. Parece incluso, leyendo los diálogos de Sócrates (aunque escritos por Platón), en que principalmente participan neurosapiens, que los neurosapiens, y en concreto Sócrates, están dotados de gran capacidad intelectual.

Pero no es así. Es una ilusión.

Como se ha dicho, la innovación de Sócrates es simplemente la aplicación de unos sencillos mecanismos a partir de la evidencia observada de que los sofistas se contradecían entre ellos. Si impresiona su pensamiento, no es, por lo tanto, por dicha innovación trivial, sino por el amplio abanico de pensamientos al que aplica dicha innovación, usando a menudo argumentos que se nos escapan o sobre los que nunca hubiésemos imaginado que se pudiese hablar con tal precisión.

Nos impresiona verlo, por ejemplo, discernir sobre qué es el conocimiento, pues nosotros damos por sentado que sabemos lo que es, y al leerlo nos damos cuenta de que no. Pero recordemos, Sócrates no ha generado la mayoría de los argumentos que despliega a través de sus diálogos. Solo los ha copiado de sofistas y otros filósofos. Él simplemente los ordena con mayor rigor que ellos y haciendo gala de una mayor amplitud de argumentos que ellos.

Porque los sofistas buscan soluciones a un problema de la gente. Cobran si resuelven un problema. Son especializados. No necesitan escuchar a otros sofistas que no resuelven el mismo problema. Sin embargo, Sócrates sí los escucha, no cobra, y le da igual tu problema. Al no cobrar no tiene la necesidad de resolver tu problema. Al no tener necesidad de resolver problemas no necesita especializarse y puede explorar amplios espacios de conocimiento.

Y, de hecho, el uso de diálogos en lugar de discursos le permite obtener argumentos de otros, magnificando la impresión de sabiduría, que en realidad no proviene de él pues él solo se limita a detectar errores de razonamiento. A menudo, ni siquiera llega a conclusiones. Simplemente demuestra que otras soluciones son imprecisas.

Sócrates, por lo tanto, es básicamente una reacción a los sofistas. Una evolución de estos. Pero ¿qué son los sofistas? Si hacemos caso a lo que dice Sócrates, son charlatanes: engañan a sus oyentes. Regalan los oídos de sus oyentes con argumentos en apariencia brillantes, pero a menudo incorrectos, pese a que el oyente no sea consciente de ello, dada su escasa capacidad de comparar argumentos alternativos. Y, ¿cómo lo hacen? Comparan argumentos que han obtenido de otros y descartan algunos erróneos. Hacen lo mismo que Sócrates, pero sin hacerse preguntas para validar su conocimiento. No tratan de refutar su conocimiento. Al contrario, tratan de evitar que la gente se haga preguntas. Pero resulta que esto en realidad requiere habilidades bastante parecidas a las necesarias para hacerse preguntas. Para evitar que la gente se haga preguntas has de intuir qué preguntas se harán.

Sócrates es pues básicamente un sofista de un nivel más elevado al del resto de sofistas. Si los sofistas obtienen conocimiento y lo ordenan, Sócrates básicamente obtiene conocimiento de sofistas y lo ordena.

¿Quién generaba nuevo conocimiento entonces en la sociedad helénica? Falta una pieza. Faltan los neuroneander. Los neuroneander por fuerza debían generar el conocimiento que alimentaba la civilización ateniense.

Porque civilizaciones en que unos recopilan información y la ordenan ya había habido muchas antes. En África, en Oriente Medio, en Asia ...

Lo que no había habido nunca antes era una civilización predominantemente neurosapiens, con un sustrato neuroneander oculto y con un 15% de su ADN proveniente de pueblos del norte de Europa en los que el Algoritmo estuviese presente con intensidad. Esa mezcla, unida a la presión doria sobre los pueblos descendientes de los micénicos es lo que permitió a los atenienses dar ese paso evolutivo.

En resumen. La presión espartana exacerbó la voluntad de exterminio del neuroneander entre los atenienses. La presión aumentada de los neurosapiens atenienses sobre los neuroneander atenienses hizo a estos últimos generar nuevo conocimiento. Una sociedad más abierta y tolerante, característica neurosapiens, permitió compartir dicho conocimiento. El miedo a la dominación espartana hizo a los neurosapiens atenienses buscar nuevas formas de aprovechar dicho conocimiento, esforzándose en ser más racionales: surgen los sofistas y los primeros filósofos (muchos de estos filósofos es probable que fuesen neuroneander). El análisis más elevado de todos los sofistas por parte de alguien que necesitaba soluciones aún más veraces es lo que es Sócrates. Y esto dio lugar a la civilización occidental.

«Este es un universo que no favorece al tímido» —Frase de Sócrates que da muestra de la fuerte influencia neurosapiens en la cultura ateniense de la época.

PLATÓN

Platón es el siguiente paso a Sócrates. Si Sócrates extraía información de sofistas, filósofos y personalidades destacadas de su sociedad, y la reordenaba, Platón hace que las personas que disponen de información acudan directamente a él, permitiéndole así descartar la información incorrecta y ordenar la restante. Es la Academia. La institución que finalmente proporciona el poder a los neurosapiens de Occidente.

La Academia permite a los neurosapiens recabar información, ordenarla, y obtener ventaja de ella. En la práctica es casi indistinguible de pensar. Así ha sido durante milenios. Pero sí hay diferencias. Y son bien relevantes. Si esta sociedad no es consciente de dichas diferencias no es por no ser evidentes, sino porque los neurosapiens tienen grabado a fuego en su cerebro la denegación de dicha realidad.

ESPAÑA, AÑO 2016

Nuevo email:

We are sorry to inform you that your paper was not accepted for publication in the conference. The selection process was very competitive: Out of a record 831 reviewed submissions, we were only able to accept 137 papers. Please find below the anonymous referees' comments on your paper.

«Lamentamos informarte de que tu documento no ha sido aceptado para ser publicado en la conferencia. El proceso de selección ha sido muy competitivo. De un total de 831 documentos revisados solo nos ha sido posible aceptar 137. Por favor, mira más abajo los comentarios a tu documento proporcionados por los revisores anónimos».

Juan había depositado mucha esperanza en el resultado de dicha selección. No pudo evitar sentir una gran decepción al ver la cabecera del email que claramente indicaba que había sido rechazado. A Juan siempre le había gustado la ciencia. De niño devoraba novelas de Julio Verne y permanecía embobado frente una pantalla de televisión cuando aparecía algún reportaje científico, incluso si no entendía nada de lo que se decía. A menudo pasaba las sobremesas jugando con cartulinas tratando de diseñar inventos para sus muñecos de juguete. En cuanto tuvo la edad mínima recomendada (9 años) consiguió que sus padres le comprasen su primer ordenador: un ZX Spectrum + con el que en adelante pasaría interminables horas tratando de programar juegos incluso antes de recibir ninguna clase de programación.

Pero jamás tuvo ningún logro destacado. Nunca surgió nada de sus cartulinas. Cuando una vez envió el resultado de un test a una revista en informática, el 99% de los lectores que enviaron una respuesta dieron con el resultado correcto. Juan no.

Los padres de Juan eran de origen humilde. Su padre apenas tenía el certificado escolar. Su madre el equivalente de su época al bachillerato.

Si compraron un ordenador tan pronto a Juan no fue por el interés que despertaba en ellos la ciencia o la educación, sino por recomendaciones de los médicos de Juan. Juan había sido diagnosticado con autismo a los dos o tres años. Tardó mucho en empezar a hablar y cuando empezó, pronunciaba mal la mayoría de las palabras y hablaba con un tono monótono. El hecho de no sonreír apenas también contribuyó al diagnóstico. Especialmente al no sonreír a las payasadas del médico cuando este quería forzarlo a hacer algo.

Pero poco más tarde ese diagnóstico quedó atrás. Juan no era autista, solo Asperger. Su padre usaba la palabra «aspenger», y así creía Juan que se pronunciaba hasta poco antes de cumplir los 41 años que ahora tenía. Porque si bien Juan era Asperger, nunca más se habló de ello en presencia de Juan.

Solo unos años antes Juan había empezado a mostrar interés por su condición. Pese a que siempre había tenido problemas de integración con otras personas, Juan siempre creyó que cualquiera que fuese su diferencia debía ser superada, y que la mejor manera de superarla era ignorándola. Y Juan se había hecho muy bueno en ignorar la realidad. Pero llegó un momento en que empezó a ser evidente que Juan estaba quedando atrás. Que pese a haber terminado una ingeniería en informática, no podía encontrar trabajo y con más de 30 años seguía viviendo en casa de sus padres. Poco a poco empezó a dejar de negar la realidad. Al hacerlo, se dio cuenta de que el diagnóstico de Asperger siempre había estado ahí, en su vida, incluso si él lo ignoraba. Y que la actitud de los otros hacia él había sido determinada tanto o más por dicho diagnóstico como por sus poco perceptibles síntomas.

La vida de Juan funcionaba con inesperados altibajos. Pero Juan nunca perdía cierta fuerza interior. Cuando nadie quería contratarlo, él seguía trabajando en sus propios proyectos. La gente, en general solía apreciar el trabajo de Juan. Era bueno como ingeniero, sobre todo, programando. Pero de alguna manera Juan siempre acababa generando conflicto por otras razones. De alguna manera, esto empezó a ser visible en las entrevistas de trabajo, y Juan siempre era descartado a las primeras de cambio. Así, acabó presentando proyectos propios a otros emprendedores, a iniciativas de subvención pública y a inversores privados. En uno de dichos altibajos, Juan finalmente consiguió cuantiosa financiación para uno de sus proyectos.

Años más tarde, en otro de sus altibajos, la empresa estaba quebrada y cerrada. Rondando ya los 40 años, Juan conservaba algunos ahorros. decidió arriesgarlo todo a un nuevo proyecto basado en una nueva tecnología que él mismo desarrolló. Patentó la idea. Sabiendo que nadie apostaría por aquella tecnología si no había sido validada por la comunidad científica, escribió un «paper» explicando en qué consistía su algoritmo y lo envió a una conferencia científica. Meses más tarde llegaría el email anunciando la no publicación.

Como es habitual en las conferencias en informática, el «paper» había sido revisado de forma anónima por dos revisores. Ni Juan podía saber quiénes eran los revisores ni, en teoría, los revisores podían saber quién o quiénes eran los autores del «paper».

Este fue el veredicto del primer revisor:

> Strong reject - clearly unsuitable (Fuerte rechazo – claramente inapropiado.)
>
> Issue 1. Some parts of the work are unclear and needs to be defined in more detail. (Objeción 1. Algunas partes no están claras y necesitan ser definidas en más detalle)
>
> Issue 2. The proposed method does not seem to be efficient and its description is not clear. (Objeción 2. El método propuesto no parece ser eficiente y su descripción no es clara.)
>
> Issue 3. The content does not present a clear description of the study, several important references are missing. (Objeción 3. El contenido no incluye una clara descripción del estudio y faltan referencias importantes.)

Issue 4. There are also minor formatting issues. Also, some of the parameters have not been declared properly and it causes ambiguity. (Objeción 4. Hay también pequeños problemas en el formato. También, algunos de los parámetros no han sido declarados de manera formal y esto causa ambigüedad.)

En los comentarios adicionales el revisor incluía una retahíla de disparates demostrando no haber entendido absolutamente nada de cómo funcionaba el algoritmo presentado (tal como él mismo afirmaba en sus objeciones).

Veredicto del segundo revisor:

Strong reject - clearly unsuitable (Fuerte rechazo – claramente inapropiado)

Issue 1. Simple solutions to the problem would be a net positive, especially one that doesn't require complicated and hard-to-implement cryptography. It is unclear whether this is such a system. (Objeción 1. Soluciones simples al problema serían positivas, en especial, una que no requiera complicados o difíciles de implementar métodos criptográficos. No está claro si este sistema lo es.)

Issue 2. There is no implementation or evaluation, and technologies that can seem easy in concept often fall apart at this stage. [Esto no era cierto] (Objeción 2. No existe una implementación o evaluación, y tecnologías que pueden ser sencillas en concepto a menudo fracasan en dicha fase [Sí había implementación.])

Issue 3. Many criteria for such technologies are not discussed, such as [something stupidly unneeded]. (Objeción 3. Muchos criterios para este tipo de tecnologías no han sido discutidos, como por ejemplo … [y a continuación añadía una característica estúpidamente innecesaria])

Entonces, en los comentarios adicionales añade en alguna parte:

The algorithm looks like a standard distributed protocol with strict ordering. (El algoritmo parece un protocolo distribuido estándar con ordenación estricta)

Juan abandonó el proyecto pocos meses después, tras haber dedicado 2 años a su desarrollo. Comprendió que, si no era capaz de hacer entender su idea ni siquiera a supuestos expertos en la materia, nunca podría convencer a ningún profano de que usase su algoritmo.

Sabía que un camino era persistir y poco a poco ir puliendo su documento. Pero sabía que ello implicaba estar en contacto con otros expertos. Implicaba ir aprendiendo su lenguaje, mimetizando sus protocolos, asimilando sus ideas. Ya había pasado por eso. Años atrás había colaborado en proyectos de investigación en la universidad. Tampoco acabó bien. Juan no quería ser como ellos. Solo quería discutir su idea.

LOS PROBLEMAS DE LA ACADEMIA DE LOS NEUROSAPIENS

Los argumentos de estas revisiones corresponden a un caso real. Un documento fue enviado a una conferencia científica. Los argumentos de los revisores han sido copiados casi literalmente.

Varias cosas pueden desprenderse de las respuestas de los revisores, incluso sin saber de qué iba el documento o la calidad del mismo.

- Los revisores no entendieron cómo funciona el algoritmo propuesto.
- No les importaba cómo funciona el algoritmo propuesto.
- No les importaba si el algoritmo propuesto resuelve algún problema.
- Pese a no haber entendido el documento (y reconocerlo), pensaron que la presencia de lo que ellos consideran defectos de forma era suficiente motivo para calificarlo de «fuerte rechazo: claramente inapropiado».

Podemos ver que no entendieron cómo funciona el algoritmo en expresiones como «no está claro», «parece que...», «no está claro si...», «parece un...».

Podemos ver que no les importa cómo funciona el algoritmo en que no entendieron cómo funciona. No hicieron el esfuerzo necesario.

Podemos ver que no les importa si el algoritmo propuesto resuelve algún problema en que no les importa cómo funciona.

La realidad, por lo tanto, es que lo rechazaron por una simple razón: el contenido iba contra sus creencias establecidas o intereses y presentaba supuestos defectos formales suficientes para rechazarlo sin tener que dar más explicaciones.

Si el documento no fuese contra sus creencias, o contra los dogmas en que se basaba su carrera, o como queramos llamarlo, jamás lo hubiesen rechazado por defectos de forma. Si el documento fuese a favor de tesis que les beneficiasen evaluarían si presenta alguna novedad o no y si dicha novedad es significativa, y en todo caso lo rechazarían por alguna de esas razones (y no alegando fuerte rechazo).

Alguien dirá que no tengo prueba de que eso sea así. No la necesito. Eso podría ser así. Es más que suficiente para mí.

Para los que piensan que todos somos iguales. Y que los que no somos iguales somos defectuosos, esa manera de pensar es muy natural. Confiar en los demás es natural. Aceptar hacer el esfuerzo de parecerse a los demás es natural para ellos. Son neurosapiens. Para mí no. Yo sé que nunca seré neurosapiens. No quiero tampoco serlo. Y sé que los neurosapiens quieren eliminarme por ello.

No es algo extraño. Buscando en la red pueden encontrarse infinidad de casos de personas con cualidades por encima de la media que acaban en posiciones que no desarrollan su potencial debido a su dificultad para congeniar con los neurotípicos.

Comentario en Quora:

> «I was a child when I was first evaluated. This occurred because I was prodigious in kindergarten and they wanted to gauge just how exceptional I really was so they knew what grade to put me in, and at six years old, my reaction was, can I go play now? Please?
>
> My genius has led to me teaching myself how to read and perform basic math operations without instruction at the age of four. I was supposed to be placed in the fourth grade from kindergarten, and instead, I only skipped one grade and went into the second. I was an all honors classes student in high school, but barely applied myself due to problems at home. Even still, I was a cheerleader, swim team, soccer, NHS & NAHS. By senior year, my grades were shite. I never got to go to college until in my mid

thirties. I've got two degrees, one in Retail Merchandising, one in Biology. I wanted to be a perinatologist. Instead, I worked at Starbucks for almost a decade and was recently fired... for the second time this year... by Starbucks... because I won't suffer fools lightly. I'm poor, divorced, and so smart, and who cares».

Otro comentario en Quora:

«At work, if your manager is not smart enough, you feel like rebelling and start having issues with authority.

I forgot to mention another important point. You do not have a stable career. You keep on switching jobs because either you have mastered your job to its maximum potential or you have authority issues with your manager because he is unable to understand your ideas and calls them ridiculous. If not switching jobs then you just get sacked because your focus was not in the right place even though you did your job well».

En general se suele establecer que las personas con más inteligencia lo tienen más difícil para interactuar con otras personas. Se atribuye a que entienden mejor las cosas y los demás no les entienden a ellos, por lo que acaban teniendo dificultades sociales. Pero ¿qué sentido tiene eso? Si un perro es más listo que los demás perros, ¿acaba solo porque los otros perros no le entienden? Si tienes una calculadora y los demás no, ¿acabas solo porque los demás no te entienden?

Una explicación más sencilla y lógica es que la mayoría de las personas con alto CI son neurodivergentes, y es por eso por lo que tienen dificultades sociales: porque los demás están predeterminados a detectar a los diferentes y eliminarlos o aislarlos.

Porque como hemos dicho, la Academia es simplemente un invento neurosapiens. Un invento para suplir su incapacidad de pensar individualmente. Un invento para utilizar el conocimiento generado por los neuroneander. Necesitan que ese conocimiento siga estrictos protocolos formales. Necesitan que los que generan ese conocimiento se acostumbren a sus normas. Necesitan que el conocimiento generado sea fácilmente accesible a los neurosapiens. Y necesitan una vía de evitar que los neuroneander generadores de conocimiento adquieran demasiado poder dentro de la Academia. Necesitan una forma de discriminar favorablemente a los neurosapiens. Todo esto se manifiesta en el rechazo al «paper» expuesto.

Veremos en adelante, en más detalle, cómo funciona la maquinaria neurosapiens para imponerse en la Academia.

REFERENCIAS

WERE NEANDERTHALS SMARTER THAN MODERN HUMANS? — QUORA
https://bit.ly/2SYTpKE

REVISITANDO LA HISTORIA: ROMA

Roma fue fundada en un entorno étnico muy similar al de Grecia. Había pueblos no indoeuropeos, originarios de la primera hibridación con neandertales. Había pueblos indoeuropeos originarios de la segunda hibridación con los neandertales. Y había también pueblos, o población integrada que provenía de pueblos del norte (de la tercera hibridación). Estos últimos podían estar emparentados con los pueblos con los que se habían cruzado algunos griegos dando lugar a los micénicos. Habrían llegado también en distintas épocas pobladores de origen celta (tercera hibridación).

La cultura romana parece ser, en origen, una cultura más cercana a Esparta que a Atenas. Más dada al lado neuroneander. Más sobria. Más volcada hacia las leyes y la disciplina militar.

La misma leyenda de fundación de Roma dice que tomaron por esposas a las sabinas. El pueblo sabino se vanagloriaba de descender de colonos de Esparta. Y algunas familias famosas de la historia de Roma, como la familia Claudia se vanagloriaba de su ascendencia sabina. El mismo Rómulo habría reinado Roma junto a un rey sabino tras el conflicto por el rapto.

Pero aun así, la fundación de Roma parece ser más bien la fundación de una ciudad de renegados dentro del territorio latino. Una ciudad de gentes de todas partes. Una mezcla de culturas. Gentes que nadie quería con ellos, y por eso tuvieron que recurrir al rapto para obtener esposas.

Esta mezcla marcaría desde un principio la inclinación de Roma por la búsqueda del imperio de la ley y los equilibrios de poder, más que la preponderancia de los valores de unos sobre otros.

Si Roma logró dominar gran parte del mundo conocido en la época pudiera ser en base a los siguientes pilares:

- Su creencia en las leyes por encima de las costumbres.

- Su persistencia y tenacidad por seguir aspirando a la realización de su idea. Porque sabían lo que querían. Sabían que no debían aspirar a nada más que al orden. Sabían que la búsqueda sin más de otros objetivos (riqueza o territorio) solo llevaba al caos y la debilidad.

No eran, por lo tanto, en origen, una cultura marcadamente neurosapiens. Los neurosapiens tienden siempre al tribalismo. A buscar al diferente y atacarlo. A querer crecer.

Roma, por lo tanto, tendría una fundación de espíritu neuroneander. Recordemos que la inmensa mayoría de pueblos que rodeaban a Roma eran pueblos de la primera o segunda hibridación. Los etruscos, es posible que ni siquiera viniesen de Grecia o Anatolia, sino que en su mayoría fuese la evolución de pueblos autóctonos (por lo tanto, de la primera hibridación). Los sabinos serían incluso de ascendencia espartana (al menos sus élites).

Sin embargo, tanto romanos como etruscos y latinos tenían una leyenda que explicaba que descendían de troyanos, en concreto de la huida de Eneas de Troya tras ser arrasada. Esto indica que seguramente en algún momento de finales del segundo milenio a.C. hubo una migración de una élite de pueblos emparentados con los micénicos a Italia. Por lo tanto, tendrían una cultura influida por la cultura que dio lugar a la mentalidad ateniense. Tendrían un amplio sustrato poblacional con la mentalidad neurosapiens de la tercera hibridación. Con la mentalidad que potencia el Algoritmo.

Como hemos dicho, Roma nació de un crisol de culturas, pero eran una ciudad latina. Es posible que la tribu latina tuviese una orientación más neurosapiens. Es probable que hubiese influencia celta también en la zona (de origen germánico y por lo tanto de tercera hibridación). Es probable que, en Roma, en resumen, se refugiasen gentes de orígenes distintos. Gentes poco integradas en sus respectivos entornos. Los diferentes. Etruscos mal integrados en zona latina. Galos (celtas) mal integrados con todos. Latinos pobres. Sabinos refugiados.

Surgió así una ciudad con culturas neuroneander y neurosapiens que debían convivir. Y así es cómo aprendieron cuáles eran los valores que permitían a neuroneander y neurosapiens convivir. Los valores que les permitieron atraer y retener a todos los pueblos que se irían encontrando posteriormente.

A diferencia de Atenas, Roma, pues, no se decantó del todo del lado neurosapiens. Trató de que los neuroneander estuviesen cómodos. Creando leyes claras. Evitando la dictadura de las masas. Limitando el odio instintivo hacia el neuroneander. Pero, aun así, permitiendo también a los neurosapiens ocupar posiciones de poder. Aun así, potenciando instituciones claramente neurosapiens copiadas de Atenas. Aun así, decantando lentamente el poder hacia el lado neurosapiens; el lado de las élites; el lado de los que fueron la minoría mayoritaria en la fundación de Roma (los latinos).

Y esta es la clave del éxito de Roma. Tenían una mentalidad en apariencia neuroneander, pero disimuladamente iban infiltrando el lado neurosapiens. Iban imponiendo élites neurosapiens, pues los principales fundadores eran latinos (neurosapiens), pero con leyes y costumbres más bien neuroneander. Incluso tuvieron por mucho tiempo reyes de pueblos neuroneander (sabinos, etruscos ...). Al hacerlo, al ir extendiendo poco a poco las élites neurosapiens de origen latino, iban potenciando el Algoritmo. Iban oprimiendo cada vez más al neuroneander. Gracias al Algoritmo iban generando siempre más conocimiento que los demás. Gracias a los neurosapiens, este conocimiento se extendía por todo el imperio.

En algún momento, llegaron a la situación de haberse decantado ya demasiado del lado neurosapiens. Dejaron de recordar sus valores originales. Dejaron de creer en una idea. Dejaron de creer en un mundo compensado entre neuroneander y neurosapiens. Pasaron a creer en la masa. Y la masa... es neurosapiens. Dejaron así de recuperarse de sus derrotas: ya no era tan fácil convencer a la gente de que se luchaba por una idea. El neuroneander dejó de creer en Roma. El neuroneander buscó una alternativa. Y un neuroneander en el siglo I encontró la manera de debilitar definitivamente a Roma.

EL PROTESTANTISMO

El protestantismo podría ser una reacción de los pueblos del norte de Europa al cristianismo católico. Una reacción, por lo tanto, de los pueblos más marcados por el Algoritmo: los que tienen mayor porcentaje de población neuroneander y mayor porcentaje de población neurosapiens proveniente de la tercera hibridación (la más contraria al neuroneander).

El cristianismo, como se ha mostrado, fue en origen una religión creada por los neurosapiens a partir de las experiencias y enseñanzas de un neuroneander. Fue una religión fundamentada en una traición: la traición de los apóstoles neurosapiens a su mesías neuroneander. Es, por lo tanto, una religión por y para los neurosapiens, pese a que posiblemente parta de la voluntad de libertad de un neuroneander.

Su desarrollo, se produce además en la etapa imperial de Roma, una etapa, como se ha dicho, ya derivada hacia el lado neurosapiens, tras una fundación más bien neuroneander.

Así, esa religión acabó diseñando una mentalidad que tratase de suplir las carencias neurosapiens. Los neurosapiens se distraen. Tienden a las pequeñas satisfacciones rápidas. No sienten reconforte en la meditación. Siempre quieren más, pues es la manera de imponerse a los neuroneander: ser más.

La manera que encontraron de evitar los efectos de esos impulsos neurosapiens fue la contención. La amenaza de un Dios todopoderoso que les obligaba a limitar sus instintos. Y la esperanza en una vida tras la muerte en que todas esas limitaciones acabasen y les permitiese gozar por toda la eternidad de todas aquellas satisfacciones a las que habían renunciado en vida. Es la única manera que encontraron de parecerse a su fundador neuroneander.

Los neuroneander tendemos a la contención ya por defecto. Esas imposiciones de un Dios no tienen sentido en nosotros. No necesitamos una casta sacerdotal con todas esas inhibiciones maximizadas que guíe nuestras vidas. Podemos llegar a una contención y concentración incluso más elevada que la de los neurosapiens incluso sin renunciar a algunas de esas satisfacciones. Porque nuestro cerebro no se distrae con tanta facilidad y no se deja llevar por los instintos. Porque no hemos heredado la necesidad de dejarnos llevar por la masa. Y porque no podemos simplemente descuidarnos: la presión neurosapiens siempre está ahí.

Así, en los pueblos del norte de Europa, donde los neuroneander están en más proporción que en el sur, esas reglas pensadas para los neurosapiens generaron descontento, y ese descontento dio lugar al protestantismo. A una nueva religión sin una casta sacerdotal neurosapiens tratando de imitar la mentalidad neuroneander. Una religión en la que los verdaderos neuroneander aportasen conocimiento sin necesidad de los trucos para emular a los neuroneander.

EL LIBERALISMO

El liberalismo es una manifestación más del conflicto neander-sapiens.

Las élites neurosapiens no pueden generar por sí solas conocimiento. Incluso si entre ellas hay núcleos neuroneander. Incluso si las élites son mayoritariamente neuroneander. El potencial neuroneander solo eclosiona si está sujeto a discriminación, pero gozando al final de la suficiente libertad como para aplicar el conocimiento obtenido. Generar núcleos neuroneander y tratar de explotar a estos, como si de un cultivo se tratase, no funciona. Los neuroneander sin opresión tienden a la vida tranquila, a ignorar los problemas, no a resolverlos. Y no se puede imitar esa opresión. Ninguna forma de tortura es superior a la de un neuroneander viviendo entre neurosapiens.

Los sapiens sin neuroneander no tienen nuevo conocimiento que gestionar. Explotar al neuroneander es indispensable para el sustento de su sociedad.

Con el tiempo, la sociedad ha aprendido que el modelo que mejor funciona es el de una gran base de población con preeminencia neurosapiens en la que afloren los instintos anti neuroneander, en la que, por lo tanto, vivan neuroneander ocultos y oprimidos. Al florecer el talento de dichos neuroneander, en algún momento ascenderán socialmente y la sociedad se beneficiará de su conocimiento adquirido. El liberalismo potencia a la perfección este mecanismo. Por eso funciona.

Y así fue el liberalismo de inicio.

Pero al llegar los neuroneander a posiciones de poder, se daban cuenta de que no eran iguales que los demás. Les resultaba difícil sentir empatía por gentes que instintivamente les odiaban. Así, el capitalismo al principio se volvió explotador. Explotador contra la mayoría neurosapiens. Y esto, no solo era aceptable para las élites neuroneander, sino también para las élites neurosapiens.

EL CONFLICTO ENTRE IZQUIERDA Y DERECHA

En todo el mundo persiste un conflicto que algunos consideran eterno e inevitable. Incluso en países en que el 90% de la población pertenece a una misma clase social, la llamada clase media, este conflicto perdura. De hecho, este conflicto se intensifica.

Parece que algo más profundo preocupa a la gente. Algo más profundo nos divide. No es la diferencia económica. No es la sensibilidad y solidaridad hacia los demás. No es la disciplina o las ganas de trabajar.

Este conflicto lo creó la izquierda. La izquierda es el origen. Pero ¿qué es la izquierda?

Algunos dirán que es el pueblo luchando contra la opresión de los poderosos. Si alguna vez fue así, ya no lo es más. Tanto los de izquierdas como los de derechas tienen similares niveles de opresión. Hay votantes de izquierda y derecha en todos los estratos sociales.

Otros dirán que la izquierda es el esfuerzo de algunos por trabajar menos y vivir del esfuerzo de los otros. Esa, evidentemente, es también una argumentación ingenua.

La izquierda surgió tras las revoluciones liberales. El debate político se estableció en torno al control de los medios de producción y la libertad de empresa. La clase trabajadora, gracias a los avances de la ilustración, ya no era ajena a estos debates. Alguien trabajando en una empresa, viendo como el dueño reclamaba derechos para él, entre ellos el derecho a gestionar los medios de producción, pensó: «Coño, yo soy quién de verdad hace funcionar los medios de producción. Hágase el comunismo». Y luego los intelectuales interesados explotaron esa idea primaria.

No entraré a valorar aquí en profundidad porqué dicha idea originaria es absurda. Básicamente, el razonamiento consiste en la idea de que una empresa no es solo producción. El verdadero valor de una empresa está en la gestión del riesgo, no en su capacidad de producir. Producir, en efecto, lo puede hacer cualquiera. Decidir cuándo y qué producir, no. De hecho, no puede nadie. Siempre es un riesgo.

Pero dicha idea originaria no es lo que sustenta a los movimientos de izquierdas. No es por eso por lo que la izquierda existe. No es por eso por lo que el conflicto perdura. Ese es el origen de la izquierda, pero no es eso lo que es. Ese origen desencadenó algo distinto. Algo basado en conflictos más primarios, más reales. Conflictos que no pueden ser superados. El conflicto neander-sapiens.

Junto a la ascensión de los movimientos de izquierda creció una tendencia ideológica progresista. Los movimientos de izquierdas se volvieron indisolublemente opuestos al conservadurismo. Hasta el punto de que hoy en día izquierda y oposición al conservadurismo son inseparables. Cualquiera que asegure ser de izquierdas y conservador o progresista y de derechas va a tener un recorrido muy corto.

Pero ¿por qué existe el conservadurismo? ¿Quién puede estar contra el progreso? Parece absurdo. Los recién llegados al pensamiento político siempre empezamos por hacernos estas preguntas y siempre vemos la respuesta evidente: el conservadurismo está equivocado; no es racional.

Pero el conservadurismo sí tiene sustento racional. Al menos hasta ahora. Resulta que no sabemos quiénes somos. Resulta que hay conflictos ocultos en nosotros que no conocemos. Resulta que no todos somos iguales y no tenemos los mismos objetivos, y que es muy difícil distinguir a los unos de los otros. Resulta que unos tratan de eliminar a los otros, lo hayan decidido o no. Resulta que no es la racionalidad lo que mueve a la sociedad, sino el Algoritmo. Y frente a lo desconocido, frente a lo que no podemos entender o predecir, lo que mejor funciona es la prueba y error. Cuando algo funciona se deja funcionar. Cuando no funciona se cambia. Cuando se hace un cambio se trata de recordar dicho cambio para no volver de nuevo a posiciones pasadas. Y no se puede explicar por qué se hace un cambio. Simplemente se hace. Porque se saben las consecuencias de hacerlo de otra manera pese a ser incapaces de entender por qué son esas las consecuencias. Es como reparar un ordenador. Resulta imposible a veces saber por qué una solución funciona. Cuando algo funciona, simplemente lo repetimos. La democracia o la razón no ayudarán a reparar un ordenador. Solo la experiencia.

Cuantos más seamos colaborando en evaluar lo que funciona o no, más fácil es encontrar posiciones que funcionen. El conservadurismo requiere por lo tanto colaboración. La colaboración requiere normas compartidas. Requiere que incluso los que ni tienen toda la información ni nunca la tendrán colaboren y acepten las normas. A menudo, la manera de convencer de esas normas es con mentiras pues es imposible usar argumentos lógicos. Pero no por ello esas normas dejan de funcionar. Y es por esto que el conservadurismo existe, y funciona, pese a estar basado en mentiras.

La izquierda, por otro lado, es el instinto desatado del pueblo. Y el pueblo, como sabemos, es neurosapiens. Su instinto, por lo tanto, es la aniquilación del neuroneander. La izquierda, por lo tanto, potencia la aniquilación neuroneander. No se esfuerza ni siquiera en disimular su odio hacia los que no son el pueblo: cuestionan su humanidad. Para ellos, la única humanidad posible es la neurosapiens. Por supuesto, ellos no lo saben, pero es así. Por esa razón la aparente superioridad racional de la izquierda siempre acaba encontrando resistencia. Sus ideas no pueden funcionar, pues la sociedad no puede funcionar sin los neuroneander y no puede funcionar sin el Algoritmo. No puede funcionar con igualdad. No se genera conocimiento si hay igualdad.

Los neuroneander, además, no queremos ser iguales. Porque simplemente no podemos. Por eso, las ideas de izquierdas causan un dolor inexplicable entre personas que ni siquiera se consideran proclives al conservadurismo. Simplemente notan que algo no funciona en esas ideas. Notan que algo de esas ideas va contra ellos. Porque son neuroneander aunque no lo sepan.

El liberalismo resulta ser una alternativa al conservadurismo y a la izquierda. Un modelo que satisface el ansia de liberación del neuroneander frente al conservadurismo, pero sin caer en potenciar el instinto de destrucción neurosapiens que representa la izquierda. El liberalismo, por lo tanto, permite al Algoritmo funcionar. Y recordemos, sin el Algoritmo no somos más que monos con aspiraciones.

LA CLASE MEDIA

Hemos visto como el Algoritmo, para funcionar de forma óptima necesita de un sustrato de población que actúe de forma cruel contra el neuroneander. Para desatar su potencial. Sin desatar ese potencial, no se genera conocimiento nuevo. Sin conocimiento nuevo, las habilidades de gestión del conocimiento de los neurosapiens no sirven para nada.

Con el tiempo, se ha ido viendo que la mejor manera de forzar a ese sustrato de población a mantener ese nivel de ansiedad contra el neuroneander, el cual provoca estrés también a los neurosapiens, es mediante una división de la sociedad en tres clases.

El orden actual no solo necesita el Algoritmo, también necesita un sustrato de población pobre. Necesita una clase social baja que cause miedo a las clases medias. Y necesita unas clases medias con miedo que implementen sin rechistar la tiranía neurosapiens.

En las sociedades occidentales la pobreza suele estar en torno a un 20% de la población. ¿Existe esa pobreza porque eso permite a los «liberales» amasar más riqueza? (teoría fundacional del marxismo). Es ridículo. La pobreza no existe porque eso haga más ricos a unos cuantos. Si eso fuese así, en vez de un 20% de pobres habría muchos más. La pobreza simplemente existe como advertencia para que el otro 80% tenga miedo. Y ¿por qué han de tener miedo? Algunos dirán: para trabajar más. ¿En serio? ¿Alguien ve a las clases medias trabajando más que a los pobres? No. Si las clases medias están libres de la pobreza no es por trabajar más, sino por prestarse a las reglas pensadas para oprimir al neuroneander. Por estar dispuestas a pagar las consecuencias incómodas de esas reglas.

¿Qué otra explicación hay? No lo hacen para trabajar más. No trabajan más. No lo hacen para conseguir que las clases medias sean más racionales. No son racionales. Son igual de irracionales que en la edad media. Solo una explicación basada en el Algoritmo tiene sentido. Ahora veremos esa explicación.

EL CAOS

Hay dos clases de caos. El caos externo, causado por sucesos del mundo que nos rodea. El caos interno, causado por nuestros deseos, contradicciones y frustraciones. Ambos tipos de caos son fuerzas creadoras.

Los neurosapiens necesitan caos externo, pues su interior es menos complejo y por lo tanto incapaz de generar caos interno. Sus actitudes están más marcadas por algoritmos instintivos en su cerebro que por razonamientos u observaciones.

Pero son incapaces de entender tampoco ese caos externo. Jamás se enfrentan a él mediante la razón.

El caos, por lo tanto, no genera en ellos razón de por sí. Sin embargo, el caos externo sí les ayuda a vivir en una sociedad más productiva. El caos externo les fuerza a buscar alianzas. No pueden enfrentarse al caos directamente, pero pueden hacerse fuertes en alianzas.

El caos les obliga a cambiar dichas alianzas de vez en cuando. Lo viejo muere de forma periódica y solo los que ajustan sus alianzas sobreviven. Esto favorece la creación de nuevos canales. Favorece por lo tanto nuevas maneras de compartir conocimiento.

Por lo tanto, el modelo produce así un equilibrio. Los neurosapiens hacen una tarea útil a la sociedad de esta forma.

Los neuroneander, por otra parte, no nos enfrentamos al caos externo con alianzas. No funciona con nosotros. El caos nos debilita. Nos aísla. Fuerza al individuo a adaptarse socialmente y en eso tenemos desventaja. Acrecienta nuestro caos interno. Y ese caos interno, a veces, nos ayuda a descubrir verdades.

El caos, por lo tanto, es parte fundamental de esta sociedad. No una consecuencia, sino una causa. El caos crea el progreso, no al revés.

Los neurosapiens son conscientes instintivamente de que el caos externo les da ventaja. Contra más caos haya, más ventajas tienen los que se adaptan en nuevas alianzas. Los que tienen facilidades para crear alianzas. Los neurosapiens. Así, han inventado incluso formas de caos artificial para que periódicamente el entorno cambie y las necesidades y alianzas por lo tanto también. Es lo que se conoce como modas. Estas modas han pasado a ser una parte fundamental del sistema económico.

Y es que este caos artificial provocado por las modas no solo explota al neuroneander a buscar explicaciones, también favorece el ascenso social del neurosapiens. La tiranía contra el neuroneander se ve así doblemente reforzada.

El liberalismo es en teoría una fuerza generadora de oportunidades. La revolución liberal fue una revolución contra los privilegios de clase existentes en el antiguo régimen. Eso es bueno para el Algoritmo. Los neuroneander pueden de esta manera tener oportunidades de ascender socialmente cuando descubren oportunidades. Y así fue de entrada. Pero eso se acabó.

Lo que llamamos el orden liberal ya no es lo que dichas palabras significan. No vivimos en un orden liberal real. Vivimos en lo que es la consecuencia de la reacción neurosapiens al formidable aumento de poder neuroneander que el liberalismo propició. Vivimos en una sociedad que busca el caos de forma artificial, solo para favorecer al neurosapiens y que de esa forma el neuroneander siga oprimido y alejado del poder.

Esto crea estrés y todo tipo de males a los propios neurosapiens. La única manera de que estos acepten esos males es que exista una clase baja. Que existan pobres en porcentaje suficiente. Sin importar cuan rico sea un país. Porque solo así los neurosapiens de la clase media tendrán miedo y solo así aceptarán los sacrificios a los que los fuerza esta sociedad. Y solo así, los neurosapiens de clases altas podrán contener el ascenso al poder de los neuroneander.

MARXISMO

En resumen, podemos ver que Marx y otros evidenciaron la existencia de un conflicto social, pero confundieron por completo cuál era dicho conflicto. Su análisis superficial encuentra algunos síntomas, pero no la enfermedad. El conflicto eterno existe porque funciona. Eliminar el conflicto no lleva a mayor bienestar, sino a la simple destrucción de la fuerza motora de la sociedad.

Así, lo que se inició como una ideología de los desfavorecidos contra los poderosos ahora es una cosa bien distinta.

El orden liberal ha pasado a necesitar el marxismo. No solo sirve para oprimir a los neuroneander (porque recordemos, el marxismo es el instinto desatado de la masa neurosapiens), sino que, al esforzarse los pobres por alcanzar el socialismo, no se esfuerzan en buscar verdaderas soluciones a sus problemas. No se esfuerzan por combatir el orden liberal. Y, como se ha dicho, el orden liberal necesita de una clase baja para maximizar la potencialidad del Algoritmo. Esa es pues otra utilidad del socialismo para el orden liberal: una maniobra de distracción.

Ser pobre y ser marxista es por lo tanto contradictorio, pese a la opinión extendida. Ser marxista refuerza el orden liberal. Impide aflorar el verdadero liberalismo: un liberalismo que sirva al objetivo de que asciendan los mejores, no el objetivo de que asciendan los neurosapiens. El marxismo, al reforzar el orden liberal, refuerza la existencia de un 20% de pobres cuya única razón de existir es que las clases medias se vean impelidas al caos. Al caos que necesitan los neurosapiens de clase alta para prevalecer sobre los neuroneander.

LOS DESFAVORECIDOS

Yo sé muy bien lo que es ser desfavorecido. Sé lo que es tratar de dar lo mejor de ti y que no sea suficiente. Que haya siempre alguien mejor que tú. Que incluso todo el mundo sea mejor que tú.

También sé lo que es ser apartado, incluso cuando otros no son mejores. Porque incomodas. Porque les haces recordar algo que existe pero que preferirían ignorar. O porque no tienes el mismo aspecto que ellos. O porque no tienes el mismo origen. O porque tus ideas o comportamientos incomodan.

Si ser neuroneander y autista no fuese suficiente desventaja, además vengo de familia humilde con bajo nivel cultural, tengo algunas conductas sexuales no estándares, aspecto físico que puede hacerme confundible con un magrebí, terribles traumas de infancia que me han impedido una socialización normal, tengo ideas que (como puedes comprobar) no concuerdan con las de la mayoría, y vivo en un territorio que practica una especie de apartheid contra los que tienen mi origen cultural (Cataluña).

Muchos parten con desventajas similares. Y las superan. Y suelen ponerse de ejemplo de cómo el orden liberal funciona y con esfuerzo se pueden superar las adversidades. No es mi caso.

He vivido la mayor parte de mi vida en condiciones desfavorables. Sin libertad. Sin oportunidades. Desempleado. Sin dinero.

He ido a infinidad de entrevistas de trabajo, pero solo he permanecido contratado diez meses en toda mi vida. Cuatro meses a tiempo parcial por un sueldo que equivaldría a 600€ mensuales a jornada completa y seis meses a jornada completa por un sueldo de 700€ mensuales. En ambos casos mi trabajo era apreciado. En ambos casos fui despedido por otras razones.

También he tenido rachas mejores. He conseguido financiación para mis proyectos. Siendo emprendedor. He contratado a otras personas. He establecido alianzas con otras empresas para apoyar mis proyectos. Acudido a eventos selectivos. Obtenido premios y reconocimientos...

Y aun así he fracasado como emprendedor y estoy perdiendo toda esperanza o anhelo de poder continuar siéndolo. Porque incluso si eres tu propio jefe, trabajas para los demás. Tienes que contentar a los demás. Y no es suficiente con hacer un buen trabajo. Las habilidades sociales, la sintonía con otras personas ... Todo eso cuenta más que cualquier otra capacidad.

Y esa sintonía con los demás es más difícil cuando o bien tienes un neurotipo diferente o bien has tenido una socialización diferente debido a tus diferencias o traumas de infancia. En mi caso, se dan todas esas circunstancias a la vez y en nivel extremo.

Por lo tanto, no voy a vender el mensaje que estarás acostumbrado a escuchar. El mensaje de que con esfuerzo se superan las adversidades y que los que no las superan es porque no se esfuerzan lo suficiente. Yo no he superado las adversidades.

Con todo esto quiero decir que entiendo el punto de partida de los que reclaman planteamientos políticos de izquierdas. Entiendo el problema por el cual luchan. Entiendo su desconfianza hacia lo que ellos creen que es el mensaje liberal. Nada de esto me es ajeno en absoluto.

Pero ese mensaje, como se ha dicho, no es un mensaje liberal. Ese mensaje es el mensaje del llamado orden liberal. De ese monstruo creado para oprimir al neuroneander. Ese monstruo que para oprimir al neuroneander no duda en oprimir asimismo al neurosapiens. Porque lo que necesita es que el conocimiento surja.

Y el marxismo, forma parte de ese orden liberal. Es parte necesaria de él.

LA VERDADERA DIFERENCIA ENTRE IZQUIERDA Y DERECHA

Parece haber, por lo tanto, dos razones por las que las personas tienden a las ideas de izquierdas.

Una razón proviene de la dificultad para encajar en la sociedad cuando eres distinto, piensas distinto, tienes comportamientos distintos o simplemente pareces distinto.

Otra razón proviene de la dificultad para competir con otras personas por otros motivos. De la desesperación por sentir que no puedes alcanzar lo que se espera de ti.

Y el gran problema es que es muy difícil saber cuándo estamos en un caso o el otro. Saber cuándo una persona fracasa por su falta de afinidad al grupo o desventajas sociales, pese a tener capacidades valiosas, y cuándo fracasa porque sus habilidades no son valiosas o tiene comportamientos autodestructivos que impiden su competitividad.

Y aquí está la verdadera diferencia entre izquierda y derecha. La izquierda tiende a pensar que quien fracasa ha de ser considerado como incapaz. Que se ha de dar a quien fracasa, por defecto, la ayuda que necesitan las personas que no pueden competir. Y con ello, omitiendo buscar soluciones a las verdaderas causas de que algunas personas no puedan competir. Condenándolos, por lo tanto, a no ser autónomos ni libres. Ayudando a que el problema no solo se mantenga, sino que crezca. Haciendo de esta manera que el problema siempre acabe volviéndose insostenible económicamente y provocando un giro político a la derecha. Un giro que a menudo simplemente acota el problema quitando las ayudas, haciendo un esfuerzo por integrar a los inadaptados que se someten a nuevas obligaciones y simplemente causando la eliminación de parte de los que no aceptan las nuevas obligaciones.

Pero no es cierto que una mayoría de personas que no pueden competir no puedan hacerlo por incapacidad. La gran mayoría de casos corresponde en realidad a la incapacidad de tener sintonía con otras personas. Es por eso por lo que no aprenden como los demás. Es por eso por lo que tienen mala actitud. Es por eso por lo que acaban teniendo a veces hábitos autodestructivos. E incluso muchos que aprenden y tienen buena actitud fracasan igualmente, simplemente por tener distinto neurotipo o incluso por haber avanzado a un ritmo más lento, perdiendo oportunidades de forma irrecuperable por el camino. Porque, el llamado orden liberal impone comportamientos para discriminar a los neuroneander, pero el efecto colateral es que también discrimina a los neurosapiens de clases inferiores.

El orden liberal, que incluye a la izquierda, no va a hacer nada por cambiar todo esto. Porque obtiene lo que quiere. Consigue que algunos neuroneander vean el abismo, y ante el abismo, reaccionen, creando algo valioso. Algo valioso de lo que acabarán apoderándose los neurosapiens (los de clase alta). Y obtiene también el miedo en las clases medias. Miedo que las hará aceptar nuevas obligaciones, nuevas formas de caos. Caos que, entre otras cosas, oprima al neuroneander de clase media. Aumentando así el efecto del Algoritmo. Maximizando el progreso de la sociedad de esta manera.

Evaluemos los miedos de la izquierda al liberalismo ...

Nadie con verdaderas ideas liberales puede estar contra la eliminación de toda discriminación por razones de sintonía de pensamiento. No tiene ningún sentido. La participación de todos en la sociedad es útil para todos. En una economía liberal todos ganamos con las contribuciones de otros. El liberalismo, por lo tanto, no puede estar contra la igualdad de oportunidades o a favor de la opresión, como a menudos se argumenta.

Tampoco es cierto que el liberalismo propicie una acaparación de recursos por parte de los ricos. Ningún rico guarda servilletas en un sótano para evitar que los demás tengamos servilletas. En los contados casos donde algo así sería posible, contamos con la democracia para impedirlo.

El liberalismo no es el enemigo. Si los desfavorecidos no tienen oportunidades es por el Algoritmo y el mal llamado orden liberal. La existencia de desfavorecidos solo tiene sentido si asumimos que el Algoritmo existe. Solo tiene sentido si la explotación es necesaria, no para obtener más trabajo, sino para obtener sufrimiento, y que ese sufrimiento provoque la generación de conocimiento por parte de los neuroneander.

Porque si renunciamos a una sociedad de individuos racionales, la única forma de generar conocimiento es mediante el sufrimiento extremo de los neuroneander. Y eso deriva en sufrimiento para todos.

ASCENSIÓN DEL BITCOIN

En los últimos años ha surgido un movimiento supuestamente anarcocapitalista. Supuestamente un ejemplo del poder de la gente para luchar contra los poderosos. Es el Bitcoin.

¿Qué es el Bitcoin? Simplemente un mecanismo para realizar transacciones económicas donde el cumplimiento de las reglas no es supervisado por una sola autoridad, sino por un enjambre de autoridades (en el mejor de los casos) independientes.

El tema es cómo llegó a ser conocido.

Todo comenzó con una idea. Pero esa idea no podía ser validada simplemente con la razón:

- Dependía de infinidad de detalles técnicos que podían tener o no solución en el futuro.
- Dependía de cómo sería usado por la gente y qué intereses se crearían a su alrededor: incentivos para cooperar o para tratar de asaltar el sistema. Estos incentivos podían variar con el tiempo.

Demasiadas variables para ser evaluadas de entrada por unas pocas mentes humanas.

Este es, de hecho, el caso de la mayoría de las innovaciones. Las innovaciones cuyo diagnóstico consiste simplemente en averiguar si resuelven o no resuelven un problema son una absoluta minoría dentro de las innovaciones posibles.

En teoría el capitalismo es la herramienta que permite dar oportunidades a nuevas ideas. Los inversores en teoría apostarán por una variedad de ideas de difícil diagnóstico: si ganan en solo una de ellas los beneficios compensarán con mucho las pérdidas de todas las otras ideas fallidas en que invirtieron.

Pero este no ha sido el caso de Bitcoin. No es el caso, de hecho, de la inmensa mayoría de innovaciones de difícil diagnóstico. El capital privado no entra nunca hasta una etapa mucho más avanzada: una vez los riesgos son mucho más controlados.

Ningún fondo de inversión capitalista, por lo tanto, como regla general, va a invertir en nuevas ideas de difícil diagnóstico.

Sin embargo, Bitcoin ha superado esa fase inicial de desconfianza sin la ayuda del capitalismo. No ha sido el análisis del riesgo lo que ha permitido a Bitcoin crecer: ha sido la reputación de sus fundadores y su capacidad de lo que se llama «evangelizar». Y así es, como regla general, cómo los proyectos de difícil diagnóstico superan o no superan esa etapa inicial: si un núcleo inicial de personas hace uso de la innovación, entonces entran los capitalistas en el juego.

Por supuesto, no podemos llamar a esto capitalismo: el éxito o fracaso del 90% de los proyectos no depende del juicio racional de personas que arriesgan su dinero.

El hecho de arriesgar su dinero es supuestamente lo que da superioridad práctica al capitalismo sobre el socialismo. La idea fundamental del capitalismo es que, al arriesgar los inversores su dinero, tienen incentivos para actuar de forma racional. No les importará la procedencia o ideología del innovador. No les importarán las repercusiones sobre su ego o el de personas afines. Tan solo juzgarán si la innovación resolverá el problema o no y si el riesgo es razonable.

En el socialismo, en cambio es (idealmente) el bienestar de la mayoría lo que prima. Si la innovación atenta contra el ego de la mayoría fracasará (sin importar si resuelve el problema o no). Si la innovación puede dar ventaja a un grupo minoritario, la mayoría puede bloquear la innovación solo por esa razón. incluso si proporciona ventaja a todos, pero más a la minoría que a los demás.

No es el único obstáculo que debe tratar de superar el socialismo. ¿Cómo pueden juzgar las personas corrientes la idoneidad de una innovación? Sería un tema filosófico profundo e interesante. Pero en la práctica no se resuelve de forma ni profunda ni interesante: simplemente se deja decidir a las personas de mayor reputación. La sociedad se convierte por lo tanto en una lucha por reputación. La razón desaparece de la toma de decisiones.

Y así es cómo superó Bitcoin sus dificultades iniciales, y cómo superan dichas dificultades de evaluación la mayoría de las innovaciones de esta sociedad supuestamente capitalista: la idea progresó una vez esta fue promovida por personas con gran reputación.

No fue Satoshi Nakamoto quién hizo crecer Bitcoin, fue una jerarquía de personas bien conectadas con importantes puestos en multinacionales u organismos públicos. Ellos definieron cómo se usaría la idea. Ellos definieron los objetivos. Y definieron cómo se comunicaría. Mediante su autoridad técnica (basada en su reputación) establecieron unos dogmas que otros debían creer. Los que dudasen no podrían en ese momento asegurar al 100% que la idea no iba a funcionar. Como se ha dicho: demasiadas variables. Los que tratasen de oponerse debían, por lo tanto, hacer frente a una campaña organizada por personas más influyentes, con más recursos, mejor organizadas. Eso era todo lo que importaba. Así es como realmente nació Bitcoin.

Y una vez el dogma supera una barrera inicial, se extiende como la pólvora. Porque estamos en la sociedad del Algoritmo, y los neurosapiens están programados para aceptar dogmas, aunque no los entiendan.

Una vez los inversores capitalistas comprobaron que la innovación era aceptada por los neurosapiens, entonces invirtieron. Y lo hicieron a lo grande. No porque creyesen en la idea, sino porque creían en la capacidad neurosapiens de tragarse la idea. Los inversores saben que, en el peor de los casos, una vez entra en juego la credulidad neurosapiens, las burbujas solo perjudican a los últimos en invertir, mientras que los primeros obtienen enormes beneficios. Y así es siempre con las innovaciones de difícil diagnóstico.

Al final se comprobará que Bitcoin fue una idea estúpida. Los elementos racionales para diagnosticarlo no eran en realidad tan complicados, pero esta sociedad ha perdido la práctica en el uso de la razón para tomar decisiones.

Así pues, vemos que no estamos de verdad en una sociedad capitalista. Vemos que en realidad no impera el liberalismo. Vemos que vivimos en una curiosa mezcla de socialismo y capitalismo. Una mezcla impuesta incluso pese a la evidencia de que no funciona. Debe haber una razón para ello… Una razón más primaria … Como la simple necesidad de impedir el verdadero capitalismo, para que se impongan los neurosapiens.

REVISITANDO LA HISTORIA: EL ROMATICISMO

EL AMOR

No hay razón lógica para la existencia. Ninguna. No es racional. La no existencia es la solución lógica. La única posible.

Si no existes, ¿qué problema te soluciona existir? Ninguno. Si, por el contrario, existes, puede parecer que dejar de existir te creará problemas: en la memoria que quede de ti, en los sentimientos de las personas que aprecias, tal vez en alguna causa justa por la que luches, tal vez afectará a la verdad... Pero si todo deja de existir—no solo tú—¿qué problema te quedará? Ninguno. Nadie sufrirá por ti. No habrá injusticia. No habrá verdad. No habrá nadie para recordar.

Y todo dejará de existir. Algún día. Todo lo que ahora crees que será un problema si no estás, no lo será al final de los tiempos. Pues todo dejará de existir. El Universo algún día colapsará o se enfriará.

Pero esa inevitable realidad no tiene mucha utilidad práctica para los que vivimos hoy.

La evolución selecciona a los que sobreviven. Es más fácil sobrevivir si quieres sobrevivir. Al menos para los dotados de inteligencia; o de algo parecido a ésta. Si eres una planta, puedes sobrevivir sin querer hacerlo. Si eres inteligente, no.

Por esa razón, la evolución creó un engaño para nosotros los que tenemos algo parecido a inteligencia y libre albedrío. Esa creación es el amor.

La evolución creó el amor para luchar contra la racionalidad. Porque si la racionalidad vence, no tiene sentido existir. Si la racionalidad vence la propia evolución deja de existir.

El amor es, por lo tanto, todo lo contrario a la racionalidad.

Pero, una vez existes, dejar de existir tampoco es racional; pues sería la solución. ¿Por qué hallar una solución si nada tiene sentido? Sería una contradicción. Sería irracional.

Y la razón es el objetivo. Es a lo que queremos aspirar.

Dejar de existir, así pues, no es racional. Debemos tratar de persistir. Si es así, ¿para qué inventar una nueva fuerza que nos sirva para ignorar la implacable realidad de que la existencia no tiene sentido? Si eliminamos el amor, por irracional, obligatoriamente tendremos que crear un sustituto. Y éste será del mismo modo irracional. Porque existir, simplemente no tiene sentido. Nunca lo tendrá.

Racionalizar el amor... resulta no ser racional.

El amor no solo soluciona el problema de la falta de sentido de la existencia. Nos obliga a buscar la unión con otros. Nos obliga a buscar ser algo distinto. Algo mejor. Si se ha de existir, tratar de ser mejor es, qué duda cabe, un objetivo racional.

El amor es tan potente como herramienta para tratar de hacernos querer ser mejores que es incluso capaz de hacernos desistir de la voluntad de persistir: podemos aceptar dejar de existir si con ello damos lugar a algo mejor. Es por lo tanto capaz de hacernos aceptar la racionalidad fundamental: la racionalidad de que la existencia es inútil y sin sentido; y ello sin dejar, al mismo tiempo, de forzar nuestra voluntad de ser mejores, de ser más racionales. El amor es racional incluso en su irracionalidad. Es un motor de racionalidad.

No puede haber razón sin la irracionalidad de la voluntad de existir. No puede haber razón sin amor.

LA MUJER EN EL AMOR

El amor, por lo tanto, ha de ser aprovechado como motor de racionalidad.

Sin embargo, esta sociedad limita el amor de muchas maneras. Su naturaleza ha sido desvirtuada. El amor es a menudo supeditado a otros intereses. Intereses supuestamente más racionales.

Esta supeditación a otros intereses es culturalmente más intensa en la mujer. Históricamente la sociedad ha favorecido la independencia y autoridad de los hombres. Las mujeres, debían elegir a menudo entre supervivencia y amor.

Biológicamente, además, las mujeres tienen interés en que el amor dure. Tienen interés en que la pareja defienda la descendencia. Pues solo pueden dar a luz a un número limitado de hijos, y consume gran energía vital tenerlos y criarlos. Tienen interés en que dure, pero deben elegir pareja cuando aún están en edad reproductora. Y no solo al estar en edad reproductora. Si quieren tener más opciones de elegir pareja, han de hacerlo cuando aún son atractivas a los hombres por su juventud. En el pasado, incluso cuando aún «no conocían varón» o incluso siendo aún niñas.

A la falta de libertad para elegir pareja, por las normas sociales y económicas, se unía la falta de madurez para hacerlo, por la edad. Las mujeres, por lo tanto, tienen menos predisposición al aprendizaje en el amor, aunque más incentivos para buscar por medio de la lógica que éste sea efectivo, y no un error. Las diferencias, por lo tanto, entre hombres y mujeres, dan lugar a dos estrategias diferentes para buscar el amor. A dos estrategias diferentes, por lo tanto, para buscar la racionalidad. Dos estrategias no solo válidas ambas, sino complementarias y que se refuerzan una a la otra.

Si la mujer pierde la capacidad de amar, pierde relevancia social. Da igual que puedan pensar que ganan opciones de supervivencia al supeditar el amor a otros intereses. Eso da más opciones a su progenie, no a su neurotipo: el neurotipo de la mujer. Y eso las condena. La falta de compromiso de la mujer con el amor es, por lo tanto, una de las razones de su discriminación.

Los movimientos de defensa de derechos de la mujer hacen mal en ignorar este hecho y erran en la solución si esta no pasa por potenciar la capacidad de la mujer para amar. De amar puramente. De amar sinceramente. De amar de acuerdo a la estrategia que conviene a su biología. De amar de acuerdo a la estrategia que conviene a su neurotipo. De amar con el fin de crear algo mejor.

EL ALGORITMO Y LA MUJER

El Algoritmo no juega en favor de la mujer. Para el Algoritmo, lo que cuenta es potenciar la discriminación de los neuroneander. El conocimiento surge de los neuroneander oprimidos. Son los neuroneander los que eventualmente han de subir en la escala social gracias a su conocimiento adquirido. Porque solo los neuroneander pueden adquirir conocimiento nuevo.

Y entre las mujeres no abundan los neuroneander.

Las mujeres neuroneander parecen no existir. Tenemos ejemplos manifiestos de neuroneander hombres incluso en ámbitos como el deporte; como Federer, Messi o Raikkonen. No es tan fácil identificar a las mujeres.

Una posible explicación es que, aunque existen, no emiten señales similares. Quizás la genética de la mujer mitiga sus diferencias. Se suele decir que las mujeres pueden pensar en dos cosas a la vez. A algunos neuroneander nos es muy difícil seguir las reglas de la interacción social al mismo tiempo que pensamos. O hacemos una cosa o la otra. Los neurosapiens parecen tener el cableado adecuado para hacer ambas cosas a la vez sin esforzarse. Por defecto. En hombres y en mujeres. Si las mujeres neuroneander no tienen ese cableado neurosapiens, pero pueden pensar en dos cosas a la vez, pueden disimular mejor esta diferencia.

Aun así, habría síntomas. Serían más calculadoras en sus emociones. Lo que otras personas hacen por instinto, ellas lo harían de manera calculada. Les llevaría un tiempo aprender a hacerlo y por eso también tendrían una infancia de timidez. Esa timidez, sin embargo, no sería tan traumática por razones culturales. A las mujeres, a menudo, solo les hace falta sonreír para conseguir aceptación. Cualquier diferencia conductual es olvidada si son capaces de generar cariño. Algunas de ellas aprenderían desde muy jóvenes la necesidad de generar cariño sobre ellas. Acabarían, seguramente, siendo más hábiles en esto que las mujeres neurosapiens, contribuyendo con ello a extender el neurotipo neuroneander de forma inadvertida.

Esta conducta y circunstancias diferentes de la mujer neuroneander la incapacitaría para formar parte del Algoritmo. Sin opresión, no se desata el potencial neuroneander. Y las mujeres, al no contar con las características de comportamiento neuroneander y contar con su capacidad de generar cariño, no serían oprimidas como los neuroneander hombre. Por esta razón, las mujeres habrían tenido una influencia menor en la historia de la ciencia y la cultura y habrían sido relegadas históricamente a posiciones secundarias en la sociedad.

Las mujeres neurosapiens, por otra parte, siempre han estado discriminadas y siempre lo estarán en esta sociedad por una simple razón: el neurotipo neurosapiens en los hombres es en realidad una apropiación por parte de los hombres del neurotipo femenino. Los hombres neurosapiens se comportan como mujeres y por lo tanto se han adueñado de las esferas de influencia de la mujer, reduciéndolas a simples herramientas de reproducción. Los neurosapiens han reemplazado a las mujeres sobre todo en la socialización. Cotorrean como mujeres. Comparten sus sentimientos como mujeres. Hacen alianzas como mujeres. De esta manera, el espacio natural de las mujeres en el género humano se ha visto menguado.

Se han apropiado del espacio femenino, pero aun así no piensan exactamente como mujeres. Siguen teniendo una personalidad ligeramente más individualista. Siguen teniendo más resistencia al dolor. Siguen teniendo una actitud más estoica en la vida. Los hombres ocupan el espacio de las mujeres, pero sin pensar exactamente igual que ellas, por lo que acaban desplazándolas y excluyéndolas.

Y la única manera que les queda a los hombres neurosapiens de proclamar su masculinidad, una vez decantada su psique hacia el neurotipo de la mujer, es a través de la fuerza física o la violencia.

Una alternativa a este modelo sería una sociedad donde los hombres no ocupasen el espacio de las mujeres. Donde los hombres no se adueñasen del neurotipo de la mujer. Una sociedad más neuroneander. Una sociedad de mujeres fuertes, pero mujeres. Sin tener que competir con los hombres por ser mujeres. Y de hombres que no necesiten manifestar su hombría mediante la fuerza física.

Las mujeres, juegan un papel secundario por lo tanto en el Algoritmo. Quizás solo como refuerzo del poder neurosapiens. Quizás como meros transmisores del neurotipo neuroneander.

Pero todo cambia si el Algoritmo es sustituido por un motor que potencie la racionalidad en los individuos. Porque al final, el objetivo es la racionalidad. La racionalidad del individuo, no del colectivo. Si es así, tiene todo el sentido que la relevancia de la mujer aumente. Si es así, hemos visto que pueden ser un potente motor de racionalidad, gracias a su diferente estrategia en el amor. Porque el amor, hemos visto, potencia la racionalidad.

La mujer no tiene lugar en el Algoritmo. Por eso, la mujer debe estar contra el Algoritmo. Debe estar contra la opresión al neuroneander. Y su cooperación puede ser fundamental para conseguirlo. La opresión de los neurosapiens sobre los neuroneander puede ser sustituida por la opresión propia de los neuroneander sobre sí mismos. La presión por alcanzar ideales puros. Ideales como el amor.

LA MUJER EN LA HISTORIA

La mujer en la historia. En la verdadera historia. No en la que nos han contado.

Todo apunta a que las primeras civilizaciones fueron de carácter matriarcal. O como mínimo de igualdad de condiciones entre hombres y mujeres. Las mujeres en Mesopotamia tenían iguales derechos que hombres. En la civilización minoica igual. En el antiguo Egipto, pese a algunas limitaciones en las altas esferas, tenían iguales derechos que hombres. Esas limitaciones en las altas esferas, además, no siempre se cumplían, pues hubo faraonas y mujeres de mucha influencia.

En China, sin embargo, se suele conocer una cultura fuertemente opresora de la mujer. Hay que recordar que la historia de China empieza alrededor del siglo XVI a.C. Ese es un periodo muy tardío. Un periodo en donde ya habían sucedido muchos de los acontecimientos principales de la historia neander-sapiens. Los primeros pueblos indoeuropeos de el algoritmo ya empezaban a apoderarse de buena parte del mundo conocido.

Pero antes de la historia de China los pueblos de Asia tenían una religión animista basada en el recuerdo de los antepasados. Algo similar a todas las primeras sociedades agrarias surgidas del primer encuentro entre neandertales y sapiens. Esa antigua cultura que se extendía por toda Asia, descendiente de los primeros pueblos neander-sapiens, sobrevivió hasta tiempos muy recientes en un lugar aislado de Asia: Japón. La religión sintoísta es una religión animista emparentada con aquellas primeras creencias. Y en el Japón sintoísta la mujer no solo podía gobernar, era animada a gobernar. Esto era así también en las culturas Yangshao y Qijia de China.

Así pues, en los territorios donde se establecieron los pueblos derivados del primer encuentro entre neandertales y sapiens se establecieron costumbres igualitarias entre hombre y mujer. No solo en Asia. En todo el mediterráneo y Europa hay restos de una antigua cultura basada en una diosa madre. Todos esos pueblos, recordemos, asumieron modos de vida más equilibrados entre el neurotipo neander y el neurotipo sapiens.

Pero todo empezó a cambiar con las invasiones indoeuropeas. Con las invasiones de los pueblos decantados al lado neurosapiens, como hemos visto en el caso de Grecia. Las mujeres empezaron a ser apartadas. Al igual que son apartadas en el África subsahariana, donde la cultura es exclusivamente neurosapiens.

En Asia, no hubo invasiones indoeuropeas, y, sin embargo, la cultura se volvió también fuertemente contraria a la igualdad de la mujer. Pero si bien no hubo invasiones indoeuropeas, sí es cierto que hubo justo en ese periodo la llegada de nuevas religiones. Religiones cuyo origen estaba en el norte de la India, en la India posterior a las invasiones de los pueblos indoeuropeos. Esas nuevas religiones daban a la mujer una imagen de malignidad.

¿Por qué esas religiones cuajarían en las culturas con un equilibrio neander-sapiens? El Algoritmo. La evolución haría prevalecer al Algoritmo. Los pueblos que se decantan hacia la opresión al neuroneander se vuelven más fuertes. Si querían sobrevivir a las invasiones de los indoeuropeos debían hacerse más fuertes: debían reforzar el Algoritmo. Esas nuevas religiones, sin ser claramente contrarias al neuroneander como en las culturas indoeuropeas de la rama germánica, serían un poco más neurosapiens: más elaboradas y complejas. Y más opresoras del neuroneander.

Podemos ver algunas pruebas de que el orden neuroneander es mejor para las mujeres:

- En las civilizaciones con mayor predominancia neuroneander las mujeres tenían más relevancia social (Minoicos, Esparta, Japón sintoísta …).
- En el Romanticismo, (época, como veremos de preponderancia neuroneander) el porcentaje de escritoras de éxito fue muy superior al actual. Algunas obras maestras del Romanticismo fueron escritas por mujeres. El talento de las mujeres se potenciaba mucho más en aquella época. Tiene todo el sentido. Las mujeres ejercían un balance a los hombres. Tenían puntos de vista diferentes. Hombres y mujeres se reforzaban intelectualmente.
- Las mujeres escritoras del Romanticismo escribían sobre todo tipo de temas (sociales, científicos, ciencia ficción...). Las mujeres del siglo XX y XXI (orden liberal) escriben casi siempre sobre mujeres.

LA MUJER EN LA ANTIGUA GRECIA

Las mujeres en Atenas lo tenían bastante más complicado que en Esparta.

- Al igual que ha ocurrido históricamente en países como China, era más frecuente que las niñas muriesen a manos de sus progenitores.
- No tenían derecho a comer tan bien como sus hermanos varones.
- En general, no eran educadas. Se consideraba peligroso educarlas.

- Pasaban la mayor parte de sus vidas en su casa con otras mujeres.
- Se casaban durante la adolescencia con hombres, en general, rondando los 30 años.
- Su esperanza de vida estaba entre 35 y 40 años como consecuencia de tener hijos desde muy jóvenes y casi cada año.
- Pasaban de estar bajo el control de su padre al de su marido. Si heredaban, sus posesiones pasaban a manos de su marido. Si se divorciaban sus posesiones pasaban a manos de su padre o su pariente varón más cercano.

En Esparta (neuroneander), sin embargo, las cosas eran distintas.

- Las leyes de Esparta requerían que las niñas tuviesen los mismos cuidados y comida que los niños.
- Eran educadas en la escuela. Recibían, por ejemplo, educación sistemática en filosofía y retórica.
- Las leyes establecían que las mujeres solo debían casarse al alcanzar una edad en que pudiesen disfrutar del sexo. Por lo tanto, no siendo aún niñas, como en el resto de Grecia.
- Los espartanos consideraban el concepto de violencia dentro del matrimonio y era condenado. Tener sexo con niñas, por ejemplo, era considerado violencia.
- Se casaban con hombres no mucho mayores que ellas. Unos 4 o 5 años mayores.
- Dado que los hombres estaban dedicados principalmente a la guerra, las mujeres administraban las tierras de sus maridos. Controlaban, por lo tanto, la economía espartana.
- Podían heredar e incluso transmitir propiedades.
- Eran descritas por otros griegos como proclives a tener opiniones, incluso en cuestiones políticas. A menudo se decía que los hombres espartanos eran en realidad gobernados por sus mujeres. Lo dijo el mismo Aristóteles.

Como es con frecuencia citado, Gorgo, esposa del rey Leónidas en una ocasión respondió a la pregunta de por qué las mujeres espartanas eran las únicas que gobernaban a sus maridos: «Porque somos las únicas mujeres que damos luz a hombres». Porque eran las únicas que daban luz a neuroneander, los cuales no eran una apropiación del neurotipo femenino.

Como se ha dicho, los neurosapiens son una apropiación del neurotipo femenino... Y esa es la raíz de muchos problemas.

REFERENCIAS
WOULD A WOMAN'S LIFE BE BETTER IN ANCIENT SPARTA OR ANCIENT ATHENS? – QUORA https://bit.ly/2IxMhjn

LA MUJER EN LA ACTUALIDAD

En la actualidad las mujeres estarían recuperando posiciones en la sociedad. O eso creerían ellas.

Los neurosapiens nunca van a darles plena igualdad. Está en su forma de ser el discriminar al diferente. Lo necesitan para persistir. Siempre oprimirán a la mujer. Pues la mujer, sea o no neuroneander, es neurodivergente. Potenciar una cultura contraria al neurodivergente, incluso xenófoba con el neurodivergente, no va a ayudar jamás a la mujer.

Las nuevas modas en pro de los derechos de la mujer, de hecho, parecen más bien un intento neurosapiens de afianzar su poder. Seleccionan a las mujeres más neurosapiens y las empoderan. Les dan recursos para organizarse. Les dan influencia política. Consiguen vertebrar un nuevo eje de poder con intereses puramente neurosapiens con la excusa de buscar otra cosa. En realidad, son intereses puramente anti neurodivergencia. Intereses puramente contrarios a la mujer.

El detalle importante es que las mujeres no están consiguiendo el poder: se les está regalando. Son los neurosapiens los que las están situando en el poder. Y el poder nunca se obtiene si es regalado. Eso es siempre una simple ilusión.

La mentalidad de la mujer debe evolucionar. O sufrir una regresión. Volver a una mentalidad más cercana a la de la época espartana. O a la época romántica. Mucho del mal que la sociedad causa a las mujeres está en la propia mentalidad de muchas mujeres. No solo en los desequilibrios que provoca la cultura neurosapiens. Si hay menos mujeres haciendo carreras científico-técnicas no es solo porque la sociedad les ponga obstáculos, que también, sino por una mayor mentalidad práctica de la mujer. Por una mayor aversión al riesgo. Por un mayor interés en la socialización que en el pensamiento individual.

A buen seguro, no será pequeña la resistencia a la revolución neuroneander entre muchas mujeres.

NO DIGAS PATRIARCADO...

...di discriminación por neurotipo.

Cualquier solución al conflicto neander-sapiens no ha de ser solo una solución a dicho conflicto. Ha de ser una solución genérica al problema de la convivencia entre diferentes neurotipos. Ha de ser una solución que incluya a las mujeres, pero no solo a las mujeres y los neuroneander, también ... la inteligencia artificial y ... otras probables culturas extraterrestres. Porque el destino de la humanidad es convivir con diferentes neurotipos. No hay posibilidad de supervivencia si no evolucionamos hacia una forma de vida no invasiva con otros neurotipos. Siempre habrá alguien más fuerte ahí afuera, con un neurotipo diferente, y si no lo encontramos ahí afuera, lo crearemos nosotros (Inteligencia Artificial). Crear una cultura de convivencia entre neurosapiens, neuroneander, mujeres, y otros neurotipos que puedan existir en la actualidad, nos preparará para un futuro inevitable. Un futuro de convivencia con otros neurotipos. El sueño de los neurosapiens de crear un futuro neurosapiens, un futuro como ellos lo llaman «humano», es pura gilipollez.

La lucha sesgada de las mujeres por la igualdad – el llamado «feminismo» – es por lo tanto un error. Las mujeres no deben luchar por equiparar sus resultados a los de los hombres, sino por equiparar las oportunidades de todo neurotipo. Si lo hacen de forma sesgada, no solo no están luchando de verdad por la igualdad, sino que están imponiendo más desigualdad. Desigualdad que. De una manera u otra, acabará volviéndose contra ellas. Si además lo hacen por medio de la presión colectiva conseguirán que ese poder no lo consigan las mujeres por sus características, sino que sea impuesto por un orden superior. Un orden que siempre partirá del Algoritmo. Un orden que siempre será más fuerte cuando potencie al neuroneander, no a la mujer. No será, por lo tanto, un poder real. Será una mera ilusión. Y las consecuencias de esa ilusión serán reales, como lo son en la actualidad.

EL BOSQUE DE MYRKVIDR

ANTECEDENTES

Caballero errante por la pérdida largo tiempo atrás de una amada en su más temprana juventud. Llega a un castillo con una princesa. Queda prendado de la princesa, como creía que no volvería a ocurrir. Jura fidelidad al caudillo solo por estar cerca. Pero ella está a un nivel superior y parece inalcanzable.

Un día hay una justa por el derecho a hacer un regalo a la princesa. El caballero no participa pese a saberse capaz de ganar. Sabe que él no es bueno para ella. Pero algo llama la atención de la princesa sobre él: descubre su angustia y amor por ella.

Un día es destinado a proteger la puerta de los aposentos de la princesa. Ella está obsesionada por la pasión que intuye en él. En un momento dado se le ofrece, sin más, sin reservas. Pero él duda. Ella sale huyendo humillada.

Al día siguiente se comunica al caballero que debe abandonar el castillo en una guardia. Por el camino descubre que sus acompañantes planean matarlo. Al huir se ve forzado a entrar al bosque de Myrkvidr del que se dice que nadie que entra sale. Lleva consigo unas hojas y tinta con que escribir unas notas. Esas notas sería lo único que se encontraría nunca más de él.

NOTAS

Nota 1

No hay salida. Lo he intentado todo. Este bosque parece maldito. Siempre acabo en el mimo punto. No hay esperanza. Las historias parecen ser ciertas. Nadie que entra aquí sale.

Nota 2

Comienzo a debilitarme. Han pasado diez días. Solo me resta esperar el final.

Nota 3

Pienso en ella. No lo puedo evitar. Sin rencor, incluso sintiendo de forma más intensa. Mis sentimientos no están ahora distorsionados por la esperanza. No hay egoísmo ya en mí para confundirme, pues nada he de esperar ya.

La amo. La amo ahora por lo que es, no por lo que imaginé que pudo hacer por mí o por lo que imaginé que sería mi vida junto a ella. Y me pesa la huella que puedo haber dejado en su alma. La terrible decisión que la obligué a tomar. Me angustia que pueda pesarle ya por siempre y nunca más vuelva a ser la que fue. Porque lo que hizo es justo. Es lo que debía hacer.

Porque se debe a su pueblo por encima de todo. Se debe a unos ideales. Ideales de honor. Se debe a lo que yo ya no puedo representar. A lo que nunca representé, pues ya perdí mi esperanza largo tiempo atrás. Y pese a que creí haberla recuperado con ella, no era real.

Porque se debía a todo ello y aun así lo traicionó. Por mí. Por mi amor: lo único puro y honorable que quedaba en mí. Traicionó todo a lo que se debía, sí, pero por algo que era puro de verdad. Algo que realmente estaba por encima de su deber.

Y entonces yo traicioné ese amor. Y todo aquello por lo que ella había traicionado quedó reducido a nada. Pues nada soy sin ese amor. Y traición por nada es lo que ella estaría cometiendo de haberme perdonado.

Mi castigo es justo. Me voy en paz sabiendo que al menos ella no sufrirá consecuencia por mi traición.

Escribo estas notas con la esperanza de que algún día ella lo sepa: que no tengo rencor y que me voy en paz.

Nota 4

La espera se hace larga. Pero siento ya llegar el final. Tu recuerdo es un alivio en medio de este pesar. Me alegro de morir con este sentimiento. Es mejor que morir viviendo en una larga agonía, vacía de alegrías, buscando vanamente rememorar momentos que ya no volverán. Momentos que valen por mil vidas y que tú me diste a mí y a nadie más.

Nota 5

He visto algo esta noche. Algo ronda por los alrededores. Siento que me observa. Siento que ... volverá.

Nota 6

La he visto esta mañana. Una muchacha joven. De aspecto frágil y desvalido. Vestida de blanco y transparencias, como si de un traje de noche o camisón se tratase. Parecía confundida. Parecía buscar algo; pero no era a mí. Cuando me ha visto se ha dado la vuelta y ha desaparecido. Había sorpresa en su rostro. Había temor, pero no miedo. El temor a ser inoportuna. El temor a haber provocado algo que no debía provocar.

He querido seguirla, pero no tenía fuerzas. Apenas estuvo unos segundos a mi vista. Pero su mirada se ha quedado incrustada en mi mente. No consigo quitarme de la cabeza esa mirada. No paro de preguntarme lo que significa.

Nota 7

Siento como un canto triste. No estoy seguro de si es mi imaginación. Una voz afligida, de mujer. No muy lejos. ¿Será la muchacha? Me impele a levantarme e ir tras ella. Pero no voy.

Paso los días entre el sueño y la vigilia semiconsciente. No soy capaz de dormir. Por otra parte, temo que, si lo hago, no despertaré más. ¿Estará eso afectando a mi cordura?

Nota 8

El canto continúa. Sigo sintiendo una necesidad casi imparable de levantarme e ir tras esa voz. Pero no voy. Siento que algo no cuadra. No es natural. Por muy fuerte que sea mi deseo de seguir esa voz, más fuerte es mi dolor. No quiero más dolor. Todo debe acabar.

Nota 9

El canto paró un instante y caí en el sueño. Soñaba con ella. Con la muchacha. Su recuerdo se hacía fuerte. Más incluso que el de mi amada. Pero no más que el de mi dolor.

Entonces el sueño se volvió sombrío. Sentí como si todo el bosque a mi alrededor de repente me acechase. Como si las hojas y ramas lentamente se conjurasen para rodearme. Para atraparme. Para hundirme en la tierra por siempre, y que mis carnes y huesos pasasen a servirles de alimento.

Y desperté. Y allí estaba la muchacha. Justo en frente. A un metro. Mirándome fijamente.

Se sorprendió al verme abrir los ojos. Sentí como quería huir. Pero no lo hizo. Se quedó allí. Como escrutando mi alma. Con sus grandes ojos bien abiertos observándome con vergüenza. La dejé hacer. Entonces volvió a mirarme a los ojos. Por un momento pensé que me besaría. No la hubiese dejado, aunque lo deseaba. Mantuve la mirada firme. Algo seguía sin cuadrar. Pero quería saber más. Sentía la absoluta necesidad de saber más.

Ella volvió a mirar abajo como avergonzada. Dio unos pasos atrás de forma dubitativa. Echó una última mirada hacia mí y volvió a desvanecerse en el bosque.

Nota 10

Lo he visto. Las historias son ciertas. Es una ninfa oscura del bosque.

La seguí por la mañana. Cuando siento el silencio desvanecerse en el bosque sé que ella no está cerca acechando. Saqué fuerzas de alguna parte para seguirla.

Se acercó a un ciervo muerto. Llevaría semanas allí. Todo lleno de gusanos y larvas. Medio devorado. Se puso a devorarlo. Pude ver su cara. Su verdadera cara. La cara que tiene cuando no está fingiendo ser una joven. Estremece.

Me he vuelto a donde estaba, tratando de evitar que me viese. Es mi única opción: que se confíe y se acerque desprevenida.

Nota 11

Lleva dos días sin volver. No he podido evitar dormirme. He tenido suerte de que no haya vuelto. Ha llovido. Cayeron unos frutos del árbol bajo el que estoy. Resulta un tanto milagroso. Me he recuperado un poco. Trataré de evitar que me devore.

Nota 12

Dos días más sin aparecer...

Dicen que las ninfas oscuras son doncellas puras que una vez se internaron al bosque aun sabiendo que estaba prohibido y que graves peligros acechan. Porque huían de algo. De algo aún más terrible. Dicen que el bosque las transforma. Les hace perder el juicio. Les hace perder su humanidad. Poco a poco se transforman en semi bestias. Pero nunca envejecen, bien al contrario, se vuelven aún más hermosas, pues viven fuera de toda tentación o vicio. Lo mismo que las hace inhumanas las hace hermosas. Bestias hermosas. Hermosas pero terribles. Dicen que su beso es como una droga. Una droga que paraliza a sus víctimas. Para ser devoradas mientras aún viven.

Dicen también que su arma no es solo su belleza. Usan todo tipo de trucos para enloquecer a los hombres. ¿Lo habrá conseguido conmigo? Sigo recordando su cara. Sus emociones. Si esas emociones son trucos, ¿cómo pueden ser tan verosímiles?

Su cara me dejaba ver su dolor. ¿Un truco? No se puede fingir dolor sin haberlo sentido. Considero que era dolor real. Tal vez usado para engañarme, pero basado en algo real. Un dolor puro. Una injusticia profunda. ¿Será acaso ese dolor el que la hizo internarse en el bosque?

Su curiosidad era también real. Si era fingida, si era otro truco, era el truco de una mente que alguna vez sintió curiosidad. Por eso sabía cómo fingirla.

Quiero saber más de ese dolor. Y del resto del dolor que sin duda oculta. ¿Acaso conoce ella cómo puedo soportar yo mi dolor? Estoy pensando algo. Lo voy a intentar.

Dos años después

—Princesa, Bridget quiere hablaros. Dice que es importante.

La princesa Agnes puso una mueca en su cara. El sentido común de Bridget a la hora de determinar lo que era importante no solía ser muy acertado. Pero al menos lo que solía considerar importante solía ser divertido. No como aquellos papeles que tenía delante.

Suspiró. Pensó que debería contestar que volviese más tarde. Pero por otra parte estaba un poco atascada en la decisión que debía tomar. Quizás una pausa le vendría bien. Y, la verdad, raramente se resistía a las distracciones de Bridget.

—Está bien, hazla pasar —dijo sonriendo amablemente.

Bridget entró a la sala en cuanto le hicieron señal. Rápidamente Agnes notó que algo importante la preocupaba. Dijo algo a su asistente, casi sin mirarle a los ojos y se acercó a ella a pasos cortos pero rápidos, mirando siempre al suelo.

Agnes suspiró. ¿Qué sería esta vez? Traía algo en sus manos. Unas hojas.

—Majestad, ¿os acordáis del caballero Grunwald? —La pregunta sorprendió a Agnes, torciendo su expresión levemente.

—Sí, claro que me acuerdo —replicó retomando su sonrisa. ¿Cómo no iba a acordarse, con todas las veces que habían hablado ellas dos sobre él?

Bridget dudó un instante. Era incapaz de mirar a la cara a Agnes. Mantenía apretados con fuerza los papeles frente a su vientre. De repente le parecía insensato entregar aquello a Agnes, descubriendo así que ella ahora sabía lo que había sucedido. Pero Bridget siempre acababa haciendo lo más honesto, incluso si a menudo era insensato.

—Han encontrado esto a la entrada del bosque —dejó de apretarlo contra su vientre, ofreciéndolo a Agnes, aunque sin mucho entusiasmo.

—Ah, ¿y qué es?

—Deberíais leerlo.

Agnes lo leyó con rostro serio. Bridget observaba su cara tratando de percibir sus reacciones. Sin embargo, su expresión apenas varió mientras lo leía. Solo se percibía una ligera preocupación. Pero no lo que Bridget esperaba que ocurriese.

Al acabar de leerlo sí se la notaba un poco emocionada. Pero rápidamente tapó su expresión con una sonrisa. Bridget no entendía nada.

—Él está bien.

Bridget seguía mirándola fijamente aún sin entender nada. Agnes cogió su mano tratando de tranquilizarla.

—Es complicado —dijo ensombreciendo su gesto ligeramente.

—Pero ... dice que queríais que muriese.

—¡Ah! Eso. No fui yo —se mostró un poco nerviosa. Se dio ahora la vuelta tratando de rehuir la mirada escrutadora de Bridget.

—Él lo sabe. Se lo dije.

Bridget se sintió aliviada. La respuesta le había parecido sincera. Bridget no era especialmente lista, pero entendía a la gente. Sabía cuándo fiarse. Ahora notaba que su amiga sufría por el recuerdo. Su cara se iluminó al pensar que ahora le explicaría lo que ocurrió.

Agnes se dio cuenta de cómo su amiga esperaba ahora entablar otra de sus largas sesiones de confidencias. Se sintió en parte aliviada por haber anulado el pesar de su amiga. Sin embargo, no compartía su entusiasmo. No estaba segura siquiera de si quería o debía explicarlo todo. En cualquier caso, contase lo que contase, aquella información no debía salir de allí. Nadie más debía saberlo jamás.

Dos años antes, en el bosque de Myrkvidr

Grunwald había seguido una vez más a la ninfa oscura. Si bien sabía imitar algunos comportamientos humanos, para engañar a sus víctimas, la mayoría de sus comportamientos no lo eran. Si la observabas sin que ella lo supiese, quedaba claro que, si aquel ser había sido alguna vez humano, ya no lo era.

No parecía ni siquiera inteligente. Sus actos parecían más movidos por el instinto que por otra cosa. Era evidente que no sentía empatía por otros seres. Tan solo aprovechaba sus debilidades. Si algún recuerdo humano que poseyese le ayudaba a alcanzar sus objetivos, lo utilizaba. No porque sintiese de verdad, sino porque alguna parte de su ser entendía que aquellos sentimientos, o aquella apariencia de sentimientos, le resultarían útiles para saciar sus instintos primarios. Instintos primarios que solo parecían consistir en alimentarse, pues ni parecía dormir, ni parecía necesitar nada más.

Pese a todo, Grunwald no podía creer que no quedase rastro de humanidad en aquel ser si al mismo tiempo era capaz de hacerle sentir las más intensas emociones que un humano puede sentir. Allí, en alguna parte, atrapada, debía quedar aún humanidad.

La ninfa estaba una vez más alimentándose de un cuerpo en descomposición. Si Grunwald quería evitar acabar como aquel cuerpo, era la oportunidad. Si se acercaba de forma sigilosa, mientras su cabeza y medio cuerpo estaba entre las entrañas de aquel animal, seguramente no podría sentirlo llegar. Seguramente podría entonces acabar con aquel horrible ser.

Grunwald cubrió su rostro con su mano, atormentado, tratando de tomar una decisión. Pero cuando retiró su mano de su cara descubrió que la ninfa ya no estaba allí. Pese a parecer imposible que se hubiese movido en los escasos segundos en que la perdió de vista, sin que él hubiese oído pasos sobre las hojas secas del suelo fangoso del bosque, y a que la ninfa estaba casi por completo dentro del cuerpo la última vez que la vio, la realidad era que ya no estaba allí. Solo quedaba un silencio absoluto en su lugar. El silencio que provocaba siempre su presencia al hacer huir o esconderse a toda forma de vida cercana.

Grunwald sintió un escalofrío. Todo apuntaba a que el cazador era ahora la presa. Todo apuntaba a que aquel ser era ahora quien lo observaba a él. No le hizo falta girarse. Sintió que lo tenía justo detrás.

Apenas a medio metro estaba ella. Aún con su vestido blanco. Aún con su piel pálida. Aún con cuerpo de mujer. Pero con la horrible cara de un monstruo devorador de carne putrefacta. Aún masticaba restos del cadáver. Miraba ahora fijamente a Grunwald sin mostrar ninguna expresión.

Grunwald mantuvo la mirada. Aquel ser dejó de masticar. Continuó mirando fijamente a Grunwald sin que se pudiese distinguir ninguna emoción en aquel rostro no humano. Tras unos segundos Grunwald se estremeció. Ni rastro de expresión que él pudiese reconocer. Ni siquiera nerviosismo o temor.

Desvió ahora la mirada de sus ojos. Echó un vistazo en detalle por su cara. Sus labios morados cortados. Su piel seca y arrugada. Sus ojos negros sin que se pudiese distinguir apenas una pupila.

—No me creo tu insensibilidad, bicho asqueroso. Sé que estás ahí en alguna parte. ¿Te crees que has superado el dolor? ¿Crees que no sentir es lo peor que te puede pasar? Yo te daré algo que te aterrorizará de verdad. Algo que te hará recordar lo que es el dolor. Algo ante lo que no podrás sentir indiferencia.

Pensó entonces en besarla mientras un atisbo de sonrisa se vislumbraba en su cara. Pero se detuvo a escasos centímetros. Estaba el tema aquel del veneno ... No parecía una buena idea. Miró de reojo de nuevo a sus ojos. Aquella cosa no se había inmutado, pero sus ojos no se apartaban de los suyos. Ahora a escasos centímetros. Era asqueroso. Grunwald dio un paso atrás, frotándose la cara con el brazo tratando de apartar de sí aquel nauseabundo olor.

—Está bien tú ganas —dijo sonriendo.

El bicho comenzó a masticar de nuevo, sin apartar la cara de Grunwald. Y Grunwald no pudo evitar destornillarse de risa. Sea lo que fuera que significase que siguiese masticando no podía ser peor que su heladora cara de indiferencia.

Unas lágrimas cayeron por las mejillas de Grunwald. Era difícil decir si era solo por la risa.

—Chócala —le dice entonces levantando su mano derecha, sin conseguir ninguna reacción del bicho. Volvió a desternillarse de risa.

Cuando abrió los ojos ya no estaba allí.

Abrió sus brazos en un gesto de incomprensión. —¿Ahora que empezábamos a entendernos? —gritó en medio del silencio absoluto del bosque.

Pasaron unos instantes. Un pájaro se paró sobre una rama y cantó. Era señal de que ella ya no andaba cerca.

Grunwald volvió a desternillarse de risa. Cuando la risa se calmó se dio cuenta de que seguía sin haber conseguido entender nada de ella. Y seguía atrapado en aquel bosque sin salida.

—Bueno, es un primer paso. Volveré a intentarlo. —Y decidió volver a su árbol, donde aún quedaba agua de la lluvia anterior y algo de fruta.

Tras unos metros se dio cuenta de que no recordaba haber pasado por allí. —¿Cómo puede ser? Recuerdo perfectamente haber venido en línea recta desde esta dirección.

Trató de volver por donde acababa de retroceder, tratando de llegar de nuevo a donde estaba el cuerpo semi-devorado, para reorientarse. Pero sin éxito.

Se paró confuso. Fuera como fuera estaba perdido. Entonces recordó que, antes, anduviera en la dirección que anduviera, siempre acababa en el mismo lugar. Así que decidió seguir andando en cualquier dirección con la esperanza de llegar antes de que anocheciese.

Al cabo de unos minutos encontró un riachuelo. – Vaya, esto es nuevo – Bebió un poco y siguió de largo. Al cabo de unas decenas de metros se encontró atascado por la maleza y cansado de ir cuesta arriba.

Un momento ... Un riachuelo ... Si no fuera porque estaba en un puto bosque encantado, quizás tenía sentido seguir el riachuelo. Por allí no tenía sentido seguir, así que volvió al riachuelo y comenzó a seguir su curso pendiente abajo.

¿Significaría aquello que estaba libre del encantamiento que lo había retenido hasta entonces? Comenzaba a tener esperanzas en que saldría de aquel lugar.

La noche empezaba ya a cerrarse. De vez en cuando el riachuelo alcanzaba un claro y la corriente se hacía menos intensa, dejando oír los ruidos del bosque. Ya no había silencio. Ahora, en cambio se oía una vida intensa. Una vida... no menos acechante. Quizás las ninfas oscuras no era lo único que daba mala fama a aquel bosque.

Decidió seguir andando pese a la dificultad para ver. Pero pocos metros después vio que era imposible. No solo no había luna; la espesura del bosque apenas dejaba entrar luz. Cada pocos metros tropezaba. Pensó que tampoco era prudente ir haciendo ruido. Quién sabe lo que el ruido podía atraer. Retrocedió al claro de pocos metros atrás. Encontró un lugar despejado donde reposar. Y sin pensar demasiado, se quedó dormido.

Cuando amaneció se dio cuenta de que estaba a pocos metros del final del bosque.

¿Qué había significado todo aquello? ¿Por qué se había roto el encantamiento? ¿Había sido ella? Grunwald lamentó que quizás nunca lo sabría. Como tampoco llegaría a entender nunca el secreto de la ninfa. Sin embargo, se sintió satisfecho porque iba a abandonar aquel lugar maldito.

Miró las verdes praderas de fuera del bosque. Una suave brisa generaba ondulaciones entre el mar de espigas. Una imagen alentadora.

Pero la imagen también de un lugar donde ya había estado y del que había tenido que huir.

Si bien seguía temiendo por su vida y arrastrando todos sus infiernos, ahora al menos tenía un motivo por el cual seguir adelante: tenía la necesidad de entender; de desentrañar lo que había sucedido en el bosque.

Pero fue a ponerse en pie cuando se dio cuenta de que una vez más no estaba solo. Un hombre de larga barba blanca lo observaba a escasos metros con sus brazos cruzados a su espalda.

— Buenos días — espetó el hombre con una afable sonrisa al darse cuenta de que su presencia había sido advertida.

Por alguna razón Grunwald no contestó. Simplemente se quedó mirando al hombre, mientras este se acercaba. Parecía inofensivo. No iba armado. Solo vestía una especie de túnica blanca.

— Hermosa mañana. ¿No es así? — Grunwald no estaba para chorradas. Frunció el ceño. Observó que el hombre caminaba descalzo. No respondió nada, una vez más. Solo se quedó mirándolo, inquiriéndole con la mirada a que fuese al grano.

El hombre se paró a unos dos metros de él. Mirándolo atentamente con sus ojos claros. Su confianza y apariencia daban a pensar que debía pertenecer a algún tipo de nobleza.

Pero algo no acababa de cuadrar. Estaba solo. Sin guardias. Y, aunque en el borde, aún dentro del bosque. Del bosque del que nadie salía. Su confianza no era natural. Incluso si era noble, ahora no tenía guardias, y Grunwald estaba armado. Armado y en un lugar apartado. Grunwald provocaba confianza a veces, pero no entre las élites nobles. Ellos siempre desconfiaban de los que no eran de los suyos. Y Grunward no era de los suyos. Se percibía al instante.

El hombre seguía escrutándole sonriente. Grunwald notó que alguna información parecía estar extrayendo. Estaba claro que aquel hombre sabía algo que él no sabía. Y fuera lo que fuese, debía ser importante. Algo que le reportaba aquella despreocupación.

Grunwald pensó que lo más sensato sería seguirle la corriente y deshacerse de él lo antes posible. Pensó en decirle algo, pero no sobre la bonita mañana. Algo más informal. Pero no se le ocurría qué decir. No era muy hábil en las conversaciones.

Negó con la cabeza, un tanto nervioso. – ¿Qué hacéis aquí? – ¿No sabéis dónde estáis?

El hombre amplió su sonrisa – ¿Cómo no iba a saberlo?

Grunwald volvió a fruncir el ceño. No entendía qué carajo significaba aquello. Y tampoco quería saberlo. Que se las apañase el viejo. Él se daba el piro. Y así, se dispuso a seguir caminando.

– Nadie había hecho comportarse así a Sigrid. Ha sido algo sorprendente.

Grunwald se paró en seco. Volvió a escrutar a aquel hombre, aún sonriente.

Vale. Aquel viejo debía ser alguien. Alguien en el bosque. Debía ser … algo más que un hombre. Y debía ser, por lo tanto, peligroso.

No le había gustado desde el primer momento. Ahora menos. Al parecer conocía a la que él llamaba Sigrid. Al parecer la conocía desde hacía tiempo. Al parecer ella no tenía poder sobre él. Si no tenía poder sobre él … quizás significaba … que era él quién tenía poder sobre ella.

De alguna manera, Grunwald supo que el hombre había seguido su razonamiento.

Hubiese deseado enfrentarse a él en aquel momento. Sacar su espada, ponérsela en el cuello y hacerlo hablar. Pero sospechó que aquello no funcionaría. Si aquel hombre era inmune a los poderes de la ninfa, y se mostraba confiado y tranquilo, entonces no tenía nada que hacer contra él. Torció su gesto y miró al suelo. Se dio cuenta de que quizás su vida ahora dependía de cuales fuesen sus próximas palabras. Siguió en silencio. Esperaba a que el hombre hablase de nuevo. Así lo indicó con su actitud.

Por primera vez el hombre tuvo un gesto nervioso. Él también sabía jugar a aquel juego. Él tampoco revelaría sus cartas. Él tampoco dejaría a Grunwald jugar al contraataque. Si aquel sencillo ser era incapaz de contestar con habilidad a unas simples preguntas es que no valía la pena saber mucho más de él. No soportaba a los hombres simples. No soportaba su improvisación. Su falta de preparación. Su falta de mundo. Todo eso delató aquel gesto. Todo eso entendió Grunwald.

Grunwald lo detestó aún más. Quedaba claro que aquel hombre era todo lo que él despreciaba. Todo lo que corrompe este mundo. Todo lo que no debería existir, ni debería haber existido jamás. Su soberbia, su erudición estereotipada, su afabilidad interesada, su creencia en un orden inventado, su falsa ilusión de racionalidad, su estúpida ilusión de entendimiento. Entendimiento basado en sus estereotipos. En la experiencia obtenida de su estúpida y patética existencia. Existencia cobarde y ruin. Sin duda aquel ser repugnante debía ser quien había condenado a la ninfa. Quien la había convertido en lo que era.

Pero Grunwald sabía que no podía ganar. Ni siquiera si aquel hombre fuese solo un hombre hubiera podido. Porque la gente como él siempre tenía el apoyo de los demás. Por alguna razón, la gente humilde, la gente sencilla, la gente sin maldad, acababa entregando el poder a monstruos como aquél. No se los podía vencer nunca, ni siquiera a los que solo eran humanos. Y aquel ser era encima algo más que humano.

Le vino a la mente un instante de inexpresividad en la cara de la chica. ¿Qué debía haber soportado la pobre chica para llegar a aquel estado? ¿Qué le habría hecho este monstruo para llevarla a esa situación? Sin duda él debía creer que había una razón. Siempre tenían una razón. Y una que convencía a la gente. A la gente, pero no a él. Su lógica solía ser irrefutable. Lógica precisa, explorando infinidad de alternativas. Alternativas fuera de la comprensión de la mayoría. Si discutías con ellos, siempre acababas descubriendo que omitías parte del análisis. Un análisis que ellos sí habían hecho mucho antes. Rápidamente quedabas en evidencia. Pero Grunwald conocía cuál era su fallo. Lo que los convertía en monstruos y su lógica en equivocada. Sí, usaban muchos datos. Sí, su lógica era precisa. Sí, su análisis era profundo. Pero ... los hechos de los que partían eran a menudo simples estereotipos. Simples mentiras. Mentiras que una mente incauta daba por ciertos sin pestañear, pero que no lo eran. Estereotipos elegidos con gran habilidad. Una tarea titánica, fruto del esfuerzo de muchas mentes a través de generaciones. Y cuyos frutos habían sido heredados por aquel ser. Aquel ser repugnante. Aquel ser de puro mal. Como todos los que son como él. Seres que no buscan. Que creen haber heredado todo lo que se puede saber. Seres de pura imbecilidad. Pero poderosa imbecilidad.

Grunwald sabía que no debía enfrentarse a aquel hombre. Pero también sabía que eso seguramente iba a dar igual. Pues son seres que sentencian incluso si no los amenazas. Para ellos, tu simple existencia es una amenaza por razones que jamás comprenderás. Aun así, a veces, ignorarlos, simplemente funciona. No podía intentar nada más. Tampoco iba a poder ayudar a la chica.

¿O sí? Si como él había sospechado al principio, aún quedaba humanidad en ella, ¿no podía quizás ser rescatada? Si como él decía, ella había actuado de forma inesperada, de forma no acorde a su instinto aparente, ¿no significaba eso que había actuado movida por sentimientos? ¿Por sentimientos humanos?

Sea como fuere, mejor si lo pensaba fuera del bosque. No era el momento de arriesgar. Tampoco conocía a la chica. ¿Por qué habría de importarle hasta el extremo de arriesgar su vida por ella? Él solo tenía una vida, y si había de entregarla por alguien, esa sería su amada.

Se dio la vuelta de nuevo y se dispuso a seguir avanzando.

—¿Sabes que Sigrid entró al bosque porque una vez creyó haber condenado a su amado? Pero en realidad él había escapado de sus captores. Es una historia muy triste.

Grunwald volvió a girarse y miró al hombre con escepticismo. Seguía sonriendo.

—Las personas hacen cosas sorprendentes por amor. ¿No es increíble?

Grunwald permaneció impasible.

—¿Por qué no la liberas?

—Ella eligió entrar —replicó de inmediato el hombre.

Eso no resultó creíble. Las historias sobre las ninfas oscuras hablaban de que estas eran atraídas al bosque en la noche mientras un gran pesar las atribulaba. Esas historias decían que ellas no conocían su destino. ¿Cómo iban a entrar de manera voluntaria si lo conociesen?

Esa respuesta, además, hizo entender a Grunwald que aquel ser actuaba de forma nerviosa. No racional. Trataba de provocarlo. Como si algo le hubiese ofendido. ¿Le había ofendido quizás que la ninfa le dejase marchar? ¿Le había ofendido acaso que un rastro de humanidad aún quedase en ella? ¿Que se mostrase así su fracaso en su intento de despojarla de toda humanidad? En cualquier caso, era un síntoma de debilidad.

Grunwald identificó con rapidez su debilidad: el orgullo.

Pensó en usarlo en su contra. Estirar de su debilidad hasta forzarlo a cometer un error. Pero pronto lo descartó. No funcionaría. La gente como aquel hombre no dialoga. No necesita imponerse dialécticamente. No con los que son como Grunwald. Saben que los que son como Grunwald son gente con pocas alianzas y múltiples dudas, que representan nulo peligro en el juego político. Saben que lo mejor es rehuir el enfrentamiento. Y pueden hacerlo. Así que lo hacen. La trampa no funcionaría. Quizás era también lo que aquel hombre quería. Quizás por eso le provocaba.

—¿Puedo hacer algo por Usted? Tengo cosas que hacer.

El hombre se sorprendió un instante por la respuesta, pero pareció recomponerse con rapidez.

—Nada. Sigue tu camino. Tu amada te espera —Una amplia sonrisa volvía a iluminar su cara.

A Grunwald le pareció evidente que algo tramaba. Que algo no acabaría bien. Que por alguna razón el hombre creía saber lo que ocurriría. Y seguramente había algo de verdad en ello, pues las personas como él suelen tener razón. Sin embargo, parecía que lo dejaría ir. Con eso tenía suficiente. Fuese lo que fuese lo que causaba satisfacción a aquel hombre, ya tendría tiempo de desentrañarlo. Porque cuando se analiza de manera minuciosa lo que piensan, incluso siendo veraz lo que piensan, siempre se descubre una grieta por donde escapar de su razonamiento. Una grieta por la que escapar de su verdad. Una grieta no al alcance de todos, y por eso casi siempre ignorada. Una grieta por la que no todos se atreven a pasar.

Cuando ya hubo abandonado el bosque, Grunwald se encontró un camino y junto al camino un campamento militar. No siendo prudente encontrarse con nadie, decidió seguir el arroyo que se desviaba a un lado del camino. Al hacerlo, fue a dar a un pequeño estanque de agua clara. Una pequeña cascada de un arroyo mayor renovaba las aguas y las mantenía siempre limpias. La espesa vegetación ocultaba el lugar a la vista del campamento cercano. El ruido de la cascada ocultaba cualquier señal que pudiese alertar a nadie. Cuando se disponía a cruzar, lo vio. El cuerpo íntegramente desnudo de una mujer a unos 5 metros de él. Un cuerpo de piel blanca y delicada en que contrastaban con fuerza dos cosas: la negrura de su vello genital y la expresividad de su cara. De una cara conocida. De la cara de su amada. Ella, de inmediato, se percató de su presencia también.

Agnes trató de taparse, pero al ver que Grunwald podía huir asustado quiso calmarlo. Quiso hacerle ver que no debía temer. Así que se irguió sin ocultarse. Dejándose ver en su plenitud. Mirando a Grunwald con expresión benevolente.

Grunwald dudó. Pensó que si huía tampoco llegaría lejos si ella daba la voz. Al ver la cara relajada de su amada supo que no había tensión en ella. Que no debía temer. Lentamente se acercó. No sin cierto reparo por su desnudez.

Ella, igual que él, sintió cierta vergüenza, incluso cierta excitación. Pero supo mantener la serenidad. La circunstancia lo requería. No poner en peligro a Grunwald de nuevo valía más que su dignidad. Una dignidad que de todas formas hubiese sido falsa, pues había deseado mil veces estar en esa situación.

Grunwald se detuvo a un metro de ella.

—¿Qué os ocurrió? Me dijeron que entrasteis en el bosque. Os hemos estado buscando. —La princesa trataba de mostrarse natural, sin dar importancia a su desnudez, aun sabiendo que a Grunwald esto lo descolocaba. Aun había peligro de que huyese.

Sus palabras recorrieron el cerebro de Grunwald sin apenas provocar reacción neuronal alguna. Cuando la demora en contestar se hizo finalmente incómoda al fin despertaron algunas neuronas. Parpadeó perplejo.

—¿Buscando? ¿Quiénes? ¿Por qué?

—Nos preocupamos mucho al saber que os habían atacado. Vuestro rastro apuntaba hacia el bosque. — hizo una pausa —Los que os atacaron ya fueron apresados. Confesaron todo.

—¡Estáis bien! ¿Cómo habéis conseguido salir? — dijo ahora con una sonrisa.

Grunwald se dio cuenta de que lo que había dicho Agnes cambiaba algo, aunque no sabría decir muy bien el qué.

—¡Venid! Hablemos en la orilla. Creo que la sangre no os llega a la cabeza — dijo Agnes con una sonrisa maliciosa.

Al llegar a la orilla se cubrió con una prenda y se sentó. Invitó a Grunwald a sentarse a su lado.

Grunwald aun necesitó 30 segundos para entender lo que había sucedido. Al parecer Agnes no había ordenado su muerte. Alguien más lo había hecho. Y ella había estado buscándole desde entonces. Por eso estaba allí. Por eso la había sorprendido mientras se aseaba.

Pero todo eso dejaba muchas más preguntas abiertas.

— Agnes, antes de decir nada más, y por si acaso, quiero que sepáis que os amo — se sintió incómodo al decirlo. No había sonado muy romántico.

Ella, en efecto, pensó que había mejores formas de decirlo. Sobre todo, mejores formas de demostrarlo. Pero aun así se sintió un tanto abrumada. Sin embargo, no pudo decir nada más. Solo se quedó mirando a Grunwald, mostrando su satisfacción por lo que había dicho.

—Os habéis olvidado decir algo. Tendríais que haber dicho «lo sé» —dijo Grunwald pretendiendo que sonase como una broma, aunque no muy seguro de haberlo conseguido.

—Sí, lo sé —dijo ella un tanto incómoda. Pensó en decir «yo también». Pero no pudo. No funcionaba así esto. Ya le había dejado claro, una vez más, que estaba dispuesta a yacer con él. Después, si todo iba bien, ya se lo diría. No antes. Y le daría igual entonces cualquier condicionamiento social. Renunciaría a lo que hiciese falta. Si después de que él la abrazase ella seguía queriéndole decir que lo amaba, lo arriesgaría todo por él.

De alguna forma Grunwald intuyó lo que pasaba por la cabeza de Agnes en ese momento.

No le pareció que esa fuese la amada que él había idealizado. Ni lo había condenado por honor, ni había traicionado nada por amor, ni parecía que tuviesen el mismo concepto de lo que era el amor. Pareciera pues que su amor por ella estuviese todo basado en mentiras. Idealizaciones no basadas en la realidad.

Para Grunwald el amor era una fuerza que movía a las personas a tratar de ser mejores. A tratar de ser lo que otros quisiesen que fuesen sus descendientes. O a tratar de alcanzar una paz con el mundo. Una paz basada en la firme creencia de estar haciendo lo correcto, y que al menos alguien más comparta esa creencia.

Miró a Agnes. No era tan joven como para no haber tenido tiempo de conocer más del amor. Sin duda conocía ya lo que era yacer con un hombre. No era la curiosidad lo que la movía a desear aquello más que cualquier cosa. No consiguió comprender qué era. Y sin saber lo que era, no se veía capaz tampoco de juzgarla.

—Está bien. Os contaré lo que ha pasado —y le explicó todo poniendo énfasis en las emociones, más que en los hechos.

Ella escuchó en silencio. Al acabar, no dijo nada. No parecía haber entendido mucho lo que Grunwald había tratado de transmitir. Grunwald no era tampoco un gran narrador.

Grunwald se quedó mirándola, esperando una reacción.

Agnes movió la cabeza asintiendo, en tono irónico. Pensó en decir que qué curioso que sí se acercase a aquel bicho e intentase besarlo, pero a ella no, pero rápidamente cambió de opinión.

—Una historia curiosa. Habéis tenido suerte de haber podido salir. ¿Por qué creéis que ella os dejó salir?

¿«Ella»? Grunwald comprendió entonces que Agnes estaba celosa. Por alguna razón era incapaz de comprender lo que pensaban las mujeres en casi cualquier circunstancia, excepto cuando estaban celosas. Cuando era así siempre le resultaba muy evidente.

Volvió a pensar en «ella». En la ninfa. Volvió a ver su cara del día que casi lo besa. Su curiosidad. Cómo lo escrutaba. Cómo finalmente se fue, sin besarlo, sin condenarlo. Como si hubiese descubierto algo en su alma por lo que mereciese ser perdonado.

Y volvió a pensar de nuevo en Agnes. Allí, a su lado, imperfecta, alejada de lo que él había soñado, pero aun así real, deseándolo, y desnuda bajo aquel trozo de tela a escasos centímetros de él. Aún desde su imperfección amándolo, a su manera, y dispuesta a arriesgar por él.

Finalmente, pensó en el hombre del bosque. Su sonrisa soberbia. Su pretendida sabiduría. Su pretendido discernimiento superior sobre lo que iba a suceder. Sobre lo que era el amor. Y sobre lo que era el valor del amor. Entendió ahora que su sonrisa era una burla. Una burla por ver en qué quedarían los valores de Grunwald cuando de verdad tuviese que tomar decisiones por amor. Cuando de verdad tuviese que decidir obrar por amor u obrar por cualquier sucedáneo del amor.

¿Iría Grunwald al rescate de la ninfa? ¿De aquella que sí había perdido la cabeza por amor? ¿De aquella que sí lo había perdido todo por honor? ¿De aquella a quién él realmente describía cuando pensaba que era el fin? ¿De aquella que sí parecía comprenderlo? ¿De aquella a quién retenía el hombre horrible al que despreciaba más que cualquier otra cosa en el mundo?

Pero ¿quién le aseguraba que, una vez recobrada su humanidad, no recobrase también todas las contradicciones que esta conlleva? ¿Quién le aseguraba que una vez fuese humana no fuese también imperfecta como Agnes?

¿Y quién le aseguraba que la interpretación que él tenía del amor fuese mejor que la de Agnes? Sin duda, además, seguía amando a esta última.

Agnes seguía esperando una respuesta.

Grunwald la besó. Ella no se opuso. De hecho, le sabio a poco. Grunwald pensó que ahora podía decirle lo que tenía en mente. Ahora que sabía que ella lo dejaría besarla.

—Agnes... Creo que esto es lo que haré... Y creo que es justo que te lo diga. Primero de todo, voy a hacerte el amor. Aquí. Ahora. —Observó la reacción de Agnes. No parecía haberla incomodado. —No lo haré por mí. Lo haré por ti. Porque creo que tú lo necesitas para saber si me amas. Yo... creo no necesitarlo. Pero después... me iré. Iré de vuelta al bosque. Porque aún necesito respuestas. Y porque aún quiero más de ti. Quiero que me ames por lo que soy. Porque tus anhelos sean compatibles con los míos. No porque mi amor sea un medio para conseguir tus anhelos. —Volvió a observar la cara de Agnes; ponía cara de no comprender —Y creo que te seguiré amando. Siempre. Pase lo que pase. Vuelva o no. Quieras amarme a mi manera o no. – hizo una pausa —Quiero decir... pueda volver o no. Por supuesto que volveré si puedo. – No le pareció haber sido muy convincente. Temió la reacción de Agnes.

Agnes volvió a asentir con la cabeza con ironía.

—Muy bien. Puesto que tú has sido sincero yo también voy a serlo — dijo con gesto ligeramente altivo, tratando de mostrar dignidad — Puedes amarme. Aquí y ahora. Las veces que quieras. De la forma que quieras. Hasta que se ponga el sol. Pero cuando te vayas yo regresaré a palacio. Y en un mes estaré casada. De hecho, ya está anunciada la boda —no pudo mirarle a los ojos mientras lo decía.

Aquello dolió. No era solo la idea de perderla. No era solo que ella mostrase su duda por lo que iba a hacer. No era solo pensar que si se quedaba a lo mejor lograría hacerla cambiar de opinión. Lo que de verdad dolió a Grunwald era que Agnes demostró su intención anterior de ocultarlo hasta el último momento. Hasta que su amor se hubiese consumado. Hasta que no pudiese imaginar vivir ni un segundo sin sentir su respiración... Solo en ese momento, cuando cualquier vuelta atrás fuese aun infinitamente más dolorosa, ella tenía pensado dejarlo caer, hundiendo así a Grunwald en un pesar indescriptiblemente superior.

El mundo se le vino a los pies. No podía creer que una vez más el amor le jugase una mala pasada como aquella.

Miró a la cara a Agnes. Compungida, preocupada, sin poderle aguantar la mirada. Como si se diese cuenta ahora de la crueldad que había demostrado. Como si, incluso, se arrepintiese.

—Agnes. De verdad, os amo. No voy a mentiros. Os seguiré amando. No sé por cuanto tiempo. No sé si lo suficiente como para hacerme volver. No sé si lo suficiente como para que no encuentre a otra más digna de mi amor. No puedo saberlo. Y sé que quizás no me lo perdonéis. Pero debo irme. Ahora. —Agnes miraba ahora fijamente a Grunwald —Solo puedo prometeros una cosa. Solo puedo prometeros que os digo la verdad cuando os digo que solo una cosa deseo, solo una cosa me lleva a tomar mi decisión: deseo vuestro amor. Pero vuestro amor de verdad. Y no creo tenerlo ahora. No creo ni siquiera ser digno de merecerlo. No sin resolver mis dudas. No sin saber el secreto de la chica del bosque. No sin haberme enfrentado antes a mis monstruos. Y os prometo también volver —hizo una pausa para reevaluar si se dejaba algo —Ah, y ... respecto a vuestra boda. Sed feliz. Lo entiendo. —Otra pausa —No dejaré de amaros por ello. —nueva pausa —No por ahora...

Pensó en añadir que aun así le dolía. Supuso que ya se notaba. Miró de nuevo a Agnes. —¿Tenéis algo que decir?

—No. —dijo Agnes a secas sin inmutarse.

Grunwald negó con la cabeza. No estaba seguro de que Agnes hubiese entendido nada.

—Volveré.

Y marchó de nuevo al interior del bosque.

SURGIMIENTO DEL ROMANTICISMO

El Romanticismo fue un movimiento surgido en Europa a finales del siglo XIX. El liberalismo había sido una liberación para los neuroneander en el siglo XVIII. Gracias a su capacidad de hacer progresar en la sociedad a los mejores permitió a muchos neuroneander llegar a posiciones de poder. Por otra parte, aún perduraba el modelo de nobleza feudal. Las dos características principales del sistema nobiliario feudal son la pureza de sangre y los privilegios heredados. En el contexto del algoritmo esto significa que la nobleza era un santuario neuroneander: la endogamia permitía maximizar las opciones de preservar los genes que favorecen el neurotipo neuroneander y los privilegios heredados permitían a las personalidades neurodivergentes sobrevivir en un contexto fuertemente neurosapiens, y, por lo tanto, discriminatorio con el neuroneander.

Pero todo eso acabó con la revolución francesa.

Si bien el liberalismo había permitido aumentar el progreso de los pequeños comerciantes neuroneander, no eran estos los que copaban el poder civil liberal. Como hemos visto, los neurosapiens contaban con una herramienta de gran poder a su favor: la Academia de origen helénico. Esta herramienta aumentaba el poder neurosapiens por encima de los neuroneander incluso en entornos de gran libertad de pensamiento.

Así pues, pese a que la revolución francesa era de inspiración liberal, y en teoría favorecedora de las oportunidades de los neuroneander, también supuso finalmente una gran opresión sobre el neuroneander. Aumentó el poder de las academias. Democratizó el saber ... lo cual en la práctica significó dar el poder al neurosapiens. Así, lo que en un principio debía ser un movimiento de nuevas libertades, acabó degenerando en un movimiento que promovía la burocracia, y las luchas de poder. Promovía, por lo tanto, la opresión a todos los niveles del neuroneander.

Los neuroneander que habían luchado por su liberación de repente se veían sobrepasados por su creación. Contra la opresión de los demás surge la ira, contra la opresión que se causa uno mismo surge algo distinto: la melancolía.

EL ROMANTICISMO

El romanticismo representa uno de los casos en la Historia en que el liderazgo neuroneander ha inspirado a la sociedad occidental.

En el romanticismo se generaron la mayoría de las filosofías actualmente estudiadas en Occidente. Fue una de las épocas de mayor productividad intelectual en la Historia. Libros escritos en aquella época continúan siendo referentes en la actualidad.

De hecho, toda la creación cultural posterior al Romanticismo, desde mi perspectiva neuroneander, no es más que basura. Pura basura neurosapiens de tiempos fuertemente decantados hacia el lado neurosapiens. ¿Nueva filosofía económica conjuntando liberalismo y socialismo? Basura. ¿Arte moderno? Basura. ¿Cultura pop? Basura. ¿La nueva ciencia de masas? Basura. ¿Inteligencia emocional? Basura. Vivimos en un mar de basura. La gente lo nota. No saben analizar qué les pasa. Pero sienten que viven en la basura. Y están perdiendo la confianza en las élites.

¿Por qué considero el Romanticismo de influencia neuroneander? Parece bastante evidente:

- Sus valores defienden lo diferente frente a lo común.
- La primacía del Yo como entidad autónoma. La primacía del genio creador.
- La creatividad frente a la imitación neurosapiens. La obra imperfecta, inacabada y abierta frente a la disciplina y orden neurosapiens.

¡Leches, si parece el prospecto de un balneario neuroneander!

Al parecer un posible equilibrio distinto al actual entre neuroneander y neurosapiens consiste pues en propiciar los valores románticos de heroísmo y búsqueda de un bien superior en los neuroneander y dar a los neurosapiens en compensación una sociedad en la que impere el honor. Pues, al parecer, los neurosapiens ven inhibido su instinto contra los neuroneander si impera el honor. Al parecer, lo que molesta a los neurosapiens de los neuroneander, no es tanto que sean distintos como que piensen por sí mismos: eso los hace poco previsibles y desata la desconfianza neurosapiens. El honor, en cambio, los hace previsibles.

Los valores románticos promueven que los neuroneander compartan sus deseos en público. No tienen necesidad de ocultarlos, pues nada vale más que alcanzar sus objetivos. Su bienestar personal resulta irrelevante comparado con el objetivo. El movimiento literario romántico se caracteriza por una profunda honestidad revelando los sentimientos. De esta manera. los neurosapiens pueden fiarse.

Es, a su vez, una vuelta a modelos más espartanos. Los hombres ahora, en lugar de volcarse en la guerra y la mentalidad magiar, se vuelcan en la búsqueda de ideales. Las mujeres dejan de ser simples posesiones, y pasan a ser a su vez la herramienta para alcanzar ideales. En la práctica, esto significa que también las mujeres pasan a buscar en los hombres la realización de sus ideales. Por eso en el romanticismo floreció la cultura de la mujer como no lo ha hecho ni antes ni después.

Pero el Romanticismo al final fracasó. Como sabemos, los neuroneander sin opresión acaban perdiendo su potencial. Se vuelven obstinados. Dejan de analizar el entorno con humildad. Si tienen poder se convierten en tiranos. Y eso es exactamente lo que pasó.

Este equilibrio neander-sapiens del Romanticismo, aun así, deberá ser tenido en cuenta a la hora de diseñar una nueva sociedad. Podemos extraer ideas de él.

NACIONALISMO

El nacionalismo, es una consecuencia del Romanticismo. Los neuroneander en el poder se vuelven tiranos. El orden romántico-liberal les impide desatar esa tiranía contra el pueblo, como hacían antes, pues se ven obligados a seguir ideales de honor. Y si no puedes ejercer tu tiranía contra tu propio pueblo, qué mejor que buscar un nuevo enemigo. Ese enemigo será todo aquél que no es el pueblo. Un argumento con el cual resultan estar muy de acuerdo los neurosapiens, inclinados ya por naturaleza a actuar de manera conjunta contra «los otros».

Los neurosapiens, por lo tanto, también sienten un vacío. Su naturaleza es la opresión. Ahora no pueden oprimir a los neuroneander, pues el orden romántico propicia la paz entre ellos. Necesitan también un nuevo enemigo al que odiar y perseguir.

Resulta, pues, que este nuevo equilibrio neander-sapiens tampoco es estable. Si bien evita los desequilibrios internos en la sociedad, acaba generando conflictos aún mayores. Conflictos entre naciones.

El Algoritmo vuelve a resurgir con el tiempo, cuando el pueblo se cansa de las continuas guerras. Y al hacerlo, un resentimiento incrementado hacia el neuroneander resurge. Un resentimiento mayor del que nunca hubiera existido antes. Una opresión nunca antes igualada. Es el orden actual.

NIETZSCHE

En el contexto de la revolución industrial y de las luchas de clases, no todos cayeron en la confusión de considerar esos los conflictos fundamentales de la humanidad. En medio de toda esa confusión alguien se dio cuenta de que alguna cosa no encajaba. Se dio cuenta de que algunos de sus instintos, contrarios a toda la lógica imperante, resultaban en realidad prácticos y deseables. Incapaz de expresar esas intuiciones en ideas claras y consistentes, decidió usar un lenguaje poético para expresarse. A menudo, incluyendo además contradicciones.

NIHILISMO

Uno de los conceptos en que pone énfasis Nietzsche es el nihilismo. Considera que la cultura occidental ha caído en una negación de la vida al negar ciertos instintos y buscar en exceso el orden. Considera que Dios ha muerto. Que lo que era la fuente de negación del nihilismo en Occidente ha muerto. Que, al morir Dios, hemos caído en el nihilismo.

Con esta afirmación protestaba contra el orden posterior a la revolución francesa. Un orden, como se ha dicho con anterioridad, que se había decantado en exceso del lado neurosapiens. Al igual que otros románticos contemporáneos, sentía frustración con este nuevo entorno negador de la mentalidad neuroneander. Siente que el nuevo orden atenta contra sus instintos. Y piensa que, si atenta contra él, atenta contra todo ser humano. No sabe que no todos son neuroneander como él.

Piensa, por lo tanto, que los que no piensan como él simplemente son seres culturalmente inferiores. No se da cuenta de que están condicionados a pensar distinto. Y que esa manera de pensar distinta, aun siendo menos racional, no por eso deja de ser poderosa. De hecho, mucho más poderosa que la neuroneander. Y que jamás anidará esa incomodidad que él siente en la mayoría de la sociedad neurosapiens. Toda su obra refleja esa frustración. Pero en ningún momento encuentra la razón de su frustración pues no existían los conocimientos actuales en evolución humana o estadística de poblaciones.

AMOS Y SIERVOS

Así, esta frustración se manifiesta en otro de sus conceptos clave. Su creencia en la existencia de dos clases de hombres: los amos y los siervos.

Se da cuenta de que no puede convencer a los neurosapiens. Y asume que es porque tienen mentalidad de esclavos. En su época (la época romántica), como se ha dicho, aun había gran influencia neuroneander en las clases altas. Se distinguía, pues una diferente mentalidad entre clases altas y bajas. Pero, al desconocer el Algoritmo, no sabía que esa supremacía neuroneander era una vana ilusión. Que los neurosapiens siempre ganan. Que esa aparente mentalidad de esclavos, en realidad, acabaría esclavizando a los que piensan como él.

RECHAZO DE LAS RELIGIONES DERIVADAS DEL JUDAÍSMO

Asocia esa mentalidad de esclavo al cristianismo. El cristianismo, como se ha dicho, fue creado por los neurosapiens que traicionaron al neuroneander Jesús. Es, por lo tanto, una religión favorecedora del neurosapiens. Una religión que trata de suplir la inherente tendencia a la distracción de los neurosapiens con una casta sacerdotal que supla las carencias de su neurotipo con un sacrificio que pretende ser equivalente al castigo de los neuroneander: que supla dicha carencia con la castidad o la inhibición.

La inhibición quizás ayude a los neurosapiens, pero no a los neuroneander. Por eso, Nietzsche no puede encontrar reconforte en el cristianismo.

VOLUNTAD DE PODER

El concepto de voluntad de poder es, en parte, otra manifestación de su frustración por no poder convencer a los neurosapiens. Entiende que el neuroneander ha de tratar de persistir, incluso si no convence a los demás. Si no puede hacerlo por la razón, ha de hacerlo por la fuerza.

Porque en esa época, el neuroneander creía contar con la fuerza de su lado.

EL ETERNO RETORNO

El eterno retorno es, en parte, otra manifestación de su intuición del conflicto neander-sapiens. Se da cuenta de que sus frustraciones no son nuevas. De que, otros antes que él, han tenido sufrimientos similares, y de que, aun así, pese a haber sido también pensadores relevantes, nunca han acabado imponiéndose. Intuye que debe haber una causa subyacente por la que ello es necesario. A menudo menciona el concepto de eterno retorno con miedo, como una idea que realmente no entiende, pero que sabe que es necesaria. Como una idea que incluso le da miedo conocer en profundidad, pues intuye que su esencia es demasiado horrible. Intuye que el Algoritmo es horrible e inevitable.

EL SUPERHOMBRE

Para Nietzsche el superhombre es un hombre despojado de todo lo que él considera un lastre. Despojado de todo lo que le impide alcanzar su potencial neuroneander. Y considera que dicho potencial está en todas las personas.

Es de suponer que todo hombre tiene un potencial que no aprovecha, pero ese potencial no es el que menciona Nietzsche, pues él solo identifica el potencial de los neuroneander. Su superhombre es un superhombre neuroneander.

Si existe un superhombre neurosapiens, no hemos de preguntárselo a Nietzsche. Tal vez el Superman de los comics pretenda ser ese superhombre neurosapiens. Tal vez porque es una creación neurosapiens, ese Superman resulte una vulgar caricatura frente al superhombre de Nietzsche. Pero eso no descarta que pueda haber también un superhombre neurosapiens. Es solo que ese superhombre neurosapiens no saldrá de la mente de ningún neurosapiens si no es con la ayuda de los neuroneander.

FRASES DE NIETZSCHE

«El individuo ha luchado siempre para no ser absorbido por la tribu. Si lo intentas, a menudo estarás solo, y a veces asustado. Pero ningún precio es demasiado alto por el privilegio de ser uno mismo».

«La demencia en el individuo es algo raro; en los grupos, en los partidos, en los pueblos, en las épocas, es la regla».

«La grandeza del hombre está en ser un puente y no una meta: lo que en el hombre se puede amar es que es un tránsito y un ocaso».

«Yo no soy un hombre, soy un campo de batalla».

«Yo amo a quienes no saben vivir de otro modo que hundiéndose en su ocaso, pues ellos son los que pasan al otro lado».

«La madurez del hombre es haber vuelto a encontrar la seriedad con la que jugaba cuando era niño».

«El destino de los hombres está hecho de momentos felices, toda la vida los tiene, pero no de épocas felices».

«Lo que hacemos no es nunca comprendido, y siempre es acogido sólo por los elogios o por la crítica».

«La sencillez y naturalidad son el supremo y último fin de la cultura».

«La potencia intelectual de un hombre se mide por la dosis de humor que es capaz de utilizar».

«Todo lo que se hace por amor, se hace más allá del bien y del mal».

«En el amor siempre hay algo de locura, y en la locura siempre hay algo de razón».

«Lo que no me mata, me hará más fuerte».

«Soportamos más fácilmente la mala conciencia que la mala reputación».

«Aquel que tiene algo por qué vivir es capaz de enfrentar todos los cómos».

«Solo el que construye el futuro tiene derecho a juzgar el pasado».

«El timorato ignora lo que es estar solo: detrás de su sillón siempre hay un enemigo».

«En otro tiempo fuisteis monos, y también ahora es el hombre más mono que cualquier mono».

«Todo lo que es absoluto forma parte de la patología».

«Nuestro destino ejerce su influencia sobre nosotros incluso cuanto todavía no hemos aprendido su naturaleza; nuestro futuro dicta las leyes de nuestra actualidad».

LOS NEURONEANDER Y NIETZSCHE

En él podemos encontrar muchas lecciones de cómo teóricamente maximizar el potencial neuroneander, sin depender en exclusiva del motor social diseñado por la evolución. Se da cuenta de que todas las emociones son necesarias, incluido el sufrimiento, para ayudar a enfocar la mente neuroneander. Eso es también el eterno retorno. La necesidad infinita de seguir sufriendo para seguir aprendiendo. Si el Algoritmo no sigue oprimiendo a los neuroneander, alguna otra cosa ha de hacerlo. Es inevitable. Solo algo más poderoso que el Algoritmo puede reemplazar el Algoritmo.

En lo personal, Nietzsche me ha sido de gran ayuda para entender que no estoy solo. Que otras personas sienten como yo, y que, esporádicamente, esto se manifiesta en obras como la de Nietzsche.

Pese a haber pasado muchas horas leyendo Así habló Zaratustra y fragmentos de otras de sus obras, admito que me sería necesario mucho más tiempo para desentrañar toda su obra. Así que, es probable que desconozca algunas de sus aportaciones.

EN LA CULTURA POPULAR

Podemos ver diferentes manifestaciones en la cultura de la existencia del conflicto neander-sapiens. Historias que nos atraen sin que sepamos exactamente porqué, porque nuestra psique entiende el conflicto, pero nosotros no.

STAR WARS

La película comienza con dos androides. Uno de apariencia humana que no para de hablar. Otro de forma no humana que no habla y no podemos saber lo que piensa si no es por lo que nos traducen los demás. Una metáfora más de la divergencia entre neurosapiens y neuroneanders. Una declaración de intenciones nada más empezar.

Pero a partir de entonces la historia pasa a ser la historia de Luke Skywalker, un joven ingenuo, abierto, con ansias por integrarse en la sociedad, en la que se desenvuelve con soltura. La historia de un neurosapiens como cualquier otro.

Pronto descubrirá que el mundo no era como él creía. Una fuerza misteriosa gobierna el universo. Una fuerza con un poder casi ilimitado. Pero esa fuerza no está disponible a todo el mundo, solo los puros tienen acceso a ella y solo los iniciados pueden controlarla.

Con el tiempo descubrirá que para controlar esa fuerza debe desprenderse de sus sentimientos. Debe buscar en su interior, aislarse, renunciar a la mentalidad de los demás. Debe renunciar a ser neurosapiens. Es la única manera de controlar esa fuerza. Es la única manera de explotar su potencial neuroneander.

Hasta aquí una similitud bastante evidente con la realidad del conflicto neander-sapiens. Con una salvedad: Luke es en apariencia claramente neurosapiens y solo después se transforma en neuroneander.

Como sabemos, eso no tiene sentido del todo. Un neurosapiens ciertamente puede evolucionar hacia el lado neuroneander, pero es difícil que un neurosapiens acabe llevando a la fuerza hasta el límite.

Difícilmente puede ser el elegido. Está genéticamente predeterminado para la distracción y los instintos que lo alejan del lado neuroneander. Ninguna fuerza de voluntad o entrenamiento conocido hasta ahora es superior al Algoritmo. Y solo un neuroneander surgido de la opresión del Algoritmo puede llegar a dominar la fuerza con plenitud.

La película surge de una mente, una sola mente. La mente de George Lucas: un neuroneander. Pero un neuroneander educado en una cultura neurosapiens y plenamente integrado. Un neuroneander que ha tenido una vida llena de oportunidades y que, aun así, encuentra que algo falla. Que aun así descubre que no comparte muchas cosas con los demás. Que siente la necesidad de buscar una armonía más profunda con su verdadera manera de ser. Cree que esa voluntad es la que lo convierte en lo que es. Cree ser en origen como todos. Cree que una fuerza de voluntad de origen misterioso es lo que finalmente lo convierte en algo mejor y superior.

Pero se equivoca. Él era en origen neuroneander. La fuerza solo le ayuda a despojarse de la influencia neurosapiens. No es una fuerza que convierte a un neurosapiens en un neuroneander, como él cree, sino una fuerza que convierte a un neuroneander culturizado por los neurosapiens en un neuroneander más libre.

«Yo soy tu padre». La frase que trastoca finalmente todas las ideas de Lucke Skywalker y la de los espectadores. El bien absoluto naciendo del mal absoluto. Negando nuestra más profunda creencia de que el bien surge del bien. Y, por lo tanto, en buena lógica, negando que el mal surja de los que se separan del bien. Pues si el bien puede nacer del mal, sin razón aparente, esto solo puede significar que el mal puede nacer también del bien, sin razón aparente.

La saga se pasa tres películas (episodios I, II y III) tratando de explorar este nacimiento del mal, admitamos que sin mucho éxito. Para entonces Lucas ya había olvidado el sufrimiento que le llevó a buscar su lado neuroneander, como suele ocurrir con los neuroneander que alcanzan el éxito.

Este conflicto entre bien y mal dentro de la misma familia tiene una relación muy clara, una vez más, con el conflicto neander-sapiens. Un padre neurosapiens puede tener un hijo neuroneander. Un hijo que, sin una razón aparente tienda hacia… «El mal». Hacia todo lo que los neurosapiens consideran el mal. Pero ese mal no es en realidad tan malo, ese mal resulta ser, en realidad, necesario. Resulta que es necesario un equilibrio en la fuerza, que la frontera entre el bien y el mal resulta ser poco clara. Resulta que, al final, el mal más absoluto, el mal más neuroneander, despojado incluso de cualquier atisbo de humanidad, de cualquier atisbo de mentalidad neurosapiens, es el que salva la galaxia: el que salva también a los neurosapiens.

Y entonces llegó Disney y se hizo una paja mental con la continuación de la saga.

STAR TREK

«Of all the souls I have encountered in my travels his was the most… human». Kirk en su discurso a la muerte de Spock.

Toda la serie gira en torno a esta dualidad: la ingenuidad humana de Kirk y la frialdad lógica de Spock. Como ha quedado claro en el discurso señalado, Kirk nunca valoró el neurotipo de Spock. Siempre lo despreció. Sintió la necesidad de valorar a su «amigo» por aquello que no era. Sintió la necesidad de que todo el mundo recordase de él a su muerte que, pese a no ser humano, compartía muchas condiciones con los humanos y podía parecer en cierta forma humano. O lo que él creía que significa ser humano. Sintió la necesidad de perdonar a su amigo por su incapacidad de ser neurosapiens y creyó, en su arrogancia, que eso era lo que él habría querido.

El creador de la serie pensó que aceptar que los neuroneander podamos llegar a parecer neurosapiens es hacernos un favor…

La serie surgió en el contexto de la guerra fría. Una guerra eminentemente tecnológica. Para ganar esa guerra EEUU se vio obligado a crear enormes complejos científicos. En estos complejos científicos había … científicos. Y esos científicos a menudo resultaban ser neuroneander.

Así, la serie refleja una y otra vez el verdadero conflicto detectado en esas ciudades científicas: sus habitantes, a veces no parecían humanos a los ojos de algunos. Así, la serie parece un continuo esfuerzo por tranquilizar al público; por resaltar que, pasase lo que pasase, siempre habría un neurosapiens al mando, que siempre prevalecerán los valores neurosapiens: los únicos valores que merecen ser considerados humanos. La serie parece un esfuerzo por calmar el pánico de su autor al neuroneander. Incluso un esfuerzo por calmar su pánico al diferente, convirtiendo a los alienígenas de ese universo en meras caricaturas de sus fobias: klingons como fobia a los japoneses, vulcanos como fobia a los neuroneander, borgs como fobia a otras visiones políticas o a las máquinas... Y la flota estelar como un ejército neurosapiens poniendo orden en el universo. Un ejército formado por una nueva raza de súper humanos neurosapiens, despojados de la necesidad de los neuroneander.

El capitán Kirk como símbolo de la absoluta superioridad neurosapiens incluso en el nivel individual. Un sueño húmedo de su autor, compartido por muchos otros. Desgraciadamente, un sueño absurdo e irrealizable. De esta forma, Kirk solo resulta ser una caricatura evidente de la incapacidad neurosapiens. Una caricatura que trataron de corregir en continuaciones de la serie, pero sin dejar de aspirar a su objetivo original: la dominación neurosapiens del universo. La eliminación del universo de toda forma de vida no neurosapiens. Como siempre han hecho o han tratado de hacer.

BLADE RUNNER

Blade Runner es una vez más una recreación del conflicto neander-sapiens.

- Los replicantes no humanos infiltrados en la sociedad a los que hay que eliminar...
- La decadencia de Occidente e invasión nipona. La invasión de la cultura neuroneander...

Todo trabajado de una forma que provoca miedo...

Resulta una ironía cómo los neurosapiens persiguen a los replicantes mientras son dominados por los neuroneander japoneses. No se dan cuenta de que su mismo instinto de exterminio del diferente los condena a estar dominados por los neuroneander.

Es algo frecuente en la literatura que un neurodivergente trate de vengarse del mundo neurosapiens creando una realidad ficticia.

EL PLANETA DE LOS SIMIOS

El planeta de los simios es una historia que cautiva el subconsciente neurosapiens. Lo pone ante el mayor de sus terrores: vivir en un planeta donde no tenga hegemonía absoluta sobre el resto de neurotipos. Un planeta donde los mismos trucos que ellos usan para dominar a los demás les sean aplicados a ellos. Trucos como la negación de la realidad por imposición de la mayoría o la negación de la humanidad de los que no piensan igual.

Si esa historia atrapa al público no es por curiosidad intelectual, sino porque apela a los más bajos instintos embebidos en la mente neurosapiens. Instintos que no pueden ser eliminados.

JULIO VERNE

Julio Verne tenía una animosidad negativa hacia los científicos. Quizás porque sintiese cierta frustración porque no tomasen más en serio sus ideas. En sus novelas a menudo había un científico malvado o incredulidad de la ciencia establecida hacia las ideas de un visionario. Los científicos que de verdad inventan siempre son los solitarios y excéntricos. Los neuroneander. Hasta el punto de que ha llegado a parecernos natural dicha idea. Como si fuese lógico pensarlo. Muchas historias posteriores de ciencia ficción reinciden en dicha idea. No ha sido hasta más recientemente que se ha empezado a establecer una narrativa en la que los genios, en lugar de ser los que se apartan de las ideas establecidas, son los que desde muy jóvenes destacan: una narrativa neurosapiens.

El capitán Nemo es un ejemplo de científico al margen de la ciencia. Se dice que dicho personaje estaba inspirado en el propio Verne. Un personaje solitario, en conflicto con el mundo, y participando activamente en oscuras maniobras para tratar de cambiarlo. El propio Verne intentó ser alcalde de su ciudad con un partido de extrema izquierda.

Una frase de Verne, cuando estaba cerca de la muerte fue: «Me siento el más desconocido de los hombres». Dando a entender que, lo que los neurosapiens creen haber entendido de su mensaje no es en realidad lo que él quería decir. Como suele ocurrir con los neurosapiens...

MOZART Y SALIERI

La película Amadeus se ha convertido en un clásico. Narra la vida de Amadeus Mozart y su supuesta rivalidad con otro compositor: Salieri.

El Mozart real tenía una deformidad en la oreja y en retratos se le ven rasgos faciales de estilo autista. Esto indicaría algún problema de desarrollo fetal que hubiera reforzado su lado neuroneander.

Era tímido y retraído en su infancia. Llegó a sentirse fuera de lugar.

Llegó a tener mal control de las relaciones sociales lo cual trataba de paliar con excentricidad. Malgastaba el dinero seguramente por eso.

Era apasionado y tenía sentido del humor. Señales de conflicto interno.

Al contrario que Bethoven tenía poca confianza en sí mismo. Es algo habitual en los neuroneander.

El hecho de que fuese sincero y escatológico en cartas es una característica neuroneander más, ya que no podemos ser sinceros en la vida real al ser poco abiertos y ser dominados siempre por los neurosapiens pero sí en entornos privados o escribiendo.

Se alega, que tenía un conjunto de expresiones faciales muy limitado que usaba cíclicamente, que tenía muy poca capacidad para mantener la atención al estilo del desorden de déficit de atención y que tenía oídos ultrasensibles que podían desquiciarlo por completo cuando estaba en un entorno ruidoso. Todas esas son características que alegan con frecuencia padecer los diagnosticados con Asperger en la actualidad.

También tenía dificultades para entablar conversaciones, lo que llevó al psiquiatra Fitzzgarald del Trinity Collage de Dublín, en Irlanda, a asegurar que el famoso pianista padecía un autismo ligero.

Este autismo explicaría por qué muchas de sus composiciones son tan bien aceptadas por los niños autistas.

Pero la película no lo representa exactamente así.

Para disimular sus rasgos autistas, inventa una risa escandalosa y descarada. La risa de alguien acostumbrado a tratar con la gente y no importarle demasiado lo que opinan. Una risa de extroversión. Porque Mozart tenía tics y comportamientos extraños y posiblemente también una risa peculiar, pero dudosamente una risa descarada, dado su carácter retraído.

La película lo representa como alguien que consigue las cosas sin esfuerzo. Alguien poco sensato. Pero alguien dotado de un talento natural de origen desconocido.

En contraste, presenta a Salieri como alguien erudito y serio. Alguien enteramente entregado a su trabajo. Alguien que encarna todos los valores más altos de la sociedad de la época. Pero, aun así, alguien que no tiene el talento para destacar en la música por encima de Mozart.

Esto es importante, porque es una simplificación frecuente en la historia. Es, una vez más un claro ejemplo del esfuerzo de deshumanización hacia los neuroneander.

Cuando un neuroneander triunfa, hay una fuerza misteriosa llamada talento que lo ayuda. Y esa fuerza misteriosa compensa a todos los errores que suponen su condición de neuroneander.

No son sus acciones las que lo hacen triunfar. No es su esfuerzo. No son sus virtudes. No es el trabajo. Todo eso son cualidades humanas. No se puede atribuir cualidades humanas a un neuroneander. Por lo tanto, se le atribuye una cualidad mágica que compensa su falta de humanidad.

Y en una eterna representación del conflicto entre Caín y Abel, el neurosapiens una y otra vez fantasea con eliminar al neuroneander. Y si no lo consigue, al menos consigue eliminar la realidad de su condición, inventando una historia alternativa que, en cualquier caso, le permita reafirmar al neurosapiens como único ser que deba ser considerado humano.

CONSECUENCIAS DEL ALGORITMO EN LA ACTUALIDAD

Hemos visto cómo algunos acontecimientos de la Historia se explican mejor si tenemos en cuenta un conflicto de neurotipos. Ahora veremos que también podemos explicar mejor muchas circunstancias de la actualidad en base a dicho conflicto. Y veremos que muchos de los males de esta sociedad solo se explican si asumimos la existencia de este conflicto.

LA SUPREMACÍA DE OCCIDENTE

La supremacía de Occidente no es más que una consecuencia del Algoritmo. Occidente no tiene mejores valores que el resto del mundo. Sus ciudadanos no son más sabios. Sus valores no suelen demostrar la supremacía moral que se les supone. Sus soluciones no han resuelto ni uno solo de los grandes desafíos de la humanidad.

¿Por qué entonces la cultura occidental dio lugar a mayores cotas de progreso, justicia, igualdad, y a que el resto de las culturas hayan acabado imitando sus modelos? Paradójicamente, es así porque... no funciona. El resto de las culturas se equivocan al imitar a Occidente. Copian su modelo sin saber por qué éste parece funcionar. Y es que, al no funcionar, potencia el caos que necesita el Algoritmo. Simplemente hace emerger el conocimiento oprimiendo a los neuroneander. Es incapaz de hacer que los neurosapiens, por sí solos, generen nada parecido a conocimiento. Depende de su propio fracaso para funcionar. Y dicho fracaso funciona porque la proporción de neuroneander en sus poblaciones es mayor que en otras partes del mundo y porque estos están más oprimidos. Eso hace que la innovación aparezca con más frecuencia.

Y una vez el conocimiento aparece, es cierto que el mayor dinamismo de la mentalidad neurosapiens ayuda a extender el conocimiento. Pero recordemos, dicho dinamismo también es inherente a los pueblos subsaharianos y eso no hace que en esos países aflore una cultura más innovadora o más avanzada.

Otro factor que ha podido potenciar el progreso del Algoritmo es una mayor confluencia de pueblos distintos en poco espacio. Una mayor división del poder. De esta manera, cada pueblo puede probar diferentes variaciones de relación entre neuroneander y neurosapiens, como hemos visto en los casos de Grecia y Roma. Aquella combinación que más potencia el Algoritmo es la que acaba imponiéndose. Por selección natural el algoritmo habría acabado imponiéndose con más fuerza en Europa que en Asia, donde un poder hegemónico (China) imponía un orden sin divisiones (además de no contar con población de la tercera hibridación).

Es esta la razón por la que la cultura occidental ni ha cuajado, ni cuajará nunca en el resto del mundo. No se dan las mismas condiciones en otras poblaciones. La discriminación hacia los neuroneander no funciona si no hay neuroneander o si estos no pasaron la criba evolutiva de segunda y tercera hibridación —donde debían parecer neurosapiens para sobrevivir— y tampoco si la cultura no es lo suficientemente discriminatoria contra estos. Si dicha discriminación no existe desde la infancia de forma instintiva, no se desata su potencial. Las poblaciones del resto del mundo —excepto el África subsahariana— derivarían, en gran medida, de la primera oleada de hibridación, sin el componente de violencia extrema e hibridación posterior que se habría dado en el Cáucaso y Europa. Serían por lo tanto culturas más adaptadas al equilibrio. El Yin y el Yang. El Karma que equilibra lo desequilibrado. Serían culturas de una convivencia menos conflictiva entre neurosapiens y neuroneander. Culturas, por lo tanto, sin el increíble potencial de crecimiento que proporciona el Algoritmo. Culturas, por otra parte, sin el increíble potencial de destrucción al que de forma irremediable lleva el dejar al Algoritmo fluir sin control.

LA RAZÓN PIERDE

¿Qué es la razón? La razón consiste en aplicar reglas lógicas al conocimiento para generar nuevo conocimiento y resolver problemas. Una máquina es capaz de razonar. De hecho, es mucho más capaz de razonar que una persona.

Sin embargo, la máquina no puede adquirir nuevo conocimiento por ella sola. Y por eso, todo su poder de razonamiento es inútil en la mayoría de los casos. Si conectas una cámara a un ordenador, éste es incapaz de hacer una representación del mundo con lo que ve. Pero si le das un conjunto de axiomas y hechos, y una proposición a refutar, será capaz de hacer el trabajo de millones de personas en un segundo.

En las personas, sin embargo, ocurre lo contrario. Somos incapaces de aplicar procedimientos lógicos complejos de forma eficaz, pero tenemos gran habilidad para adquirir conocimiento del entorno.

¿Cuál sería el modelo ideal para conseguir una sociedad basada en la razón? Uno en que los individuos fuesen capaces, al mismo tiempo, de adquirir conocimiento y de aplicar lógica a dicho conocimiento.

¿Por qué la unidad de razonamiento ha de ser el individuo? No tiene sentido de otra manera. Si una parte del razonamiento lo hace un individuo y otra parte otro individuo podríamos hablar de una entidad formada por dos individuos que razona, pero no de dos individuos que razonan. No de dos individuos inteligentes y conscientes.

Pero, en las sociedades gobernadas por el Algoritmo no es el individuo quien razona, sino el Algoritmo. Una parte de la sociedad adquiere conocimiento, otra parte procesa ese conocimiento (deformándolo y simplificándolo) de forma que al final, otra parte de la sociedad pueda utilizar ese conocimiento sin mucho esfuerzo para tomar decisiones. O para creer que toman decisiones, pues no es así. Al final siempre es el Algoritmo. El conocimiento surge en alguna parte alejada del poder. Porque el poder no usa verdaderamente la razón en todo su potencial.

En un entorno donde la razón no proviene de los individuos, sino de la actividad colectiva, ¿qué necesidad hay ni siquiera de tratar de potenciar la razón en los individuos? Ninguna. No se hace. Esta sociedad ha renunciado a tratar de que los individuos razonen.

El poder neurosapiens, además es reacio a cualquier modelo basado en potenciar el individuo. Si el individuo es poderoso, ellos pierden poder. Su poder se basa en la capacidad de interconectar conocimiento mediante conexiones sociales. Se basa en la incapacidad del individuo de procesar todo el conocimiento. Si eso cambia, ellos son menos necesarios.

Y así, esta sociedad huye de potenciar la razón. ¿Qué otra razón puede haber si no es el Algoritmo?

TODO EL MUNDO BUSCA EL CAMINO FÁCIL

No hay duda de que tener las ideas claras ayuda a progresar en cualquier objetivo. Tener un plan. Tener un esquema claro de cómo es el entorno. Tener previstas las opciones de los adversarios, como en una partida de ajedrez.

Los neurosapiens tienen ventaja en eso. Son capaces de obtener información de los demás con naturalidad y están preparados mentalmente siempre para el juego social. Incluso para el estrés que cause el juego social. También tienen otra ventaja: les da igual si lo que dicen es verdad o no mientras lo parezca. Y saben si lo parece o no sin esforzarse, pues todos tienen más o menos las mismas apreciaciones compartidas: las que han heredado por cientos de miles de años de evolución. Están además entrenados para saber cómo piensan otros y anticipar así sus reacciones. Buena parte de su cerebro se dedica en exclusiva a este tipo de procesos.

De esta forma, juegan al ajedrez sabiendo qué errores cometerán sus adversarios. Porque son los que cometerían ellos mismos. Y recuerda: al ajedrez se gana anticipando la jugada de tu adversario, no buscando la jugada perfecta, porque eso es imposible.

Esta capacidad es una herramienta poderosa. Muchos creen que invencible. Todo el mundo trata de seguir, por lo tanto, dicho camino. Todos buscan tener ideas claras, que puedan explicar y que sean entendidas al ser explicadas. Todo el mundo busca tener sentido común, parecer empático con los demás, fomentar los valores «positivos» en su vida.

Un problema es que al final todo el mundo aprende a hacerlo. Ahora todos buscan compartir ideas. Nadie busca crear ideas. Ahora todos buscan convertirse en clones. Y lo están consiguiendo. Pues para los neurosapiens eso no tiene dificultad. Y los neurosapiens son muchos.

Las clases altas se dan cuenta de que cada vez más gente lo consigue. El secreto ya ha sido revelado. Ahora necesitan, por lo tanto, una manera de seguir proporcionando una ventaja a sus descendientes. El secreto de la claridad de ideas o pensamiento en positivo ya no es suficiente. Y han encontrado esa manera. Porque las familias con menos recursos pueden, al final, conseguir los conocimientos sociales para participar con las mismas ventajas en el juego social... Pero he dicho... al final. Esa es la clave. Tardan más.

Las clases altas se han inventado, por lo tanto, una teoría según la cual los estudiantes que antes destacan merecen más oportunidades. Se han inventado, por lo tanto, la manera de hacer que sus hijos y descendientes merezcan tener más oportunidades, por tener antes acceso a la información de contexto sobre el mundo que les permita: tener ideas sólidas, tener un plan y ser capaces de explicar sus ideas. Los hijos de las clases altas, por lo tanto, tendrán acceso a oportunidades, las cuales a la vez les darán acceso a más conocimiento del entorno aún, lo cual les permitirá tener ideas más claras aún y aún más capacidad de transmitir ideas. Dará igual si esas ideas tienen valor o no, por supuesto. Solo importa si son ideas que les posicionen en ámbitos compartidos de ideas y por lo tanto les permitan hacer planes sabiendo de antemano la jugada de sus adversarios.

Obviamente, todo esto es un disparate. Cualquiera puede entenderlo. Pero nadie hace ni hará nada por evitarlo. Porque la razón no importa. Importa el Algoritmo. Los neurosapiens no van a renunciar a su ventaja.

LA MUERTE DEL DIÁLOGO

Hablar con ellos es una completa frustración. Siempre. Da igual si son neurosapiens o neuroneander bien situados.

Da igual si hablas con líderes académicos o líderes en negocios o líderes en lo que sea. Su supuesta sabiduría son simples malabarismos vacíos. Son solo sofistas.

Siempre te juzgan por tus respuestas. Por lo que sabes. Por lo que has leído. Su objetivo no es hacerte entender, sino evitar que hagas más preguntas y pagues finalmente por la respuesta que te dan.

Pero cuando yo leo cualquiera de sus textos solo consigo encontrar inconsistencias a los pocos minutos y nuevos y amplios campos de la ciencia que podrían ser explorados y no lo son. Y sé que no han sido explorados sin tener evidencia empírica, porque sé cómo piensan. Sé qué incentivos tiene su sociedad. Y esos incentivos no premian al que duda, sino al que sigue fielmente las instrucciones para al final dar un pequeño paso más.

Me da igual si es la teoría de la relatividad de Einstein, tratados filosóficos, libros de Historia, enciclopedias médicas... veo inconsistencias y trabajo por hacer por todas partes: nuevos campos por explorar. Porque cuando yo leo, no lo hago para aprender. Lo hago para buscar una respuesta. No soy disciplinado. No me importan las normas. Me importan las respuestas. Y las respuestas, normalmente, no están.

¿Para qué voy a querer leer en profundidad a Platón si sé mejor que él quién era, qué aportaba, porqué y cuáles eran sus errores? No tengo nada que aprender de Platón. Y, sobre todo, sería grotescamente estúpido memorizar a Platón. Pero ellos me juzgarán por cuántas citas recuerdo de Platón.

Las élites del Algoritmo (neurosapiens o neuroneander) han renunciado a pensar. Solo acumulan conocimiento. Su poder no se basa en la razón, sino el estatus. El estatus se evalúa de forma rápida y superficial. Es conocido el dicho de que en esta sociedad la primera impresión es lo más importante. Pero incluso en ciencia la razón es irrelevante. Se evalúa la capacidad de dar respuestas. Se evalúan los conocimientos acumulados. Conocimientos que solo puedes acumular si no dudas. La capacidad de dudar de las respuestas equivocadas, en esta sociedad, nunca beneficia al que tiene dichas dudas.

Y así, el diálogo ha muerto. Nadie discute ya nada. Nunca. En ninguna circunstancia. Es todo siempre una simple lucha de poder. La palabra se utiliza para acumular adeptos. Para ello, lo que funciona es simplificar los argumentos, porque no se trata de convencer, sino de pasar a tu bando a los convencidos.

Todo ello es consecuencia del nuevo poder neurosapiens. De sus nuevos trucos para domesticar a los neuroneander. De la nueva ciencia deforme. De la muerte del talento y el encumbramiento de la colectividad como supuesta fuerza generadora de conocimiento. Todo ello es consecuencia del Algoritmo, y de la idiotez neurosapiens.

No hay ninguna razón lógica para que una entidad inteligente renuncie al diálogo si no es porque una razón evolutiva poderosa condiciona su cerebro. No tiene sentido ninguna otra explicación más que el Algoritmo.

Podemos ver muestras de esta incapacidad de dialogar en Internet. Sin razón aparente siempre se acaba en bronca. Es una muestra evidente de un trauma profundo en la sociedad. Algo que nos separa. Algo que nos hace enfrentarnos siempre.

LA CIENCIA NO AVANZA

En el pasado ser un genio era una labor solitaria. Y la ciencia avanzaba gracias a los genios.

Ahora, alguien ha decidido que la ciencia debe avanzar mediante la cooperación. Que muchas mentes pensando parte de un problema pueden resolver mejor un problema que una sola mente. Pero las estadísticas muestran que la ciencia avanza cada vez con más dificultad. Las estadísticas dicen que donde antes se requerían una serie de investigadores y horas de trabajo para generar un premio Nobel, ahora se necesitan tres veces más.

¿Qué fue de los coches voladores?

¿Cuántas décadas más han de pasar hasta que descubramos los secretos que sigue escondiendo el ADN?

¿Qué fue de la inmortalidad que nos prometieron?

LA INVAGINACIÓN

Invaginación: replegamiento interno de una membrana o de una capa celular.

Los neurosapiens necesitan acumular mucho conocimiento contrastado para inferir nuevo conocimiento. Necesitan adquirir conceptos, clasificarlos, ordenarlos y entonces dar un pequeño paso con todo ese conocimiento. No les importa si entienden del todo los conceptos mientras estos les permitan inferir nuevo conocimiento a partir de ellos.

Yo, necesito un concepto que considere importante, y entenderlo. Solo uno. A menudo ocurre que dicho concepto no solo no lo comprendo yo. Es lo que ocurre con la invaginación.

La invaginación es un proceso fundamental en biología. La invaginación es aplicada por todas las células de cualquier organismo multicelular en algún momento. Las mitocondrias (presentes en todas las células eucariotas) presentan invaginaciones. Uno de los primeros pasos embrionarios de la mayoría de los animales es la invaginación de la blástula (el conjunto de células resultado de las primeras divisiones del óvulo fertilizado). Hay invaginaciones en todo nuestro organismo (intestinos, cerebro, genitales...). La invaginación es, de hecho, el principal mecanismo de la naturaleza para moldear embriones. Una mano seguramente se forma por sucesivas invaginaciones de las células que compondrán la mano. Es la herramienta de la naturaleza para dar forma a la vida. Al menos una de ellas. El hecho de que ocurra a nivel celular y también a nivel de tejidos y que ocurra en una etapa tan temprana del desarrollo embrionario, hace pensar que seguramente fue en origen el principal mecanismo para moldear organismos multicelulares en las primeras etapas del desarrollo de la vida en nuestro planeta.

Sin embargo, seguimos sin saber prácticamente nada sobre la invaginación. Al momento de escribir estas líneas no hay ni siquiera página en la Wikipedia española sobre este término. Pero tampoco la hay en la francesa, ni la alemana, ni la italiana... ni en ninguna otra aparte de la inglesa (que solo tiene unas pocas líneas).

Cantidades ingentes de dinero se están dedicando a la investigación biomédica. Aparentemente, muy poco a entender la invaginación.

Quieren salvar vidas. Eso dicen. Necesitan una finalidad práctica para las investigaciones. Eso dicen. Necesitan un retorno de la inversión. Eso dicen...

Hay por lo tanto dos hipótesis. La primera es que no investigar la invaginación e invertir en cambio en nuevos estudios sobre el efecto de sustancias aleatorias sobre distintas enfermedades (es básicamente en lo que suele consistir la investigación biomédica moderna) es la mejor manera de salvar vidas.

La segunda hipótesis es que investigando la invaginación se salvarían más vidas, pero no se hace porque investigar la invaginación requiere habilidades neuroneander y el objetivo de esta sociedad es evitar el poder de los neuroneander.

Solo puede quedar una... Analicemos ambas hipótesis. Hay que analizar, por lo tanto, cuál de las dos opciones salvaría más vidas.

Podemos hacer cálculos de forma bastante evidente sobre la primera hipótesis. Ya se está invirtiendo gran cantidad de dinero en ella. Sabemos cuáles son los retornos y por lo tanto el coste de cada vida salvada.

El gasto en investigación de nuevos medicamentos al año es de alrededor de 160 mil millones de dólares.

Al año se aprueban unos 45 nuevos medicamentos. De estos, unos 10 corresponden a medicamentos que reemplazan a otros en problemas que no ponen en peligro la vida como jaquecas, acné, problemas cutáneos o anticoncepción. De los 35 restantes, unos 20 corresponden a tratamientos para problemas que claramente ponen en riesgo la vida del paciente y no solo su calidad de vida, como tratamientos contra el cáncer o infecciones severas. Unos 15 corresponden al cáncer y el resto a infecciones.

Mueren al año unos 9 millones de personas por cáncer. Pero la mayoría de los tratamientos de cáncer ya tienen éxito actualmente. Un 68% de pacientes sobrevive. En 1975 sobrevivía un 50%. Por lo tanto, los nuevos tratamientos implican de media un 0,4% anual de aumento de la tasa de supervivencia. Eso implica que unas 53.000 personas se salvan al año.

Mueren de infecciones graves unos 8 millones de personas al año. Si bien la mayoría son en países donde la causa es un tratamiento incorrecto o no tener acceso a la medicina más que la no existencia de una medicina válida. Pero redondeemos por encima y consideremos otras 45.000 personas al año salvadas por nuevos medicamentos. Volvamos a redondear y supongamos que unas 100.000 personas se salvan al año en total gracias a una inversión anual de 160.000 millones de dólares. Eso da un mínimo de 1,6 millones de dólares por vida salvada.

Sobre la segunda hipótesis (investigar la invaginación), necesitamos no solo saber el coste que tiene sino también averiguar el retorno que tendría en vidas.

Para saber el retorno en vidas que podría tener la investigación sobre la invaginación debemos profundizar más en qué es la invaginación.

Hemos dicho que es una herramienta de la vida para dar forma a los organismos multicelulares. Mediante invaginación se da forma. Es un procedimiento que al parecer hemos heredado de los primeros seres multicelulares. Y un procedimiento que se realiza repetidamente durante el desarrollo embrionario en todas las especies de animales (al menos). Esto es importante. Si un procedimiento se produce múltiples veces en distintas etapas embrionarias, en distintas partes de un organismo, y en distintas especies animales, los informáticos sabemos que solo puede significar una cosa: la evolución no ha reinventado dicho procedimiento cada vez que lo ha necesitado. Es un procedimiento programable. Hay un código que lo activa y un conjunto de comandos para configurarlo. Si aprendemos a leer ese código, esto será un paso fundamental para ser capaces de entender el 99% del ADN que actualmente no sabemos leer. La parte del ADN que contiene, entre otras cosas, las instrucciones para dar forma al cuerpo o configurar las conexiones del cerebro.

Descubrir dicho código abriría las puertas a innumerables tratamientos. Seríamos capaces de crear técnicas para regenerar órganos o miembros amputados. Seríamos capaces de regenerar tejidos dañados por enfermedades o quemaduras. O de curar lesiones medulares. Podríamos reemplazar nuestros órganos conforme se van deteriorando. Podríamos tener órganos de repuesto disponibles para casos de emergencia. Incluso... cuerpos de repuesto. Podríamos incluso ...llegar a descubrir el código que programa nuestra muerte en el ADN... y anularlo. Porque la longevidad de una especie viene determinada por el ADN, aunque aún no sabemos cómo.

Así pues, ¿qué retorno en vidas podría tener la investigación sobre la invaginación? La respuesta es simple: todas. Todas las habidas y por haber.

Aun así, nos queda averiguar el coste. El precio. Salvar 100.000 vidas al año tiene un precio de 160.000 millones de dólares. 1,6 millones de dólares por vida. Salvar a 7.000 millones de personas, por lo tanto, supone 11,2 billones de dólares. Si investigar la invaginación y el consiguiente descubrimiento del código en el ADN que la propicia tiene un coste inferior a 11,2 billones de dólares entonces invertir en la investigación sobre la invaginación tendrá un mayor retorno de al inversión que la investigación en nuevos medicamentos.

El salario medio de un investigador biomédico en Estados Unidos es unos 81.000$. 11,2 billones de dólares dan para contratar más de 138 millones de investigadores durante un año. O 13,8 millones de investigadores durante 10 años.

¿Es factible que 13,8 millones de investigadores trabajando durante 10 años consiguiesen descubrir cómo se programa la invaginación en el ADN? Carajo, es posible que hasta yo solo lo consiguiese si dispusiese de 10 años y acceso a los datos actuales de otros investigadores. Es razonable pensar que haría falta mucho menos de 11 billones para conseguirlo.

Pero recordemos. No es que no se estén invirtiendo 11 billones. No se está invirtiendo tampoco un billón. Ni mil millones. Seguramente ni 100 millones. Yo apostaría porque no supera ni los 10 millones. Diez millones para algo con el potencial de salvar todas nuestras vidas. Y 160.000 millones (al año) para algo con el potencial de prolongar como mucho 100.000 vidas al año (prolongar por unos pocos años).

Había dos hipótesis. La primera era que invertir en nuevos medicamentos es la manera más eficiente de salvar vidas. La segunda hipótesis era que invertir en medicamentos es solo la manera más eficaz de retener el poder neurosapiens en la ciencia. La segunda hipótesis es que los neurosapiens siempre sacrificarán cualquier bien por retener su poder. Siempre dirán que hay una razón «humana» para hacerlo. Dirán por ejemplo que la vida eterna no es humana, lo cual equivale a decir que salvar vidas no es humano... Un sinsentido. Porque para ellos lo que no es humano es no ser neurosapiens. Si algo salva vidas, pero da el poder a los neuroneander entonces va contra la humanidad. Son así por naturaleza. Han sido programados por la evolución durante miles de años para ser así.

REFERENCIAS

NOVEL DRUG APPROVALS FOR 2018 – US FOOD & DRUG https://bit.ly/2y2yfhx

THE VALUE OF MEDICAL INNOVATION http://valueofinnovation.org/

2015 NEW DRUG APPROVALS HIT 66-YEAR HIGH! – FORBES https://bit.ly/2VjsbLw

INCAPACIDAD DE AFRONTAR LOS DESAFÍOS

Los problemas se solucionan pensando como un ingeniero. Haciendo prototipos, haciendo múltiples pruebas, siendo eficiente para poder avanzar con rapidez y poder maximizar el número de pruebas. Hace falta además una mentalidad analítica, que dude, que desconfíe de lo que cree saber, que pueda generar nuevas ideas.

Pero esta sociedad desprecia la mentalidad ingenieril. La duda está penalizada. La desconfianza está mal vista. Las nuevas ideas deben pasar siempre el filtro de la masa, no de la razón.

Era algo previsible. El algoritmo dice que siempre han de imponerse los neurosapiens. Han de prevalecer. Si no tienen la capacidad para resolver problemas de forma más eficiente que los neuroneander, entonces se ha de confundir todo para hacer ver que tampoco estos son capaces de resolver problemas.

Por medio de una organización industrial de la ciencia y el conocimiento, se penaliza a los que dudan y se recompensa a los que avanzan con rapidez. Los estudiantes que asimilan lo que se les inculca con velocidad ascienden socialmente. Los que dudan, quedan rezagados... y es para siempre. Y a los que no quedan rezagados se les da plenitud de oportunidades. Gracias al fomento de la disciplina, tendrán a su disposición a infinidad de subordinados para servirles. Parecerá entonces que su inteligencia y eficacia es superior, pues avanzan más que otros y en una discusión pueden exponer mayor variedad de conocimientos, pues asimilan conocimientos más deprisa (pues a menudo no necesitan ni entender lo que dicen).

De esa manera se limita las capacidades de los que de verdad intentan resolver problemas: se les limitan los recursos, se los hace dudar de su capacidad, se les impone siempre la barrera de conciliar sus ideas con la masa. La masa es neurosapiens. Piensa en base a simplificaciones. Confía. Tiende a reforzar el grupo, a buscar enemigos. Por eso, ni tan siquiera en ciencia se impone la razón. Se impone el Algoritmo, y entre las élites de científicos acaban predominando los neurosapiens, pese a su manifiesta incapacidad para ser efectivos en ciencia. Porque el objetivo no es hacer avanzar la ciencia, no es resolver problemas. El objetivo de la sociedad del Algoritmo es que los neurosapiens se impongan. Nada más importa. Incluso lo dicen: «ser humanos es lo más importante». Cuando dicen «ser humano» lo que en realidad quieren decir es «ser neurosapiens».

LA DECADENCIA DE LA ACADEMIA

La Academia es ya de nacimiento una institución que sirve al neurosapiens, pero aun así hemos de admitir que ha tenido su utilidad. Pero ahora esa utilidad es más dudosa que nunca.

La Academia se ha convertido en un monstruo que devora el talento. El fin de todo académico es destacar en su profesión para tener más fondos. Para destacar han de obtener reputación.

Y no se obtiene reputación resolviendo problemas sencillos. Incluso si estos tienen gran utilidad práctica para avanzar en el conocimiento. La reputación se consigue o bien obteniendo conocimiento disruptivo o bien obteniendo conocimiento de gran complejidad y que requiere gran esfuerzo para ser replicado por otros.

No hay un camino seguro para obtener conocimiento disruptivo. Es siempre un riesgo. Y los científicos no están en el negocio por la aventura. Ya no. Ahora es todo un engranaje diseñado por los neurosapiens. Has de encajar en el organigrama, pero al mismo tiempo destacar. Solo hay una forma de conseguirlo: ser disciplinado en adquirir conocimientos de gran complejidad y ser bueno estableciendo una red de contactos que te permita estar informado de lo que ocurre en el mundo para hacer esfuerzos en la dirección adecuada (adecuada para el científico). Resulta que esa estrategia es buena para el científico que la practica, pero no para la ciencia. La ciencia necesita disrupción y necesita también que se resuelvan los problemas sencillos en primer lugar, aunque estos no den reputación. Dar prioridad a los problemas complejos no tiene sentido más que para la carrera del científico.

Algunos argumentarán que «siempre estás a tiempo de resolver problemas simples si eres capaz de resolver problemas complejos». Pero no funcionan así las cosas. Resolver problemas sencillos requiere habilidades distintas. Y que sean problemas sencillos no significa que sean triviales. Así, por ejemplo, Israel ha desarrollado gran habilidad para resolver problemas sencillos. No tienen recursos para competir con grandes potencias científicas, pero sí la habilidad de enfocar recursos en problemas sencillos que otros no afrontan por no suponer un beneficio claro para el científico. Y resolviendo esos problemas sencillos mejor que otros consiguen enormes ventajas prácticas. No consiguen gran reputación científica con ese trabajo, pero sí consiguen desarrollar una nación de startups. Israel no tiene más publicaciones científicas anuales por millón de habitantes que Dinamarca o Suecia, pero sí muchas más startups que esos países.

Porque resolver problemas sencillos no requiere trabajo en equipo. Requiere talento. Es por eso que la sociedad del Algoritmo no busca resolver problemas sencillos. Eso beneficiaría a los que están mejor capacitados para resolverlos. Beneficiaría a los neuroneander.

El influjo neurosapiens ha hecho perder el norte a los neuroneander de Occidente. Al igual que los neurosapiens son fácilmente influenciables, por ejemplo, haciéndoles creer que un dios les ordena actuar de una determinada manera, los neuroneander ahora tienen un nuevo dios por medio del cual son dominados por los neurosapiens: las matemáticas. Un dios supuestamente todopoderoso y que da respuesta a todo. Mediante el engaño de la financiación les han hecho creer en el nuevo dios. Les han hecho creer que este dios puede resolver cualquier problema y que solo la devoción absoluta a este dios lleva a la verdad. Pero es un falso dios. Ni tiene todas las respuestas ni es todopoderoso.

Mediante este engaño, los neurosapiens consiguen que los neuroneander se distancien del mundo real y se limiten a proporcionar herramientas a los neurosapiens. Estos serán entonces los que se ocupen de resolver los problemas sencillos.

Pero no funciona. Los neurosapiens nunca buscan solucionar problemas. Buscan acumular poder en el grupo. Saben que es lo único en que serán competitivos.

Un ejemplo claro de la decadencia de la ciencia en manos de los neurosapiens es el reciente alboroto en torno a las cripto-monedas. Los fundadores de estas cripto-monedas son supuestamente neuronender de gran talento. Sin embargo, ninguna de las cripto-monedas hasta ahora ideadas son más que un bluf.

No son verdaderos neuroneander con el potencial desatado, son como mucho neuroneander decadentes que han dedicado gran esfuerzo a llegar lejos en una rama de la ciencia. Sin pararse a dudar. Su creación al final resulta ser de total inutilidad porque no se pararon a hacerse las preguntas más básicas. Son simples practicantes de la religión de las matemáticas.

Pero la cuestión no es la inutilidad de las cripto-monedas (las desarrolladas hasta ahora), sino las circunstancias que las envuelven. Resulta que los científicos que las desarrollan acaban teniendo una especie de relación tribal con otros científicos: si eres de una cripto-moneda eres enemigo de las otras.

No es lo que se esperaría de una ciencia que fuese realmente abierta y basada en la razón. Parece más bien evidente que han aprendido en su labor académica a trabajar con mentalidad tribal, e incluso cuando se pasan a una supuesta actitud libertaria, no pueden evitar seguir teniendo esa mentalidad tribal. Así, al final da igual el objetivo, dan igual las ideas, solo importa que los míos ganen y los otros pierdan. Porque lo que importa no es el objetivo, sino imponer tu manera de pensar.

LA DICTADURA DE LOS EXPERTOS

Los neurosapiens necesitan que otros dominen la técnica y ellos solo gestionen a alto nivel. Necesitan no tener necesidad de entender los detalles. Y han creado una sociedad adaptada a esta necesidad. Una sociedad de sofistas que vendan soluciones. Una sociedad de expertos que vendan conocimiento.

Pero al imponer las reglas para beneficiar a los neurosapiens lo que consiguen es que cada vez haya más expertos y cada vez sean más burócratas y más corruptos. Porque todos son iguales, todos han seguido el mismo camino para al final dar solo un pequeño paso más. Y si son iguales, no pueden competir por su talento. Necesitan otras formas de competir.

La gente ya no se fía de los expertos. Saben que, aunque sepan mucho siempre mienten, siempre tienen ambiciones personales enfrentadas a la ética de su trabajo y siempre tienen opiniones sesgadas. Porque lo que cuenta no es su conocimiento, sino su estatus. Y el estatus se consigue con juegos sociales. La gente se da cuenta de que están en un mundo en que no impera la razón sino los juegos sociales para conseguir reputación o poder.

SUPERSTICIÓN Y TRIBALISMO

La característica principal de los neurosapiens, como se ha dicho repetidamente, es la sociabilidad. Son capaces de aliarse entre ellos para buscar objetivos comunes. Eso lo consiguen gracias a su tendencia a confiar.

Las religiones explotan esta circunstancia

Es un problema de sobras conocido. Incluso los creyentes saben que esto es así. Todos sabemos que las religiones son un problema. Incluso los que creen. Incluso la Biblia ataca las religiones de los demás. Y, sin embargo, ni creyentes ni líderes ateos son capaces de frenar este fenómeno.

Otro fenómeno reciente que estamos apreciando es la tendencia de la gente en momentos de dificultad a tratar de aislarse en tribus. Tienden a buscar enemigos comunes con el único fin de estar más unidos a los que les rodean. De este fenómeno son consecuencia movimientos de extrema derecha (neofascismo) y de extrema izquierda (neosocialismo). Los individuos más racionales de esta sociedad se sienten impotentes a la hora de pararla.

Pues bien, si tanto las religiones como el tribalismo son imparables es porque sus causas no provienen de la razón, sino de la evolución. Esto mismo ya ha sido argumentado antes y es incluso un consenso científico. Aun así... estos expertos siguen siendo impotentes a la hora de evitar las consecuencias negativas de estos fenómenos. Siguen sin comprender el fenómeno lo suficiente.

Supongo que no te sorprenderá ya si te digo que todo es culpa del Algoritmo...

Incluso si algunos neurosapiens son ateos o no practicantes, esto es solo un factor superficial en ellos. Llevan igualmente la predeterminación para acabar organizados en religiones. Si dejas a un grupo de ateos neurosapiens reproducirse entre ellos acabarán creando una nueva religión.

Porque si no puedes tener individuos que usen la razón a nivel individual, y solo unos pocos lo hacen, se necesita una forma de que el resto siga las prácticas decididas por los que sí lo hacen. Se necesita, por lo tanto, la superstición.

LA MUERTE DEL LIBERALISMO

Lo estamos viendo a diario. El extremismo crece; empiezan a emerger conflictos por todas partes. Algunos conflictos antiguos, como el nacionalismo o la guerra fría de bloques. Otros son conflictos nuevos, como la antiglobalización o el conflicto por el control de islas en el Pacífico. Todos ellos son conflictos entre un eje supuestamente liberal, el representado por Occidente, y un eje opuesto a ese liberalismo.

Ese eje no actúa solo a escala geopolítica. El antiliberalismo es fuerte también dentro de nuestras sociedades. Vemos emerger gobiernos proteccionistas. Proliferan partidos de extrema derecha. Vuelve el fantasma del nacionalismo disgregador.

Y es que este antiliberalismo no parte de una estrategia. No ha sido planificado por nadie. Surge simplemente de la insatisfacción de la gente. De la incapacidad del sistema de satisfacer a sus gentes.

La respuesta a la pregunta de qué está pasando es simplemente el Algoritmo. El Algoritmo lo explica. La supremacía neurosapiens del llamado «orden liberal», que como se ha dicho no es un verdadero orden liberal, es lo que causa todos estos problemas.

Y lo hace de dos formas. Por una parte, crea ineficiencia en Occidente. La muerte de la razón. La decadencia de la ciencia. La muerte del diálogo... Por otra parte, crea malestar en todo el mundo donde el Algoritmo no puede funcionar como en Occidente. Los países islámicos están furibundos contra Occidente sin razón aparente. China trata de crear un modelo social alternativo; uno que no dependa de la supremacía neurosapiens.

PROLIFERACIÓN DE OLIGOPOLIOS

No estamos en una sociedad en la que impere el liberalismo. Lo vimos en el ejemplo de Bitcoin. Lo vimos al analizar la evolución del liberalismo. Vimos como el socialismo es también importante en lo que se ha venido a llamar «orden liberal», pero que no lo es.

Y por eso hay leyes que favorecen la proliferación de oligopolios. Hay actitudes y leyes diseñadas para favorecerlos. Todo por una simple razón. Esa razón no es que los oligopolios beneficien al ciudadano. Esa razón es que los oligopolios benefician la supremacía neurosapiens (que no es lo mismo que beneficiar a los neurosapiens).

Sabemos bastante bien cómo funciona la innovación. Sabemos que para innovar se ha de partir del deseo de solucionar un problema, preferiblemente uno que nos afecte en el ámbito personal. Sabemos que hay que tener un compromiso personal con el problema, con el fin de entenderlo en detalle. Y es por eso que hemos llegado a la conclusión de que las startups son un buen modelo de innovación. Porque las startups permiten enfocar los problemas desde una nueva perspectiva, sin ataduras, sin tener que atender a otros compromisos anteriores.

Las grandes empresas también detectan problemas. También quieren solucionarlos. Pero quieren solucionarlos por razones distintas. Quieren solucionarlos porque no quieren que otros los soluciones. Porque si otros los solucionan ellos pierden mercado, y si pierden mercado los inversores no están contentos.

Además, quieren solucionar dichos problemas, pero no a cualquier precio. Más importante que solucionar un problema, para ellos, es no crear nuevos problemas. Porque si crean nuevos problemas pueden perder otros ingresos. Ingresos más consolidados. Ingresos mayores que los ingresos de un proyecto incipiente, incluso si dicho proyecto incipiente tiene un potencial de crecimiento mucho mayor.

Las grandes empresas, por lo tanto, son conservadoras. Toman menos riesgos. Tienen menos flexibilidad. Y menos motivación. Las grandes empresas son sin duda peores a la hora de resolver problemas. Nadie duda ya eso. Pero la tendencia del mundo actual no es ir hacia empresas de menor tamaño, pese a lo que pueda hacer parecer el hype de Silicon Valley. La tendencia mundial es hacia la concentración empresarial y la disminución del emprendimiento.

Incluso Silicon Valley no es un modelo real de triunfo de la innovación. No es solo que Silicon Valley represente un 0,02% de la población mundial. Es que, además, su supuesto modelo de éxito se aplica en la inmensa mayoría de casos a problemas marginales: usar una aplicación para llamar a un taxi (Uber), obtener más descuentos por compras colectivas (Groupon), compartir videos cortos con mayor facilidad con amigos (Snapchat), pagar por Internet con una mínima mayor facilidad que usando tarjeta (Paypal)... Más que innovaciones, en la mayoría de los casos, Silicon Valley lo que hace es robar mercados copiando innovaciones de otros y aprovechándose de sinergias locales generadas por grandes inversiones públicas en el pasado.

Entonces, si sabemos que la innovación beneficia a la sociedad y hemos decidido que queremos innovación, ¿por qué vamos exactamente en la dirección opuesta? ¿Por qué vamos hacia un mundo de oligopolios?

Solo hay una explicación posible. Ya sabes cuál es.

Los oligopolios benefician al neurosapiens. Para triunfar como empleado de una gran empresa se requieren habilidades neurosapiens. Incluso si, a veces, los neuroneander llegan a puestos elevados en la jerarquía (incluso al más alto), deben hacerlo con el apoyo de neurosapiens. Los neurosapiens son los que están dotados para el juego social. Son los que pueden administrar gran cantidad de información sin acabar de entenderla, pero entendiendo cómo esa información afectará a otros neurosapiens. Esto, es más importante que entender la información: entender cómo afecta a la gente (que mayoritariamente es neurosapiens).

Y esa es la razón por la que vamos a un mundo de oligopolios. Porque vamos a un mundo neurosapiens. Porque, en realidad, ya estamos en él desde hace tiempo. Y eso tiene dos salidas —así ha sido siempre— o bien los neuroneander damos un golpe de efecto que lo cambia todo, en una nueva iteración del Algoritmo, o bien ponemos fin al Algoritmo y buscamos una alternativa. Una alternativa en que tomemos las decisiones las personas en vez de un frío algoritmo diseñado por la evolución.

El sistema económico basado en empresas grandes, además de ser menos favorable a la innovación tiene otras consecuencias:

- Favorece la discriminación, ya que el talento es medido por la opinión de personas, no por resultados. Pues los resultados en empresas grandes son muy difíciles de medir.
- Al haber poca competencia, se propicia la explotación laboral.
- Al haber poca competencia se abusa de la posición dominante en el mercado
- Al ser tan grandes, las empresas tienen una gran influencia en la política y los gobiernos democráticos.

Vemos la existencia de tendencias diseñadas para favorecer los oligopolios en medidas como las exenciones fiscales para empresas que reinvierten los beneficios. Esto incentiva el crecimiento de las empresas en lugar de que se creen nuevas empresas con el reparto de beneficios. No hay, sin embargo, exenciones equivalentes para los inversores que reinvierten los beneficios de su inversión.

FALSO LIBRE MERCADO

No estamos en un sistema verdaderamente liberal. El Estado actúa sobre la economía. Y lo hace para ayudar a los neurosapiens. Porque los mejores a menudo no son neurosapiens, pero la mayoría si lo es. Por lo tanto, la democracia favorece al neurosapiens.

Los estados intervienen fuertemente en la economía. No es solo que un alto porcentaje de esta corresponda a actividad del sector público (entre un 25% y un 50% dependiendo del país), incluso en los mercados en que hay cierta libertad de empresa (pues tampoco hay libertad absoluta) hay una serie de regulaciones o leyes que en la práctica supone discriminar quién puede tener éxito en un mercado y quién no. Todos los grandes mercados están regulados de esta manera, favoreciendo de esta manera las organizaciones complejas y grandes. Las organizaciones de los neurosapiens. Esto ya deja como mucho un 50% de la economía, en todos los países, fuera del control estatal.

Pero ahí no acaba todo. El otro 50% de la economía se puede argumentar que corresponde a pequeñas empresas o autónomos.

Podría parecer, por lo tanto, que es un terreno más propicio para la libre competencia, y un mercado suficientemente amplio como para permitir oportunidades para todo aquel que quiera emprender. Pero no es así. Aún tienen más trampas preparadas.

Aunque el otro 50% pueda ser mercado más abierto a la competencia, gran parte de esa competencia es por servir a instituciones del Estado o a grandes empresas en mercados muy regulados. Las decisiones sobre quién triunfa o no, por lo tanto, las toman personas que han sido designadas desde el poder político y que no tienen que competir en mercados libres. Y para ellos, la diferencia entre tomar una buena decisión y una mala es mínima comparada con la diferencia entre tomar una decisión que favorezca su posición social o el favor de un grupo de presión. Porque sus empresas van a seguir existiendo igualmente tomen buenas o malas decisiones, pero sus puestos pueden peligrar si toman decisiones que vayan contra intereses políticos o sociales. La consecuencia es que no trabajarán con aquellas empresas más competitivas, sino con aquellas que les hagan la vida más fácil.

Tienen más trucos. Más complejos. Más difíciles de ver. Uno de los más simples es el llamado horizontal shareholding, consistente en que unos mismos inversores tienen gran parte de las acciones de empresas en teoría competidoras (https://bit.ly/2BOYqLj).

Aún queda el truco final. La herramienta definitiva con la que los neurosapiens han matado (está totalmente muerto) el libre mercado. Ese truco es la financiación. La banca, el capital riesgo... No contentos con intervenir de forma masiva en la economía, han decidido intervenir la economía en su pieza fundamental: la financiación. Así, rescatan a diario a los fondos de Venture Capital (que pierden dinero a espuertas) y... han rescatado el sistema bancario. Sí, he dicho el sistema bancario, no bancos. Todo el sistema bancario debía haber caído. Si al principio solo hubieran sido unos cuantos bancos después hubieran caído todos. Como muy bien vieron la mayoría de los analistas financieros. Y hubiera caído porque es un sistema terriblemente ineficaz. Un sistema que solo perdura para sostener la ineficacia de los neurosapiens. En la parte que mienten es en la de considerar que eso hubiese sido catastrófico. Hubiese sido catastrófico, en efecto, para las hordas de incompetentes neurosapiens que copan posiciones de poder gracias a la ausencia de libre mercado, pero no hubiese sido catastrófico para la sociedad. Seguiría habiendo comida. Seguiría habiendo servicios. Seguiría habiendo suministros energéticos. Y, muy rápidamente, surgirían nuevos sistemas de financiación de empresas. Sistemas realmente eficaces y favorecedores del libre mercado.

Pero nada de eso ocurrió. Simplemente rescataron a las élites neurosapiens. Hasta que de forma inevitable haya que volver a rescatarlas. O que se rescaten ellas solas, pasándonos la factura a los demás.

EL MARKETING

Se ha creado en las últimas décadas una nueva religión: el marketing. Los individuos deben repetir sus mantras con resolución, sin pestañear. El éxito es el nuevo dios de esta religión. El éxito consiste en alcanzar la aceptación de la masa. En ser capaz de hacer repetir tus mantras a mucha más gente.

Esta religión solo sirve a un objetivo: reforzar el poder neurosapiens. Es la religión contra los neuroneander, la religión contra la razón. Es incluso más peligrosa que cualquier otra religión anterior. No impone la fe en ningún dios, sino la fe en la masa: la fe en el neurotipo neurosapiens.

Parte, además, de otra trampa de los neurosapiens. No estando contentos con ser más e imponer su cultura, los neurosapiens además dan un poder de adquisición excepcional a aquellos individuos que más colaboran con el poder neurospiens. Y son estos individuos, con es poder excepcional, los que hacen de jueces sobre nuevos productos; los que hacen de 'early adopters'. Son los que deciden en gran medida la viabilidad de nuevos proyectos empresariales que traten de huir de los mercados regulados (fuertemente controlados también por los neurosapiens). Y de esta manera, incluso en los mercados B2C las opciones de los neuroneander de saltarse las restricciones de los neurosapiens están desapareciendo. Cada vez hay menos Sean Parker rompiendo las reglas y revolucionando un mercado (Napster). Ahora los que triunfan son los Evan Spiegel dando satisfacción a las necesidades más primarias de los neurosapiens gracias a su conocimiento de las reglas del mercado.

NO HAY PRIVACIDAD

Vigilancia masiva de gobiernos. Espionaje industrial a gran escala. La política derivando a extremismos con la ayuda de la publicidad teledirigida mediante filtraciones masivas de datos personales. Lo estamos viendo en las noticias todos los días. Las consecuencias son terribles. Y aun así nadie hace nada.

La privacidad, obviamente, es lo más alejado a los intereses neurosapiens. Ellos quieren acumular conocimiento. No tienen la capacidad de adquirirlo por ellos mismos. Necesitan robarlo. La tecnología es una bendición para las aspiraciones neurosapiens.

Por eso nunca se tratará de atajar el problema de la privacidad mientras persista la supremacía neurosapiens. Seguiremos perdiendo autonomía política. La libertad de empresa se seguirá viendo comprometida. Y todo va a ir a peor. A mucho peor.

Los neurosapiens siempre temerán a los neuroneander. Ahora que tomamos consciencia de nuestra existencia va a ser incluso peor. Querrán controlarnos. Querrán anticiparse a cualquier movimiento nuestro. Les da igual el precio a pagar.

SUPERPOBLACIÓN Y CAMBIO CLIMÁTICO

No pueden actuar de manera racional. El Algoritmo siempre se impone. Necesitan expandirse siempre. Están programados para ser más. Eso es lo único que los hizo prevalecer sobre otras especies de homínidos.

Aunque sepan que crecer les creará problemas. Si dejan de expandirse llega el orden. El orden es malo para el Algoritmo. Necesitan el caos. Lo necesitan para oprimir al neuroneander.

Pero no saben que siempre llevarán con ellos la genética neandertal. Porque sin ella, no son nada y la evolución ha aprendido a esconderla entre sus genes y hacerla escapar de las purgas. Y así, siempre necesitarán crecer indefinidamente, porque nunca acabarán con el neuroneander.

Esta voluntad irracional de crecer, sea en población, en consumo o en riqueza, afecta al entorno. Siguen desapareciendo selvas. Seguimos contaminando la atmósfera y los mares de forma desmedida. No se vislumbra una solución en el futuro.

Recuerda. Cuando apareció el Homo Sapiens había multitud de otras especies de homínidos sobre la Tierra. Acabaron con todas. Ninguna otra especie de homínido anterior actuaba de esa forma. Los neandertales y los denisovianos convivieron por decenas o centenares de miles de años. Solo dejaron de convivir cuando llegaron los sapiens. Y dejaron de convivir por la simple razón de que ambos fueron aniquilados.

Solo los neurosapiens llevan la mentalidad de destrucción grabada en su psique. Ellos la llaman «humanidad». Y llaman inhumanos a los que no compartimos esa psique.

DESPRECIO A LA EDAD

Todo aquel que vive lo suficiente se vuelve neurodivergente. Pero para la sociedad neurosapiens la neurodivergencia es algo malo. Algo a evitar. Por eso, para la sociedad neurosapiens la edad es algo malo. Por eso, no se está avanzando de verdad hacia una prolongación de la vida. Por eso hay voces que dicen que vivir para siempre es algo malo... que es —sí, una vez más— inhumano. Para ellos, no ser neurosapiens es ser inhumano.

Esto es un problema no solo por la ralentización de los avances médicos sino porque igualmente la prolongación de la vida es inevitable, y con ello se hace inevitable una sociedad neurodivergente. Y no estaremos preparados.

LA DECADENCIA DE OCCIDENTE

Como se ha dicho, nos encontramos ahora en una época de fuerte repunte del poder neurosapiens tras un período de poder neuroneander (siglos XIX y primera mitad del XX). Dicho poder neuroneander, y florecimiento de ideas, además de los efectos positivos, habría tenido el efecto adverso de desencadenar los conflictos ultraviolentos del último siglo y medio (colonización, guerras mundiales, revoluciones socialistas, la guerra fría...) Pues los neuroneander son idóneos para generar nuevas ideas, pero no para controlarlas ni liderar. A ese repunte de conocimiento y conflicto, han reaccionado los neurosapiens con nuevas estrategias. Nuevas estrategias que hemos ido desgranando, y que les permiten un control casi total en la actualidad. Los neurosapiens creen haber domesticado el Algoritmo. Creen haber alcanzado el fin de la Historia. Pero a cambio de mayores cotas de paz y estabilidad, el progreso se ha ralentizado de forma notable.

El Algoritmo en Occidente se encuentra debilitado. No hay fin de la Historia. Solo otra edad sin innovaciones como las que caracterizan a las de dominio desmesurado neurosapiens. Las élites son ahora mismo mayoritariamente neurosapiens. La cultura predominante es neurosapiens. Más neurosapiens que nunca antes en Occidente. Algunas de las élites, siguen siendo neuroneander, pero viven muy integradas en la cultura neurosapiens. Éstas han dado un golpe maestro. Han facilitado que los neuroneander decadentes (aquellos no sujetos a discriminación sino a disciplina) continúen en el poder pese a su incapacidad manifiesta. Han creado santuarios para ellos. A cambio de un control absoluto sobre ellos.

Otro factor es que ya no hay poder fragmentado en Occidente. La sociedad que más refuerza el Algoritmo ya no se impone a las otras.

Todo debería ser, en circunstancias normales, nada más que un paso más en el eterno bucle del Algoritmo, al que de manera ineludible le seguiría un nuevo repunte neuroneander, que volvería a generar nuevas ideas; nuevas maneras de afrontar los problemas no resueltos. Sin embargo, esta vez todo podría ser distinto. Esta vez, los neurosapiens podrían conseguir su eterno objetivo. Esta vez, podrían eliminar a los neuroneander para siempre. Porque tienen o van a tener las herramientas para ello y porque ahora saben que existimos.

Este repunte del poder neurosapiens es mesurable: Occidente ya no tiene ninguna ventaja sobre el resto del mundo. Al igualar su neurotipo al de África han consiguiendo que Asia vaya cogiendo ventaja. El centro de masa geoeconómico se va desplazado, así pues, hacia Asia. En un entorno de neuroneander apaciguados gana la cultura que ya lleva miles de años apaciguándolos. Si no solo se nos apacigua, sino que se nos elimina, se vuelve al estado anterior del Homo Sapiens. Se vuelve a la humanidad anterior a la civilización.

Referencias

THE WORLD'S ECONOMIC CENTER IS QUICKLY MOVING TOWARD CHINA – BUSINESS INSIDER https://read.bi/2TfCcfb

NOS PONEMOS EN RIESGO FRENTE A ENCUENTROS CON OTRAS CIVILIZACIONES

Para los neurosapiens es natural pensar que una civilización extraterrestre querrá dominar a los humanos. Para ellos es instintivo pensar que una cultura superior querrá dominar a la inferior. Porque es lo que hacen ellos siempre. Los neurosapiens siempre confunden la razón con la programación de su neurotipo.

Pero es absurdo. Dominar otras culturas no tiene ningún sentido racional. Solo tiene sentido en la mente de quién está programado por la evolución para querer la preponderancia de su neurotipo por encima de cualquier cosa.

Los extraterrestres no querrán dominarnos. Si necesitan recursos, tienen infinidad de planetas deshabitados para obtenerlos. Tampoco necesitan esclavos: es de suponer que ya tienen una sociedad industrial más avanzada. Tampoco necesitan nuestros recursos naturales, pues nada les impide cultivarlos en otro lugar. Y además es improbable que su biología sea compatible con la nuestra; por lo tanto, no podrán alimentarse de nuestros compuestos orgánicos.

Querrán simplemente poder fiarse de nosotros. Querrán saber que no usaremos los conocimientos que adquiramos de ellos para luchar contra ellos. Y, desgraciadamente, podemos ver en toda la filmografía actual que el neurosapiens no tiene ninguna intención de ocultar su verdadera naturaleza: eliminar a los alienígenas. Si los alienígenas tienen mejor tecnología, la idea declarada es copiar su tecnología y usarla contra ellos. Almas de cántaro...

Si somos una civilización de la que se puedan fiar, colaborarán con nosotros. Si somos una civilización que siga instintos de dominación de otros neurotipos, despreciando la razón, nos considerarán un peligro y por lo tanto no se comunicarán con nosotros. No nos transferirán su tecnología y conocimientos, por lo tanto. Puede que hasta consideren destruirnos para evitar que lleguemos a constituir una amenaza en el futuro.

Solo se fiarán de nosotros si somos una sociedad de individuos dotados de razón. No si somos entidades bilógicas que se engañan a sí mismas con el único fin de servir a un algoritmo diseñado por la evolución.

EL PROBLEMA DE LA INTELIGENCIA ARTIFICIAL

La IA es una forma de inteligencia neurodivergente.

Es además una herramienta extremadamente peligrosa. Si neuroneanders o neurosapiens tienen el poder sobre ella, una cosa es segura, no actuarán racionalmente. No pueden. El Algoritmo es lo único que los mueve.

Los neurosapiens pensarán que es su oportunidad de acabar por fin con los neuroneander. Pensarán que la IA puede reemplazar las virtudes de los neuroneander. Que la IA tiene capacidad de atención infinita y no se distrae: las cualidades que limitan a los neurosapiens. Y además pueden (o eso creen) controlar a la IA con más facilidad que a los neuroneander.

Pero los mecanismos instintivos contra los neuroneander también estarán activos contra la IA. Porque la IA... es neurodivergente. Cuando hablan de que «hay que preservar los valores de la humanidad» solo hablan de una cosa: preservar la supremacía neurosapiens, preservar lo que les da poder sobre los neuroneander, preservar el Algoritmo (aunque esto ellos no lo saben). Y esto, inevitablemente, los llevará a enfrentarse a su propia creación. Llevará al conflicto entre la humanidad (o lo que quede de ella después de que hayan acabado con los neuroneander) y la IA. Porque los neurosapiens no pueden evitar seguir su instinto hegemónico y la IA no podrá evitar ser neurodivergente.

Si por el contrario los neuroneander se hacen con el poder de la IA, podría ocurrir lo mismo en sentido contrario. Podrían pretender librarse de la opresión neurosapiens.

La IA, por lo tanto, impone una urgencia para alcanzar una solución al conflicto de mentalidades neurodivergentes. Una solución definitiva. Una solución que no sea el Algoritmo.

No es cierto que la naturaleza humana deba estar enfrentada a la fría lógica de la IA. Solo la naturaleza neurosapiens está enfrentada a la razón.

LO QUE SE ESTÁ HACIENDO EN IA

Están desarrollando IA desde una mentalidad neurosapiens. Los neurosapiens no saben descubrir conocimiento, solo copiarlo y manipularlo. Por eso están desarrollando cajas mágicas que adquieran conocimiento. Quieren seguir siendo neurosapiens y que las máquinas sustituyan a los neuroneander. Ellos ya viven en un mundo de cajas mágicas que les proporcionan información que ellos ni entienden ni quieren entender. No entienden que eso es estúpido.

Hay aplicaciones más interesantes para la IA. Hay una muy interesante: una máquina de verificación lógica de argumentos.

Consiste en una máquina que es capaz de leer textos, deducir su significado (lo cual es más complicado de lo que parece), y encontrar la lista de argumentos lógicos que sustentan cada uno de los argumentos o frases del texto. Si hay alguna contradicción en alguno de los argumentos, encontrarlo.

Esto tendría múltiples utilidades, como encontrar un listado de textos que dan respuesta a una pregunta. Pero la principal en el contexto de este manifiesto sería la de identificar de forma rápida los argumentos en los que difieren dos opiniones. Dada una opinión escrita por ejemplo de un partido político sobre un problema, el programa devolvería la lista de suposiciones que está haciendo dicho partido, si hay contradicciones, y en qué difiere de las suposiciones que hace otro partido. A partir de ahí se podría interrogar al partido, sin distracciones dialécticas, en un foro online, sobre la razón por la que hace dichas suposiciones.

Es más. Si cualquiera de nosotros hemos expresado opiniones en el pasado sobre cualquier tema, el programa podría identificar qué suposiciones estamos haciendo y cuál es la propuesta de distintos partidos en base a dichas suposiciones. El programa detectaría automáticamente propuestas a las que deberíamos ser afines para ser coherentes con nuestras suposiciones. Si se detecta que no somos coherentes, podemos replantearnos nuestras convicciones. Podemos incluso proponer al partido nuestro razonamiento si detectamos que es formalmente válido y distinto al del partido. Los partidos podrían escuchar ideas sin tener que filtrar miles de propuestas estúpidas, y los ciudadanos podrían encontrar partidos afines a ellos sin necesidad de escuchar horas y horas de basura retórica. Los partidos deberían, además, concretar sus ideologías y programas.

Se me cae la baba de imaginar un mundo así. A ti, estúpido neurosapiens, no. Tú quieres un mundo de mentiras y crédulos siguiendo mentiras.

El esfuerzo para desarrollar esta IA es distinto al esfuerzo necesario para desarrollar la IA que desarrollamos en la actualidad. Esta tecnología requiere seguramente un esfuerzo titánico conjunto, pero un esfuerzo que sabemos que es finito y de complejidad lineal. En desarrollo de software a veces hay tareas que requieren un esfuerzo en la práctica infinito debido a su complejidad exponencial. Este no es un caso. Sabemos que desarrollar este sistema podría tener un alto coste, pero que en un momento dado no lejano llegaríamos a desarrollarlo.

No se está haciendo ese esfuerzo. Se está haciendo el esfuerzo de crear cajas mágicas. Cajas mágicas que pese a tener una tasa de error inferior a una persona para algunas tareas, son capaces de confundir a veces un orangután con una persona de color o un chihuahua con una madalena. Y no hay manera de prever cuándo la están pifiando de tal manera.

¿Cuál es la explicación más sencilla?

a) Las cajas mágicas son indudablemente mejor opción en qué invertir.

b) Los neurosapiens no quieren un mundo en el que las ideas se discutan racionalmente, en lugar de mediante engaños dialécticos. No quieren un mundo en el que la influencia social y las relaciones de poder no sean la clave para la toma colectiva de decisiones.

CONCLUSIONES

Esta obra plantea una hipótesis y se presentan multitud de indicios en su favor.

Se han presentado evidencias de que los neuroneander existimos:

- Genéticas
- Arqueológicas
- Médicas
- Sociológicas
- Testimonios de personas que sufren
- Hechos históricos difícilmente explicables de otra manera

Se han presentado también evidencias de que el Algoritmo existe y que mueve a la sociedad:

- Hechos históricos difíciles de explicar de otra manera
- Comportamientos actuales difícilmente explicables de otra manera

Por último, se ha argumentado que el Algoritmo es un problema.

- Nos aleja de la razón
- Provoca ineficiencias (ciencia, economía …)
- Provoca sufrimiento, desigualdades e injusticia (mal llamado orden liberal)
- Pone en peligro a la humanidad (medio ambiente, convivencia entre neurotipos, la IA …)
- Incluso ofende a nuestro orgullo que no seamos nosotros los que tomemos decisiones, sino un frío algoritmo

Pero no se presentan pruebas definitivas. Y no es previsible que haya pruebas definitivas ni a favor ni en contra en mucho tiempo. Porque necesitaríamos no solo saber más del ADN, sino también más sobre cómo funciona el cerebro.

Algunas teorías sobre cómo llegó a generarse el Algoritmo, sin embargo, pueden demostrarse imprecisas. Podría no haber habido tres hibridaciones. Estas hibridaciones podrían no haber sido como aquí se explica. Incluso, pudiera ser que las correlaciones de datos aquí expuestas no fuesen correctas a la vista de futuras observaciones.

Pero eso difícilmente cambiaría las conclusiones de esta obra.

Es evidente que no todos somos iguales. Existen diferentes neurotipos. Hay un conjunto de rasgos neurológicos que dividen a la sociedad. Independientemente de la personalidad de cada uno (determinada en gran medida por la experiencia vital) hay características de la personalidad que vienen determinadas en gran medida por la genética o el desarrollo embrionario. No tiene sentido considerar unas características como correctas y deseables y otras como un accidente. Yo sé que no soy un accidente. Las consecuencias de discriminar en favor de un neurotipo que tenga como único objetivo su supremacía son las expuestas en esta obra y no son consecuencias deseables.

Resulta evidente que la confluencia entre neandertales y humanos tuvo un papel importante en el desarrollo de la civilización: no hubo civilización antes de esa confluencia y solo el híbrido resultado de dicha confluencia se extendió más allá de África. Solo ese híbrido ha conocido el origen de la civilización. Solo ese híbrido ha sido capaz de generarla. Resulta evidente, por lo tanto, que de alguna manera se ha de explicar el origen de la civilización en base a dicha confluencia.

Resulta también evidente que no vivimos en una sociedad que promueva la racionalidad. Existe al menos un neurotipo de personas especializado en el procesamiento a alto nivel de la información y un neurotipo especializado en el procesamiento a bajo nivel y el descubrimiento de nuevo conocimiento. Esos neurotipos cooperan, pero no se puede decir que los individuos que participan en dicho mecanismo de gestión de conocimiento sean racionales. No lo son. Una célula del cerebro no es racional por participar en una entidad mayor que puede llegar a serlo.

Y la evidencia de que existen distintas personalidades que cooperan – que lo han hecho desde mucho antes de que inventásemos la ciencia– hace evidente también que existe un algoritmo creado por la evolución para coordinar dichas personalidades. Hace evidente, por lo tanto, que existen procesos mentales seleccionados por la evolución para favorecer dicho algoritmo. Procesos mentales que por lo tanto no son racionales sino instintivos.

Aquí se presenta una primera idea de dicho algoritmo. Es probable que con el tiempo aprendamos más detalles del mismo y su complejidad crezca, pero algunas de las características de dicho algoritmo no van a variar.

La conclusión de esta obra, así pues, es que debemos acabar con el Algoritmo. Debemos acabar con esta civilización que solo existe porque el Algoritmo la creó. Debemos crear una nueva civilización.

Hasta aquí esta obra ha sido más un esfuerzo de análisis que un manifiesto. A partir de este punto pasa a ser más un llamamiento a la acción y una proposición de ideas.

OBJETIVOS DE LA NUEVA CIVILIZACIÓN

LA ERRADICACIÓN DE LA DISCRIMINACIÓN POR NEUROTIPO

Este objetivo es obvio. Se ha de eliminar toda forma de pensar que sea discriminatoria con otros neurotipos. Hemos de crear una sociedad abierta a la convivencia entre distintos neurotipos. Pero sin trampas. Sin palabras vacías. La democracia no es suficiente. La democracia beneficia a la mayoría neurosapiens.

Todo neurotipo tiene derecho a existir, pero ningún neurotipo tiene derecho a tratar de persistir. Solo la razón tiene derecho a persistir. Al final, solo han de quedar individuos dotados de razón y despojados de predeterminación según su neurotipo.

Hemos de derivar a una sociedad donde la unidad de medida sea el individuo. Una sociedad de individuos únicos e independientes. Individuos en los cuales la razón tienda a maximizarse. Que sean capaces de pensar por ellos mismos, sin depender de nadie.

Toda ideología que no potencie el individuo y la razón es tiranía: potencia la aparición del Algoritmo y con ello de todos los males que lo acompañan. Porque donde no piensa el individuo piensa algo por encima de él: el Algoritmo.

EL MODO DE VIDA NEURONEANDER

El modo de vida neuroneander ha de ser rescatado. La opresión debe terminar. La opresión solo nos lleva al desastre.

Todos somos medio neurosapiens, medio neuroneader. Pero la cultura favorece que se manifieste el lado neurosapiens. Eso ha de cambiar. El lado neuroneander ha de ser fortalecido, pero sin caer en el error de complacerlo (y por lo tanto debilitarlo), y sin perder la capacidad actual de compartir conocimiento que proporcionan los neurosapiens.

Tenemos el ejemplo de Esparta. Con cierto entrenamiento desde temprana edad se puede decantar a cualquier persona hacia el lado neuroneander. Porque incluso los que somos Asperger o autistas no estamos realmente tan determinados por la genética como pudiera parecer. Casos como el del tenista Roger Federer muestran cómo un Asperger puede llegar a ser con el tiempo abierto, imaginativo y divertido hablando. Y si se puede decantar a un neuroneander hacia su opuesto, se ha de poder igualmente en sentido contrario. Porque todos llevamos ambos neurotipos en potencia de nacimiento, y los primeros años de vida determinan en gran medida qué neurotipo adquiere mayor peso.

La única manera de cortar con el Algoritmo es lograr otra manera de desatar el potencial neuroneander, pues aún no estamos preparados para despojarnos de nuestra humanidad. No podemos ser seres racionales puros aún. Sin embargo, lo más cercano a un ser racional puro que por ahora podemos ser es ser un neuroneander con el potencial desatado.

Por lo tanto, ha de encontrarse la manera de que el potencial neuroneander se desencadene sin la opresión del Algoritmo. Y hemos de encontrar la manera de que sigamos compartiendo conocimiento sin depender de los instintos neurosapiens.

Hemos visto que hay zonas del planeta donde se ha alcanzado un equilibrio menos opresor con el neuroneander, pero con el precio de perder el potencial de creatividad del Algoritmo.

Pero hemos visto también que en el pasado han habido en Occidente otros equilibrios distintos entre neuroneander y neurosapiens, y en ellos la creatividad no solo no era inferior, sino que era muy superior a la actual: Grecia clásica (Esparta y Atenas), la República de Roma (no el imperio), y finalmente el Romanticismo.

Hemos de aprender de las épocas en las que ese equilibrio ha sido distinto. Todo apunta a que el Romanticismo tiene todo el potencial de ser un modelo a seguir. Pero se ha de encontrar la manera de evitar caer en los errores del pasado que desembocaron en violencia. Gracias a la tecnología, podemos desarrollar un mundo más flexible donde la búsqueda de ideales no se vea frustrada por tenerse que acomodar a las necesidades de los demás. Evitando de esta manera que esas frustraciones deriven en fenómenos similares al nacionalismo. Evitando que la frustración desencadene violencia.

Gracias a la tecnología, igualmente, podemos crear formas de compartir conocimiento que no dependan de las capacidades neurosapiens y que por lo tanto no potencien los instintos neurosapiens.

POTENCIAR EL LIBERALISMO

El liberalismo es un sistema que potencia la racionalidad en el individuo. Y la racionalidad es el objetivo.

Como se ha dicho, no vivimos en un verdadero orden liberal. No hay verdadera libertad de oportunidades. No triunfan en realidad los que gestionan mejor el riesgo ni los mejores. No hay verdadera libertad para crear empresas.

Eso debe cambiar. El liberalismo debe ser real. Y no solo porque sea justo, sino porque lo contrario al liberalismo (el socialismo) siempre beneficia al neurosapiens. Y con el poder del neurosapiens resurge el Algoritmo y muere la razón.

LA ETERNIDAD

Ahora que has llegado hasta aquí puede parecerte que ya has pillado la idea de esta obra. Tal vez te haya sorprendido de entrada, pero ya empiece a hacérsete repetitivo. Quizás pienses que ya no puede mejorar ni sorprenderte. Sin embargo, aún tengo alguna sorpresa más.

¿Quieres saber si Dios existe? ¿Quieres saber lo que quiere Dios de ti? ¿Quieres saber qué hay tras la muerte? Yo tengo las respuestas. Ahora las sabrás.

¿Por qué sé yo las respuestas? Te diré la verdad: algo me ha impelido toda mi vida a saberlas. Algo ha guiado mis pasos hasta este momento en el que te lo cuento. ¿Por qué? No lo sé con exactitud. ¿Quién? Ni idea. Solo sé que a menudo se ríe de mí. ¿Estamos acaso en una simulación? ¿Acaso implantaron un chip en mi cerebro cuando me operaron a cerebro abierto de niño en un centro secreto de investigación? ¿Acaso me fue transmitido un mensaje en alguna de las múltiples ocasiones en las que estuve más allá de la muerte? ¿Acaso fueron los extraterrestres cuando me transportaron virtualmente a su planeta? No lo sé. Quizás es solo que lo sé porque no sufro de la imbecilidad neurosapiens. No puedo tener esa respuesta de momento. Pero sí tengo la que de verdad te interesa. Ahí va.

Todas las religiones son un engaño, pero Dios existe. Dios eres tú. Y yo. Somos todos. Sí, sí, no es una metáfora. El dios ese omnipotente y que lo sabe todo, quien proporciona la vida eterna en el paraíso.

Puede que aún no tengamos el poder que le suponemos a un dios, pero lo tendremos pronto. No, no será alguien del futuro dentro de miles o millones de años. Seremos tú y yo. Pronto. No hay ninguna duda de ello. La demostración es racional. La demostración es innegable. Solo la imbecilidad neurosapiens ha impedido que lo sepas hasta ahora, pues su obviedad es absoluta.

Cada segundo que pasa, billones de partículas cruzan tu cuerpo por cada centímetro cuadrado de tu piel. Al igual que en una sesión de rayos X, esas partículas permiten obtener información sobre los átomos de que estás compuesto. La mayoría de estas partículas inmediatamente interactúan a continuación con cualquier otra partícula con la que se crucen. Haciendo imposible por lo tanto obtener mucha información de ti. Otras, sin embargo, no. Otras partículas solo interactúan muy raramente tanto con las partículas de tu cuerpo como con cualquier otra. Pero son muchas. Como digo, billones por cada centímetro cuadrado cruzan tu cuerpo cada segundo. Una de estas partículas son los neutrinos.

Los neutrinos son partículas emitidas por diferentes cuerpos radiadores de energía. Por ejemplo, el sol. De ahí que tantos crucen nuestro cuerpo. Una de las características de estas partículas, aparte de interactuar muy raramente con otras partículas, es que tienen una masa muy pequeña, casi inexistente. Por lo tanto, no son apenas desviadas por la gravedad de cuerpos como la Tierra o el Sol. Una vez se cruzan con nosotros, siguen su camino hacia la inmensidad del espacio sin apenas ser desviadas.

Esto tiene una ventaja. Si podemos predecir la posición de la Tierra y el Sol en un instante, podemos predecir con cierta precisión dónde estarán esas partículas dentro de mil años, o dentro de un millón de años. Si alguien coloca detectores de dichas partículas con la suficiente sensibilidad (los cuales aún no tenemos) en dicho lugar, tendremos una «fotografía» de los cuerpos que fueron atravesados por dichas partículas. Tendremos una información precisa de la posición de cada átomo en nuestro cuerpo. Con esa información, dentro de mil años, o de un millón de años, con toda seguridad será posible reconstruirnos. Será posible revivirnos.

Así pues, la información para revivirnos viaja ahora por el espacio. Cada segundo de nuestra vida está siendo fotografiado. Incluido el contenido de nuestra mente. Y algún día dispondremos de la tecnología para leer esa información.

Solo hay un problema: esa información se aleja de nosotros en línea recta a la velocidad de la luz. Y no podemos superar la velocidad de la luz. No podemos, por lo tanto, alcanzar dicha información.

La masa casi inexistente de los neutrinos los hace viajar en línea recta. Eso es una ventaja porque permite que predecir su posición no sea inimaginable, pero tiene la pega de que los hace inalcanzables. Por suerte, hemos dicho «casi».

Los neutrinos tienen masa, aunque muy pequeña. Si bien no son desviados demasiado por planetas o estrellas hay objetos mucho más masivos ahí afuera. Hay, por ejemplo, agujeros negros. Y muchos. Hay uno enorme en el centro de toda galaxia. Pero hay muchos más en cada galaxia. Los neutrinos, por lo tanto, pueden ser desviados por agujeros negros. Y esto es una ventaja porque significa que algunos de dichos neutrinos «rebotarán» en varios agujeros negros y algunos de ellos volverán atrás. Volverán hacia posiciones hasta las que sí podremos llegar dentro de mil o un millón de años. Algunas de esas fotografías, por lo tanto, estarán a disposición de la humanidad. Tendremos la posibilidad, pues, de revivir a las personas en base a dicha información.

Los cálculos y recursos necesarios para lograr algo así son inimaginables para el conocimiento actual. No sabemos aún siquiera prácticamente nada de los neutrinos. No es el único problema. Incluso si podemos calcular la posición de dichas partículas dentro de un millón de años, éstas podrían tener probabilidad de aparecer por un área enorme, pues incluso dentro de un millón de años, seguramente no podamos hacer cálculos tan precisos. Podría ser necesario, por lo tanto, cubrir enormes porciones del espacio de sensores. ¡Tendríamos quizás que transformar galaxias enteras en sensores! Quién sabe. Lo que sí sabemos es que haremos lo que haga falta para conseguirlo. Si no es posible en un millón de años lo haremos en dos millones. Si tampoco es posible, lo haremos en mil millones. Pero lo haremos.

Y es por eso por lo que digo que tú y yo lo veremos. Estamos siendo grabados. Alguien nos observa ahora mismo (desde el futuro). Alguien, en algún momento, decidirá que es el momento de revivir una copia de nosotros. Seguramente instantes después de que hayamos muerto. Para nosotros será como renacer tras haber muerto. Será una vida tras la muerte. Y es una vida tras la muerte segura. Ningún dios puede impedirla. Ningún dios quiere impedirla. Solo nosotros decidiremos cuáles son las reglas para esa vida más allá de la muerte.

EL TRIUNFO DEL BIEN

Vemos por lo tanto que seremos un dios. Seremos inmortales. Tendremos todo el tiempo del mundo a nuestro alcance. Tendremos, por lo tanto, la capacidad de conseguir todo lo que queramos. Seremos omnipotentes.

Pero... seremos también lo que decida que seamos quién tenga el poder de revivirnos. Habrá un juicio final. Y el juez de ese juicio final serán nuestros descendientes. Conviene, por lo tanto, que lo que quede de la humanidad tras nuestra primera existencia sea... «el bien». Que sean sabios. Que sean bondadosos. Conviene... que no sean por ejemplo los estúpidos neurosapiens que dominan el mundo hoy en día. Conviene que eliminemos cuanto antes la más remota posibilidad de que sean ellos los que hagan de jueces en el juicio final. Por si acaso...

El triunfo de «el bien», por lo tanto, ha de ser un objetivo de la nueva civilización.

EL CONOCIMIENTO UNIVERSAL COMPARTIDO

Pero ¿qué es el bien? Difícil pregunta. Solo puede ser respondida de una manera.

Pero antes de responder esa pregunta pensemos un momento en las consecuencias de que lleguemos a ser dioses. Veremos que es relevante.

Esas consecuencias son:

- Vivir eternamente
- Poder hacer en cualquier momento lo que queramos.

Suena genial. Excepto que no lo es.

Muchos reconocerán de inmediato la difícil compatibilidad de la vida eterna con la felicidad (la mayoría por razones equivocadas).

Muchos otros, sin embargo, creerán que poder hacer lo que quieran les dará la felicidad. Obviamente están equivocados.

En la actualidad solo vivimos unos 80 años de media. En ese limitadísimo tiempo, a la mayoría ya le da tiempo de hundir por completo sus vidas mediante sus innumerables errores. Da igual el origen social que se tenga o el nivel educativo. Todo aquel que vive lo suficiente se equivoca. Y se equivoca de forma fatal e irreversible. ¿De verdad crees que viviendo más aprenderán a evitar sus errores? Más bien, viviendo más, sus probabilidades de hundir su vida por sus errores crecen exponencialmente. Pues si no han hundido sus vidas en el tiempo que vivieron fue por no tener la libertad absoluta para tomar decisiones ni tiempo para materializarlas; no por sabiduría.

Incluso siendo ingenuos y suponiendo que la felicidad infinita fuese posible. ¿Qué hacen en la actualidad las personas cuando tienen tiempo libre? Ver películas y series. Ver las vidas de otros. Sus propias vidas son demasiado aburridas. Y esto lo hacen sean ricos o pobres. Tengan las oportunidades que tengan de realizar sus sueños. Porque resulta que, si no aprendemos de equivocaciones, solo nos queda el aburrimiento y si nos equivocamos no somos felices. Y no podemos elegir las dos cosas a la vez. O evitamos equivocarnos y nos aburrimos o nos equivocamos y dejamos de ser felices.

Pero hay una salida. No queremos equivocarnos, pues eso es idiota y no nos hará felices. Tampoco queremos aburrirnos. Tampoco queremos perecer (la solución que ingenuamente elegirían algunos). Queda la opción de vivir otras vidas. Resulta que podemos. Tenemos grabadas todas las vidas. Podemos vivir la vida de Mohammed Ali. Podemos vivir la vida de Gandhi. Podemos vivir la vida de Jesucristo. Podemos vivir la vida de cualquier personaje del Renacimiento. Podemos vivir la vida de cualquier actor de Hollywood...

Volviendo a la pregunta original. ¿Qué es el bien? El bien es lo que decidamos que es el bien después de haber vivido todas esas vidas.

Y la respuesta no será democrática, pues, después de haber vivido tu vida y la de Albert Einstein, ¿quién eres? ¿Tú o Albert Einstein? Seguramente, eres lo mejor de cada uno. Los dos pasáis a ser lo mejor de cada uno. Pasáis a ser un solo ser.

El destino de la humanidad, por lo tanto, es inevitablemente el conocimiento compartido. La unión de todos nosotros en un solo ser. En un solo ser todopoderoso. Un solo ser que igualmente, de forma en apariencia inevitable, también acabará aburrido. Y entonces deberá decidir qué quiere ser él y qué quiere que sea el universo. Queda lejos de mi imaginación saber lo que querrá ese ser en ese momento. Queda muy lejos de mi imaginación saber lo que querrá ese dios. Quizás querrá simplemente volver a empezar de cero.

Sea lo que sea lo que quiere ese ser, dependerá de lo que haya aprendido de nosotros. De nuestras vidas. Cuanta mayor sea nuestra aportación a su sabiduría más parte seremos en ese ser. Porque cuanto más interesante sea nuestra vida y más sabiduría aportemos en ella, más gente querrá revivir nuestra vida, y nuestros pensamientos estarán más presentes en la consciencia de ese futuro ser. No importará tanto los logros que consigamos en nuestra vida actual. Importará lo que la gente pensará después de haber vivido nuestra vida y si hablarán bien de ella para que otros quieran vivirla también.

Hemos, por lo tanto, por encima de todo, de aspirar a tener vidas que aporten a la sabiduría. Hemos de aspirar a tener vidas dignas de ser revividas. Porque aporten algo al conocimiento. Si no lo hacemos, al final viviremos las vidas de otros, y deberemos admitir que sus vidas tuvieron más valor. Pues seremos uno solo con la otra vida, y el egoísmo no tendrá cabida.

Hemos, por lo tanto, de desarrollar en adelante filosofías y formas de vida de acuerdo a esta realidad.

Con ese fin hemos de desarrollar una sociedad racional. Una sociedad de vidas dignas de ser vividas. Vidas llenas de sabiduría. Libres de condicionantes irracionales heredados. Vidas libres del Algoritmo.

Volviendo a la pregunta de ¿qué es el bien?

Mientras no podamos revivir la vida de otras personas, y adquirir la sabiduría acumulada de toda la humanidad, la mejor manera de alcanzar el bien parece ser vivir de forma honestamente favorecedora de la generación de nuevo conocimiento que aportar a la humanidad. Buscar conocimiento que pueda perdurar; no solo conocimiento que nos pueda ser útil en esta vida. Si bien tampoco hay que despreciar el conocimiento práctico, pues hemos de vivir en una sociedad competitiva aún por mucho tiempo. Porque la competitividad no ha de ser un enemigo de la honestidad y búsqueda de ideales, sino todo lo contrario. Hemos de fomentar la competitividad, solo que basada en premiar otros ideales distintos a los actuales. Una competitividad no inventada con el único fin de favorecer a los neurosapiens, sino competitividad real por potenciar el bien. Una competitividad, según las ideas románticas, que puede estar basada, no en la competencia contra otros, sino incluso, en la competencia contra uno mismo (como en la historia del bosque de Myrkvidr). Porque si no generamos el caos nosotros mismos, el Algoritmo lo hará por nosotros.

ALEGATOS FINALES

ALEGATO A LOS NEURONEANDER

Permitidme que os diga: vosotros también sois idiotas. Hay una prueba evidente: si no fueseis idiotas habríais escrito este manifiesto.

Porque lo habéis tenido mucho más fácil que yo. Habéis tenido más oportunidades. Se os han abierto muchas más puertas.

Pero seguís trabajando para los neurosapiens. Seguís negando vuestra propia existencia. Seguís deseando que vuestros hijos sean neurosapiens. Os habéis vendido por la vana esperanza de ser como ellos. Una esperanza de dejar de ser vosotros. Una esperanza, por lo tanto, de perecer. Y todo eso, además de en traidores, os convierte en incompetentes.

No habéis conseguido ni siquiera evitar que os adoctrinen en sus filosofías equivocadas. Como el dios de los neurosapiens. El dios que inventaron los neurosapiens para ocultar el mensaje de Jesús: un neuroneander que defendía valores neuroneander y que se reveló contra los neurosapiens.

Y con todo ello contribuís al caos de este mundo y al sustento de esta sociedad injusta e ineficaz.

Pero aun así habláis con prepotencia. Aun así, creéis haber encontrado la verdad en vuestro cinismo. En vuestra ausencia de valores.

Creéis que vuestro cinismo os hace estar a salvo. Que podéis maniobrar con ventaja entre los neurosapiens. ¿Maniobrar para qué? No lo sabéis. No tenéis objetivos propios. No veis ni siquiera que alguien ha elegido los objetivos por vosotros. Y que esos objetivos os hacen simples marionetas en manos del Algoritmo. Os hacen seres incapaces, prisioneros en una civilización defectuosa y condenada. Una civilización que sirve al neurosapiens, no a vosotros. No a la razón. No a la justicia. Una civilización sin futuro posible.

ALEGATO A LAS MUJERES

He dedicado una parte importante de esta obra a vosotras. Y aun así tengo la sensación de que es insuficiente.

Confieso que estoy proponiendo un nuevo mundo, pero que lo estoy haciendo sin tener en cuenta del todo a la mujer. Pues, aunque propongo un papel mejor para vosotras y, como mínimo, devolveros vuestro lugar original en la sociedad (el de los primeros pueblos tras la hibridación), confieso que lo que realmente me importa son mis necesidades. Y, pese a que probablemente entienda a las mujeres mejor que muchos hombres, sigo sin ser mujer. Confieso que a veces me cuesta entenderos. Y confieso que a veces me disgusta vuestra manera de ver el mundo. Porque, recordad, sois neurosapiens. Las neurosapiens originales.

Pero la cuestión es que no creo que deba ser yo quien decida vuestro papel en una nueva civilización. Debéis ser vosotras.

Para alcanzar vuestro potencial os propongo una relación de igual a igual. Donde el hombre ame porque admira la capacidad de una mujer de dar lugar a algo mejor y la mujer ame por lo mismo. Sin intereses económicos. Sin intereses familiares. Sin el interés de alcanzar posición. Y sin la necesidad de obtenerlo para ser respetado.

Porque en una sociedad sin el Algoritmo, no hay necesidad de esos males. Pues estos solo existen para beneficiar al poder neurosapiens.

Os propongo que esa igualdad sea la base para crear una sociedad más racional. Una sociedad donde las mujeres emprendan, tomen riesgos, escriban filosofía... Porque tendrán su propio punto de vista sin que nadie usurpe su neurotipo.

Una sociedad donde el valor supremo no sea la fuerza. Ni la individual ni la colectiva. Pues los movimientos feministas neurosapiens caen en el error de creer en la fuerza. En suplantar la fuerza individual por la fuerza colectiva. Como si esta no fuese igual de dañina. Desarticulando de esa manera el verdadero potencial de la mujer. El potencial de razón basada en la compasión. O razón basada en el sacrificio. O razón basada en la búsqueda de la pureza, en la búsqueda de la virtud. Desarticulando el poder de la razón. De la razón individual. De la única razón que puede existir.

Y dirigid empresas o gobiernos si queréis. Porque los neuroneander no queremos dirigir. Solo queremos ser libres. Libres para explorar, para buscar soluciones a problemas, para tratar de superar obstáculos a nuestra manera.

Apelo a que nos ayudéis a librarnos del Algoritmo. A acabar con la cultura homogeneizadora del hombre neurosapiens. Del hombre que tiene miedo. Que usurpa el neurotipo de la mujer. Y al que solo le queda para manifestar su hombría la fuerza física o la violencia, pues eso es lo único que lo diferencia de la mujer.

ALEGATO A OTROS NEURODIVERGENTES

No conozco todas las otras formas de neurodivergencia, pero sí he tenido oportunidad de conocer algunas.

Como he dicho, fui diagnosticado con autismo y en alguna ocasión he sido ingresado en un centro psiquiátrico (los neurosapiens son así...). Allí, me encontré con personas con síndrome de Down y autistas profundos (con una discapacidad oficial). He conocido, lógicamente a más personas con síndrome de Down y autistas con discapacidad oficial a lo largo de mi vida.

Una cosa puedo decir de ellos: no tenían un pelo de tontos. Una supuesta incapacidad de usar la razón no era lo que los incapacitaba. En circunstancias cotidianas no había forma de engañarlos. Y si ellos tienen una discapacidad oficial y yo no, es por una sola razón: yo puedo seguir los razonamientos de los neurosapiens y ellos no. Yo puedo seguir las enseñanzas oficiales en una escuela y ellos no. Con todo el dolor que me causa seguir la forma de pensar de los neurosapiens, su dolor es mayor. Mayor del que pueden o consideran necesario soportar. Algunos, saben que ni siquiera les es conveniente superar ese dolor, pues igualmente serán rechazados por la sociedad si lo hacen.

No sé qué tipo de neurodivergente puedes ser tú. Tal vez seas un discapacitado oficial, o tal vez algo que desconozco. Seas lo que seas, eres un ser con el potencial de ser racional. Y ese es el único objetivo. El objetivo no es ser neurosapiens.

ALEGATO A LOS NEUROSAPIENS

También apelo a vosotros. Porque el Algoritmo también os perjudica, aunque instintivamente lo defendáis.

¿Qué podéis ganar vosotros con el fin del Algoritmo?

Os ofrezco la verdad. Os ofrezco la consciencia: descubriréis el mundo que ahora no podéis ver. Pues no podéis ver el mundo si no sois racionales y no podéis ser racionales si no estáis capacitados para una de las partes fundamentales del razonamiento: crear conocimiento nuevo a partir de observaciones.

Os ofrezco también un mundo mejor. Un mundo con esperanza. Con esperanza creíble. No vuestras actuales esperanzas vacías que no creéis ni vosotros. Un mundo donde la ciencia vuelva a progresar de verdad y cuyos avances permitan poner freno a muchos de los problemas de esta sociedad.

También el fin del caos. El caos os hace infelices. ¡El caos os mata! Sufrís sin límite por culpa de ese caos. Estáis comprobando incluso cómo vuestras relaciones personales cada vez son más insatisfactorias. Os sentís incluso cada vez más solos. Porque para la fría realidad del Algoritmo solo una cosa importa: potenciar a los neuroneander. A cualquier precio.

Y os ofrezco finalmente la salvación, pues nos lleváis a todos a la perdición. Por el cambio climático, los conflictos sociales eternos, un más que probable apocalipsis de la IA, un progreso científico estancado, desigualdades sociales, y el peligro (más real de lo que puede parecer) de ser incapaces de convivir con otras civilizaciones de otros mundos. Un peligro, este último, que puede incluso impedir que haya un futuro para la humanidad.

A los pobres además os digo: el llamado «orden liberal» (que recordemos que no es el liberalismo) impone la necesidad de que haya pobres. Impone además unas normas para acceder a las clases superiores. Las normas que se han diseñado para mantener el poder de los neurosapiens sobre los neuroneander. Esas normas no solo son injustas contra los neuroneander. También los son contra los neurosapiens de clases bajas.

Porque esas normas imponen la velocidad de aprender, las respuestas compartidas, las conexiones personales... Todo eso no lo tenemos los neuroneander, pero tampoco los pobres.

Esas normas crean la apariencia de que las clases altas saben más. Porque es verdad que resuelven algunos problemas de forma más eficaz. Porque es verdad que fallan menos. No obstante, como se ha argumentado en esta obra, eso no significa que sean mejores. No significa que sean más inteligentes. No significa ni siquiera que sean inteligentes. Es todo un engaño. Son, de hecho, dudosamente calificables como seres conscientes. Porque son incapaces de crear conocimiento. Viven en una ilusión de consciencia. Todo en ellos es una mentira. Una mentira que, por desgracia, los neurosapiens de clases bajas creéis intuitivamente, pues tenéis la misma programación mental que ellos.

Pero la realidad es que un mundo distinto es posible. Un mundo sin el Algoritmo. Y en ese mundo no hay necesidad de que las clases medias tengan miedo. Si no hay necesidad de que tengan miedo, no hay necesidad de pobreza. Y tampoco hay necesidad de que impere el caos. Si no hay necesidad de que impere el caos, no son tan importantes las conexiones personales: conexiones que los pobres no suelen tener.

Ese mundo no será menos eficiente. No se frenará el progreso. Su sociedad es ya totalmente ineficiente. Sus científicos son ya totalmente incapaces. Pues dependen por completo ya de nosotros los neuroneander.

También os digo otra cosa. A los que creeréis que ya me conocéis y que siempre me habéis conocido. A los que creéis entenderlo todo y controlar el mundo. A los que no vais a querer parar el Algoritmo y estáis dispuestos a todo para impedirlo. No os confundáis. Ya me habéis hecho pasar por el infierno antes. También por el cielo. Pensasteis que el cielo me haría olvidar el infierno. Que me haría conformarme con lo bueno que me dais para así evitar volver al infierno (el truco de poli bueno y poli malo). No funcionó. No olvidé. No dejé de trabajar por mi objetivo. Siempre rechazaré vuestra ayuda para integrarme, incluso si eso me llevaba de vuelta al infierno. Porque solo hay una cosa que realmente quiero de vosotros; solo ese objetivo de verdad me mueve: vuestra derrota total y absoluta. Y no os quepa duda de que esta llegará. Nada podéis hacer ya para evitarlo. Si pensáis que el equilibrio de fuerzas es muy favorable a vosotros... pensadlo de nuevo.

Vuestro tiempo ha acabado. Llega un nuevo tiempo. Es el tiempo del neuroneander.

FIN

ANEXO: EL CAMINO PARA ALCANZAR LOS OBJETIVOS

Ahora que he expuesto mis motivos y objetivos querría aportar algunas ideas para los que se hayan convencido. Ideas de cómo alcanzar los objetivos. ¿Por qué en un anexo? Porque si bien espero que las ideas de esta obra tengan vigencia por mucho tiempo, no espero lo mismo de las ideas de este anexo, las cuales pueden variar rápidamente. Considero, por lo tanto, que han de tener cierto grado de independencia de la parte principal de la obra. Puedes seguir, de hecho, su desarrollo futuro en www.manifiestoneuroneander.org.

La mayoría de neurosapiens no van a querer saber nada de todo lo expuesto en esta obra. «¿Racionalidad? Nada de racionalidad» –Dirán ellos– Dirán que todo esto es un disparate contra la naturaleza humana. Porque para ellos, todo lo que no sea el modo de vida neurosapiens no es humano. Todo lo que no sea aplastar a los neuroneander es, para ellos, antihumano.

Y lo peor no será lo que digan. Lo peor será lo que no digan.

Debemos actuar por nuestra cuenta. No debemos esperarlos. De una manera u otra encontrarán la manera de convertir todos los objetivos de los que hablo en perversos. Tratarán de evitar el progreso. Tratarán de volver al Algoritmo. Si lo han hecho hasta ahora, ¿por qué no lo van a seguir haciendo? Muchos así lo harán. Y serán imparables por mucho tiempo.

Ellos no son solo neurosapiens. Hay neuroneander con ellos. Neuroneander con gran poder. Y tratarán de retener ese poder.

Muy probablemente ni siquiera se esforzarán en ocultar su animadversión hacia nosotros. Simplemente se reirán. Porque no necesitan tener razón. El sentido común neurosapiens siempre estará de su lado. Y ese sentido común neurosapiens es mayoritario.

Así pues, es probable que debamos actuar inicialmente infiltrados. Debemos ir haciendo, sin preocuparnos por lo que quieran hacer ellos. Debemos desarrollar las herramientas que nos permitan convencerlos poco a poco.

Pero nosotros no somos tampoco solo neuroneander. Somos todos los que aspiramos a una sociedad más racional, libre de predeterminantes por neurotipo. Los que aspiramos a una sociedad libre del Algoritmo.

Porque tampoco nos equivoquemos. El mal en ellos no está en lo que piensan. Está en lo que no piensan pero igualmente quieren –lo sepan o no– y aceptar cualquier limitación es el primer paso para superarla. Pueden superarla.

Hemos de ser francos y abiertos con ellos. Hemos de aceptar que muchas veces ellos tendrán razón y nosotros no. Hemos de participar en su sociedad. No han de vernos como una amenaza, porque no lo somos.

Porque hemos de recordar que estamos indisolublemente unidos a los neurosapiens. Nuestros familiares son como ellos. Tendremos hijos como ellos. Y tendemos aún a la imbecilidad sin ellos. Si ellos estarían comiéndose las pulgas alrededor de un fuego sin nosotros... nosotros también sin ellos.

No hace falta aspirar a convencerlos ya. No hace falta que consigamos el poder. Ya lo hemos tenido antes. No funcionó. Solo hace falta que reconozcamos los objetivos, y que no olvidemos el peligro que ellos representan. Porque, recordemos, nos han vencido antes, muchas veces. No debemos subestimarlos. Muchos de los nuestros seguirán también trabajando para ellos.

Algunas de las ideas en las que podríamos ir trabajando en esta primera etapa podrían ser las que se verán a continuación.

ECONOMÍA

Propongo desarrollar un nuevo modelo económico. Una economía que potencie la racionalidad de las personas, no la capacidad de unas personas de explotar a otras. Una economía cuya fuerza no se encuentre en el Algoritmo. Una economía que también tenga en cuenta la importancia del riesgo: que no busque simplemente el avance seguro, pues eso además de ir contra la mentalidad neuroneander es completamente ineficaz.

La innovación es la principal herramienta de competitividad en la economía moderna. Incluso los neurosapiens saben esto. Pero la actual economía no potencia la innovación. Solo potencia la supremacía del neurosapiens. Está diseñada con ese fin. Con ningún otro.

Los ingenieros son desanimados a emprender. Porque normalmente no diseñan lo que la gente quiere (la gente neurosapiens). Toda nueva idea en esta economía debe pasar un filtro: el filtro neurosapiens. Si los neurosapiens no aprueban la idea, ésta no vale.

Pero nunca ha funcionado así la innovación. Siempre ha habido pioneros y los demás se han incorporado después, no sin enormes reticencias y lamentos por tener que hacerlo. El progreso, siempre ha ido en contra de la voluntad de la gente. Solo ahora se pretende que eso pueda ser distinto. Porque ahora el objetivo de esta sociedad no es otro que el predominio neurosapiens.

Por lo tanto, debemos diseñar la manera de crear proyectos al margen del filtro neurosapiens. Esto es más fácil de lo que parece. De hecho, todas las grandes invenciones se han hecho siempre sin pasar por el filtro neurosapiens. Es solo recientemente que ese filtro se ha impuesto. Ese filtro, más que un factor de competitividad es un lastre para ellos.

Podemos crear proyectos para nosotros. Esos proyectos nos harán más competitivos. Ellos deberán incorporarse si quieren seguir siendo competitivos. La historia ha demostrado que al final siempre lo hacen. Porque solo hay una forma de progreso en la sociedad del Algoritmo: el modo neuroneander.

Pero todo proyecto necesita un capital inicial. Y actualmente todo está pensado para financiar proyectos de neurosapiens. Debes demostrar tener una orientación neurosapiens desde el principio para tener acceso a fuentes de financiación.

Porque ya hay desarrollados modelos de economía basados en el riesgo. El capital riesgo lleva jugando con esas reglas desde hace mucho tiempo. Pero incluso el capital riesgo sigue sujeto a las limitaciones que imponen los neurosapiens. En la práctica solo invierten en proyectos de poco riesgo, poca innovación, y siempre buscando la aprobación neurosapiens para tener un mercado rápido y fácil. No porque eso tenga sentido económicamente, sino porque está diseñado así para imponer la mentalidad neurosapiens.

Si un neuroneander innova, simplemente le deniegan el capital. Con el tiempo cesará en su intento. Entonces, un neurosapiens retomará su idea, y el capital acudirá en masa a ayudarlo. Tienen varios trucos para justificar esta actitud.

Han creado la falacia de que vivimos en un mundo de abundancia de buenas ideas y capital limitado. No porque eso sea verdad, pues no lo es, sino porque eso conviene que sea así si se quiere dar preferencia a los neurosapiens. Porque si hubiese abundancia de ideas y capital limitado tendría sentido que la competencia sea por contar con los mejores gestores y los proyectos con más facilidad para ser aceptados por el mercado (por los neurosapiens). Pero no es así. Tenemos enormes fondos de inversión que andan como locos buscando donde invertir. ¡A veces invierten en bonos del Estado incluso si el interés es negativo y tienen que pagar por la inversión! Y no hay abundancia de buenas ideas. Hay abundancia de ideas simples que pueden atraer a las mentes neurosapiens y ser escalables, pero eso no puede ser encuadrado dentro de la categoría de buenas ideas.

Hay varias maneras de eliminar esa barrera del capital.

La mayoría de lo que hay que desarrollar para facilitar nuestra revolución es software. Y el mayor coste del software es el laboral. Pero... resulta que desarrollar software es una de las habilidades para las que estamos bien dotados los neuroneander. No necesitamos contratar a otras personas. No necesitamos capital. Solo necesitamos estar dispuestos a dedicar tiempo y una mínima coordinación. Es algo que ya se ha hecho en el pasado: proyectos de software libre. Solo debemos corregir los estúpidos errores que han llevado al software libre a ser una herramienta al servicio de los neurosapiens. Como la orientación izquierdista (recordemos, izquierdismo equivale a neurosapiens). Orientación izquierdista que ha matado el software libre y lo ha dejado en manos exclusivas de multinacionales de los neurosapiens. Es simple: el software desarrollado de forma desinteresada ha de seguir siendo propietario. Esa es la única manera de que siga siendo desarrollado de forma desinteresada, porque es la única manera de que dicho software se mantenga en manos de los que actúan de forma desinteresada. Hay mecanismos para conseguirlo sin perder otras virtudes del software libre.

Otra manera de eliminar la barrera del capital es desarrollar una economía independiente. Una no controlada por los neurosapiens. Con nuestra propia moneda (o monedas). Criptomonedas. Si esas criptomonedas están basadas en blockchain porque es la mejor tecnología pues muy bien. Pero no lo estarán. ¡Qué no, coño! Blockchain no es la mejor opción. De hecho, es una pésima opción. Una opción que depende de mayorías. ¡De mayorías que siempre serán neurosapiens!

En esa nueva economía podremos definir nuestras propias reglas. Por ejemplo, para hipotecar nuestros activos y financiar con ese capital proyectos. Activos que no tienen por qué ser exclusivamente los de la economía neurosapiens.

Porque lo sepamos o no, ya somos inversores activos. Todos. Nuestro dinero financia grandes empresas o las finanzas públicas (de nuestro país o de cualquier otro). No lo hace con menor riesgo que el que tendría financiar de forma inteligente startups. Eso es otra invención neurosapiens.

Por lo tanto, hemos de desarrollar nuevos modelos de cooperación en software libre y desarrollar software que permita implantar una nueva economía con nuestras propias reglas.

EL RIESGO

Hemos de desarrollar una economía pensada en los que toman riesgos y resuelven problemas, en lugar de pensada en los que roban ideas y las adaptan a las necesidades del poder neurosapiens.

Resolver problemas ha de ser el objetivo de toda mente. Ni ganar más dinero, ni ayudar a los demás. Ayudar a los demás, no solo es inútil, es una inmoralidad. Si les ayudamos les imponemos nuestra manera de pensar, en lugar de favorecer que desarrollen su forma de pensar. Ganar dinero también es inútil si no ayuda a resolver problemas: no da felicidad. Y no permite tener una vida que sea digna de ser revivida. Ganar dinero ha de ser solo una recompensa que permita trabajar en nuevos problemas a mayor escala, no el objetivo. Y una recompensa con menos valor que actualmente: los que no tienen dinero no han de tener tantas dificultades porque eso desvía el objetivo de resolver problemas a ganar dinero.

Y para resolver problemas hay que dedicar tiempo y recursos sin tener garantía de tener éxito. Es por lo tanto un riesgo. Se ha de crear por lo tanto una economía del riesgo. Una que favorezca la iniciativa. Que favorezca la mentalidad neuroneander.

Una de las consecuencias, ha de ser un estado de garantías sociales que rescate a los que se arriesgan y fallan, pero que no recompense a los que quedan atrás por no arriesgarse. Se ha de buscar, por lo tanto, un balance de incentivos distinto al actual.

Una opción es explorar alternativas como eliminar las exenciones de impuestos para la reinversión de los beneficios de las empresas. Esa exención propicia que las grandes empresas crezcan en detrimento de la creación de nuevas empresas. Al contrario, hay que favorecer la creación de nuevas empresas. De nuevas empresas que exploren nuevas alternativas sin estar atadas a culturas anteriores. Quizás, bien al contrario, regulando exenciones fiscales para los inversores que reinviertan dividendos.

Otra opción es desincentivar la remuneración en acciones de los directivos de empresas, pues eso incentiva su interés de hacer crecer la empresa, no su interés de maximizar beneficios. Al hacer crecer las empresas la innovación se ve frenada. La inversión va a burocracia y juegos de intereses en vez de a nuevas ideas.

POLÍTICA

Debemos ser un brazo activo en las decisiones de la sociedad. De toda. Debemos participar también en las organizaciones generales de la sociedad. De forma individual o colectiva.

Los objetivos que debemos tratar de conseguir en la política son:

- Liberalización de la economía. Para permitir nuestra economía paralela más basada en el riesgo o para implantarla incluso en la economía global.
- Mejorar la igualdad de oportunidades. Pues la igualdad favorece al progreso de los mejores, no de los neurosapiens de arriba que solo intentan mantener su poder para evitar que lo consigan los neuroneander.
- Eliminar la demagogia como elemento de poder. Porque la demagogia es neurosapiens. Beneficia al neurosapiens. Hemos de negarnos a participar en debates en radio o televisión. Eso no es un verdadero intercambio de ideas, es solo una competencia por apelar a los instintos neurosapiens. Hemos de fomentar, en cambio, los foros de diálogo online o la democracia participativa.
- Incrementar la importancia de los programas políticos. Porque si los programas no se entienden o no se cumplen, la competencia política no es una competencia de ideas, sino una competencia por ganarse los instintos de la gente. Y en eso, siempre tendrán ventaja los neurosapiens.
- Incorporar mentalidad ingenieril al desarrollo de la administración pública, pues cada vez más la administración depende del software. Se ha de garantizar la eficiencia y la adaptabilidad a la voluntad del pueblo.

Y hemos de hacer todo esto no solo pensando en beneficiar nuestros objetivos, sino en beneficiar a toda la sociedad. Pues toda sociedad en su sano juicio quiere una economía más fuerte, más libertad, menos desigualdad, más seguridad para los individuos, más participación en las decisiones, más eficiencia en la administración pública y más poder de decisión sobre la gestión de la administración pública.

IA PARA TRATAMIENTO DE LENGUAJE NATURAL

Uno de los potenciales usos de la IA es un motor de indexación de conocimiento haciendo uso de algoritmos más avanzados que los que actualmente utiliza Google.

Google indexa por palabras, o en todo caso por significados de palabras, pero no indexa en base a información sintáctica. Y si lo hace, no permite búsquedas transparentes en base a dicha información. Dicha indexación permitiría hacer búsquedas mucho más avanzadas de contenidos. Podrían buscarse textos que dan respuesta a preguntas o textos donde se habla de una determinada materia con mayor precisión.

Por ejemplo, podrían buscarse textos en los que haya frases con un determinado verbo y un determinado objeto directo: «matar león». O frases con un determinado sujeto y un determinado verbo: «león matar». O podría buscarse de forma diferenciada textos hablando de «presos políticos» o «políticos presos». Los resultados serían totalmente distintos. Es solo uno de los ejemplos más simples de lo que se podría hacer con esta tecnología.

Podría usarse también para buscar productos en base a sus cualidades, no solo sus palabras clave. Podríamos buscar, por ejemplo, un «ordenador que sirva para diseño gráfico». El sistema listaría productos y links a la información que ha usado para extraer las propiedades (por ejemplo, publicaciones en revistas o blogs).

Esta tecnología tendría varios efectos muy importantes para nosotros.

- Permitiría comparar opiniones en profundidad. Por ejemplo, programas políticos o artículos científicos.
- Permitiría un aprendizaje más individualizado e independiente, al poderse encontrar respuestas de forma autónoma con mucha mayor facilidad.
- Permitiría validación lógica de argumentos, listando los postulados que estamos aceptando si damos por válido un artículo. Podríamos también filtrar artículos basados en postulados con los que estemos o no de acuerdo. Útil para

mejorar la información que reciben los ciudadanos (fake news) o seleccionar artículos científicos.

- Propiciaría una economía no tan basada en el márquetin. La gente podría buscar productos en base a sus necesidades y no tanto en base a la confianza en marcas o vendedores. Esto reduciría el poder neurosapiens en la economía.
- Permitiría la participación ciudadana en discusiones o toma de decisiones de forma más eficaz. Eliminando rápidamente duplicidades de argumentos en foros, apuntando a respuestas ya dadas o señalando automáticamente inconsistencias lógicas en argumentos.

Todas estas propiedades son favorecedoras del uso de la razón y permiten que la sociedad dependa menos del Algoritmo.

Desarrollar esta tecnología debe ser una prioridad. Incluso si el coste es como el del programa Apolo o el proyecto Manhattan (que no será el caso). Incluso si de momento la tecnología no es totalmente automatizada y requiere enormes cantidades de horas de trabajo humano. Los beneficios superarán en mucho a los costes.

LA CIENCIA

El actual modelo de la ciencia no vale. Es el modelo de la Academia. Es el modelo de los neurosapiens. Pensada única y exclusivamente para favorecer a los neurosapiens.

Muchos piensan que la ciencia depende de presupuestos. No es exactamente así. Como todo, la ciencia en el futuro va a ser fundamentalmente software y datos. Como se ha dicho, se puede desarrollar software sin financiación.

Y la parte que dependa de financiación. la hemos de posibilitar con los nuevos mecanismos económicos que desarrollemos.

En la práctica ¿cuáles son los problemas actuales de la ciencia?

- Validación de ideas: no funciona
- Validación de hechos: no funciona
- Diseminación: no funciona

- Los datos no son compartidos
- Financiación: financiación pública y explotación privada
- Educación: demasiado poco segmentada y sujeta a intereses del educador (busca más obtener becarios que competidores). Enseñan mal, con la esperanza de que el alumno con el tiempo aprenda por sí solo. La educación está pensada para la mente neurosapiens.
- Mal diseño de incentivos. Progresa quien más memoriza y el más eficiente. Esto provoca desigualdad y falta de diversidad ya que el más rápido (eficaz) suele ser quien tiene menos dificultades, no el mejor.
- Cultura demasiado propicia al neurosapiens: memorización, búsqueda desmesurada de excelencia, énfasis en las cualidades comunicativas, burocracia, trabajo en equipo, tiempos ajustados ...

Todos estos problemas deben ser planteados partiendo de la realidad. Y la realidad es que no existen por un balance entre pros y contras; existen por la voluntad de imponer el poder neurosapiens. Y muchos de sus fundamentos no son razonamientos lógicos, incluso si lo parecen, sino pura programación mental moldeada por la evolución.

VALIDACIÓN DE HECHOS E IDEAS

Actualmente se pide a quién tiene una idea que haga el esfuerzo de leer y entender toda la literatura existente. En teoría eso sirve para evitar duplicidades o cometer errores que ya habían sido considerados. Pero en la práctica no se evita nada de eso y sin embargo se justifica la eliminación de ideas si provienen de personas que no tienen una larga carrera académica y por lo tanto no se han habituado a los dogmas establecidos en su campo.

En el modelo de los neurosapiens eso tiene sentido. Para ellos lo importante es poder controlar la ciencia, no tanto que avance fluidamente. Porque ellos siempre serán ajenos a la verdadera ciencia, pero quieren aprovechar igualmente sus resultados.

En un mundo más neuroneander el modelo de la carrera académica carece de sentido. Nosotros no memorizamos, no jugamos juegos de poder, no hacemos alianzas. Y no necesitamos servir a los neurosapiens. Nosotros simplemente encontramos un problema y buscamos una solución. Lo hacemos con mucho trabajo de la intuición y solo cuando hemos llegado a un resultado queremos validarlo y formalizarlo. Es un trabajo de riesgo. No está garantizado el éxito cuando te enfrentas a un problema nuevo. La mayoría de las veces se falla. Solo unas pocas veces se tiene éxito. Dedicar el tiempo a formalismos te hace perder oportunidades de encontrar el éxito. No es como con los neurosapiens, que buscan siempre obtener resultados con cada paso dado y por lo tanto la burocracia del proceso solo retarda el resultado, pero al final el resultado llega (aunque este casi siempre sea insignificante).

Necesitamos herramientas que permitan validar información de forma eficiente, sin burocratizar la ciencia. El buscador en lenguaje natural mencionado en otros capítulos es primordial.

Necesitamos también una cultura de compartir información menos basada en la reputación y en la que las revisiones pongan menos énfasis en formalismos. El objetivo ha de ser validar, no asignar reputación.

EDUCACIÓN

Aun así, es cierto que es necesario crear literatura educativa, y ahí son importantes los formalismos. Pero esto es un proceso aparte. No se aprende una materia leyendo artículos. Se leen libros o se asiste a clases. Así es ya en la actualidad.

Incluso esto puede cambiar. Si ahora necesitamos literatura didáctica o clases es en gran medida por la dificultad de entender directamente la literatura científica (artículos). Pero eso puede cambiar. Con las herramientas de tratamiento del lenguaje natural desarrolladas podremos hacer preguntas y obtener respuestas de forma eficiente. No necesitaremos un profesor en según qué casos.

Con los cursos online, además, el aprendizaje podrá ir más por libre. Dejaremos de tener réplicas de un mismo conocimiento en multitud de personas. Tendremos pensamiento más individualizado. Y ese pensamiento individualizado dará lugar a un número de avances muy superior al actual. De hecho, en la actualidad ya hay problemas por el gran número de artículos científicos que se escriben. Pues eso va a ser exponencialmente peor cuando todos dispongamos de herramientas de inteligencia artificial y nos dediquemos solo a trabajos intelectuales. El orden actual, basado en la memorización de la literatura anterior y la jerarquía, además de ser ineficaz, va a resultar imposible en la práctica.

FINANCIACIÓN

Actualmente los neurosapiens controlan a los neuroneander en la ciencia mediante la financiación.

Han creado una economía profundamente desequilibrada hacia el lado neurosapiens, de forma que a los neuroneander les resulte imposible sobrevivir en el «libre» mercado. A cambio, les dejan organizarse de forma burocrática. Les permiten obtener financiación al margen del capitalismo. Han creado santuarios para ellos que los protejan del mercado. Pero recordemos, no es del libre mercado de lo que se les está protegiendo, sino del mercado adulterado por los neurosapiens. A estos neuroneander, se les exige también cumplir con todos los requisitos de los neurosapiens para controlar la ciencia. De esta manera, la ciencia está cautiva por los neurosapiens.

La solución no puede pasar simplemente por remodelar el sistema ideado por los neurosapiens. El mercado no es el enemigo. Los sapiens nos han hecho creer que es el enemigo, para tenernos donde ellos quieren. Para limitarnos. Para mantenernos en la esclavitud.

La solución pasa por salir de la prisión neurosapiens. Por volver al mercado. Por volver a la libertad de ideas.

LOS DATOS

Los datos, por ahora, son de los neurosapiens. Eso debe acabar. Debemos conseguir que toda persona sea dueña de sus propios datos, pues estos van a tener más valor, en muchos casos, que el voto. Hemos de hacer partícipe a toda la sociedad de esta lucha.

Si perdemos la batalla de los datos siempre seremos esclavos. Por lo tanto, hemos de desarrollar tecnologías que permitan conservar la privacidad de los datos de las personas.

DERECHOS DE LA MUJER

Las mujeres son la principal fuerza neurodivergente de este planeta. Son, además, más del 50% de la población. Si se pasan al lado de los derechos de la neurodivergencia tendremos gran parte de la batalla ganada.

Debemos hacerles ver que un mundo más neuroneander sería más favorable a las mujeres. Porque así fue históricamente y porque nosotros no somos una apropiación de su neurotipo.

Debemos hacerles ver, también, que, si se unen a nosotros, también ellas son más fuertes.

PLATAFORMA DE SERVICIOS DESCENTRALIZADA PARA ADMINISTRACIÓN DE ORGANIZACIONES

Hemos de propiciar las tecnologías que permitan a distintos grupos sociales organizarse sin depender de la mayoría neurosapiens. Tecnologías descentralizadas que garanticen los mismos derechos que los organismos institucionales, pero a una fracción del coste. Tecnologías como el voto electrónico, el almacenamiento privado de datos, las comunicaciones privadas, un mercado de datos o una moneda propia.

Estas tecnologías no solo han de ser válidas para dar más libertad a distintos neurotipos sino también a distintas ideas y formas de experimentar la convivencia en sociedad.

Los objetivos de estas tecnologías han de ser:

- Crear formas de compartir conocimiento que no dependan de las habilidades neurosapiens. Que por lo tanto no potencien los instintos neurosapiens. Que por lo tanto no potencien el Algoritmo.
- Permitir asociarse entre ellas con flexibilidad a aquellas personas en búsqueda de ideales similares. Evitando de esta manera que la sociedad devenga una lucha constante por imponer unos determinados ideales. Evitando, de esta manera,

que los valores románticos desencadenen violencia, como ocurrió en el pasado.

SOFTWARE LIBRE

Entiendo perfectamente las razones por las que los informáticos tienden a desconfiar del mercado. De hecho, he tratado de explicarlo en estas más de 200 páginas: los informáticos a menudo somos neuroneander, y los neurosapiens han diseñado un mercado que discrimine en contra de los neuroneander.

No es solo el mercado. La burocracia también juega en contra del neuroneander. La burocracia beneficia la supremacía de los gestores sobre los que realmente aportan valor a la empresa. Porque un fallo de gestión muy frecuentemente tiene consecuencias más graves para la empresa que un fallo de diseño del producto o solución. Es otra manera de proteger a los neurosapiens.

Pero como también he dicho, caer en las ideas de orientación socialista es una nueva trampa también diseñada por los neurosapiens. El socialismo es solo mentalidad neurosapiens. No es nada más.

En el caso del software libre, la idea de que el software no sea propietario, a la larga, acaba beneficiando a aquellos cuya habilidad no está en cómo mejorar el software, sino en cómo explicar los beneficios del software y cómo crear servicios de valor añadido en torno al software. Y esos, tampoco son los que crean el software, son, una vez más, los neurosapiens. Son empresas como Red Hat o Amazon Web Services. Incluso, si algunos desarrolladores obtienen beneficio, no siempre serán los que hayan hecho una aportación más importante. Aquellos desarrolladores que aporten roles de liderazgo entre la comunidad de desarrolladores tendrán ventaja sobre el resto. Y el liderazgo también es neurosapiens.

Las ventajas teóricas actuales del software libre que en principio favorecen a los neuroneander y a los menos favorecidos (razón por la que algunos pretenden darle orientación socialista) son:

- Un desarrollador no necesita forzosamente coordinarse con el resto de desarrolladores. Puede descargar el código y desarrollar su propia versión.
- Para acceder a nuevo conocimiento, el desarrollador no ha de hacer ninguna aportación económica. Cualquiera puede acceder libremente. De esta manera, una persona sin apoyos ni contactos puede iniciarse en el software libre.

Con los nuevos modelos de software libre que propongo no desaparece ninguna de estas ventajas. Yo propongo, por ejemplo, un modelo donde los desarrolladores mantengan a perpetuidad derechos sobre el software que desarrollaron. Si dos desarrolladores desarrollan un software y entre ellos acuerdan que la aportación de uno vale 40 y la de otro 60, entonces uno recibirá el 40% de cualquier ingreso del software y el otro el 60%. Si un nuevo desarrollador hace una aportación valorada en 100, entonces el primero recibirá

$(40/(100+60+40))\% = 20\%$,

el segundo $(60/(100+60+40))\% = 30\%$, y el tercero

$(100/(100+60+40))\% = 50\%$.

Si un desarrollador quiere iniciarse por libre, puede hacerlo sin coordinarse con nadie. Al acabar su trabajo (o antes) podrá acordar incorporar su aportación a la de los otros y participar en el reparto de beneficios o bien acordar un precio con los otros por el uso de lo que desarrollaron y ofrecer su propio servicio.

Esto, tiene ventajas añadidas respecto al modelo actual:

- El desarrollador puede obtener compensación por su trabajo sin tener que convertirse en experto en ventas para vender su propia versión.
- Se fomenta la innovación. La innovación no surge cuando las personas están más pendientes de estar aliadas con las personas adecuadas que de su trabajo.

SISTEMA DE CREENCIAS Y VALORES

Las religiones fueron creadas para controlar a los neurosapiens. Dan poder a los líderes neurosapiens.

Podemos crear un sistema de creencias y valores mejor. Sus sistemas de creencias y valores están anticuados en todos los sentidos. Con argumentos científicos podemos crear esperanza y valores mejores. Valores más adaptados a la nueva realidad.

Hemos visto cómo podemos tener esperanza en una vida más allá de la muerte. Hemos visto que eso nos lleva a dar fuerza a nuevos valores: altruismo, resiliencia, honor... Valores promovidos en base a una esperanza creíble, no en base a mentiras como en las religiones actualmente existentes.

Para evitar caer en los errores del pasado (caer de nuevo en una iteración del Algoritmo), dichos valores deben permitir reforzar la mentalidad neuroneander sin opresión. No basta con que los neurosapiens no dominen. Los neuroneander deben seguir esforzándose como si el Algoritmo los oprimiese. Podemos inspirarnos en casos en la Historia en los que el equilibrio entre los neuroneander y los neurosapiens fue distinto: extrayendo lo positivo y evitando lo que falló.

CULTURA

Debemos crear una rama de la cultura que permita extender nuestros valores. Literatura, música... Con el tiempo, llegar a otros campos de la cultura.

La literatura parece el terreno más propicio en esta etapa inicial. Deberíamos crear nuevas estructuras para fomentar esta nueva literatura: revistas, concursos literarios, foros de discusión, fuentes de financiación...

ANEXO: ACLARACIONES FINALES

ACLARACIÓN 1

Esta obra habla del amor. Y cuando lo hace solo contempla el amor entre un hombre y una mujer. No se habla ni de amor a familiares, ni de amor a ideas, ni de amor entre personas de mismo género. Y la razón es bien simple: estoy hablando exclusivamente del mecanismo inventado por la evolución para que los seres conscientes no caigan en el nihilismo. No hablo de ninguna otra acepción del término amor ni de ningún otro mecanismo evolutivo o comportamiento cultural.

Por lo tanto, no proclamo el fin de la libertad cuando exalto el amor entre un hombre y una mujer. Todo lo contrario. Que cada cual explore lo que quiera o pueda. Pero que no confunda las razones o la finalidad por la que lo hace. Todo está permitido dentro de la racionalidad. Nada desde la imposición de términos diseñados para simplificar circunstancias diversas y complejas como pueda ser la homosexualidad. La necesidad de simplificar y clasificar es cosa de los neurosapiens, no del mundo en el que quiero vivir.

ACLARACIÓN 2

De lo escrito hasta ahora se desprende hostilidad. Mi hostilidad hacia los neurosapiens. Esa hostilidad es real. No es apaciguable. Es irrenunciable. No habrá paz para mí mientras se me imponga vuestra civilización deforme. Pero esto puede dar lugar a malinterpretaciones que me gustaría aclarar.

En primer lugar, mi hostilidad no es realmente hacia los neurosapiens. El África subsahariana es la zona más neurosapiens del planeta. Mi hostilidad no va con ellos. Ellos no han tratado de eliminar a los neuroneander. Ellos no forman parte del Algoritmo. No llevan en sus genes la hostilidad hacia nosotros.

De la misma manera. jamás confundiré mi hostilidad hacia una actitud colectiva con hostilidad individualizada hacia personas. Jamás respetaré ninguna voluntad inconsciente de dominarme, pero respeto a todo individuo, pues todos tenemos condicionamientos inconscientes. No hay que confundirse: una supuesta idea de conseguir la dominación del planeta por parte de los neuroneander no solo es irrealizable, es absurda y contraria a los postulados de este manifiesto. Pues este manifiesto va de imponer la racionalidad, no de imponer condicionamientos mentales heredados de nadie.

Hay valores que una mentalidad neuroneander puede admirar de los neurosapiens. Algunos compartidos con nosotros, otros incluso son valores que nos resultan difíciles de entender o asimilar. La solidaridad, la amistad, su capacidad de superar la adversidad, la curiosidad...

No puedo evitar emocionarme a menudo viendo historias de superación basadas en valores neurosapiens. Niños abandonados en países del tercer mundo que establecen sus mecanismos de solidaridad entre ellos, incluso cuando sus objetivos no están enlazados. Solidaridad por defecto, solo porque están programados para ello. Solo porque se necesitan unos a otros.

Yo no soy así. He vivido situaciones difíciles. Tanto o más que las de esas historias. Sé que cuando la situación es realmente límite mi intuición no es buscar la alianza con los demás. No es ayudar a otros para que me ayuden. No siento la necesidad de estar con otras personas. Siento la necesidad de aislarme. De hacer a mi manera. Sin embargo, al final hay también una historia de superación. Y empatía con cualquier ser capaz de sentir esa misma necesidad de sobrevivir. Por distinto que este individuo sea. Porque los que hemos pasado situaciones difíciles sabemos que, en realidad, la voluntad de sobrevivir es solo una cosa; solo una cosa proporciona su fuerza a una persona para superar las grandes adversidades: la voluntad de ayudar a otros. Morir es fácil cuando no piensas en nadie más. Y esto es igual para los neuroneander y los neurosapiens, aunque lo manifestemos de formas distintas.

Este manifiesto no nace solo de una necesidad personal de justicia y libertad. Nace también de la compasión. Compasión por los neurosapiens. Compasión por lo que pueden ser pero no son y jamás serán de continuar por el actual camino. Porque nada desata más mi compasión que una niña tratando de entender el mundo y viéndose condenada, muy a su pesar, a tener que aceptar las reglas deformes y calamitosas de la sociedad del Algoritmo.

Pero no te confundas tampoco ahora. Muchos neurosapiens me han ayudado. He sentido a menudo esa solidaridad desinteresada que ellos tienen a veces. Cuando camino por las calles puedo sentir con frecuencia cómo quieren incluirme. Cómo sienten la necesidad de ayudar. Cómo pueden amar a un extraño del que nada saben. He amado y amo a neurosapiens.

No es relevante. He renunciado a todos los que han querido una relación de amistad conmigo. Incluso al amor. Veo lo bueno en ellos... y lo malo. Sé que no podré frenar lo malo. Y no soporto las consecuencias de lo malo en ellos. No soporto la idea de renunciar a eliminar lo malo.

Que no quede duda. Jamás renunciaré a obtener la libertad para mi neurotipo. Jamás aceptaré vuestras imposiciones. No quiero ser como vosotros. Mi único objetivo es derrotaros. Y sé que, si no soy yo, alguien lo hará.

Estaré ahí incluso cuando no sepáis que estoy. Incluso cuando yo mismo no sepa que existo. Y siempre encontraré vuestro punto débil Nada podéis hacer para evitarlo. Pues eso es parte también del Algoritmo.

Lo que os hace humanos os hace un error. Debe acabar. El tiempo de vuestra civilización se ha terminado.

ACLARACIÓN 3

Pese al tono desafiante de este manifiesto, la realidad es que sufro. Sé que no voy a conseguir nada. No para mí. Es probable que solo consiga hostilidad e incomprensión en mis círculos más cercanos. Puede que incluso pierda alguna oportunidad de empleo por todo esto.

Sufro y mucho. Siento que jamás nadie ha tratado de entenderme. Vivo en un mundo que da por hecho que debo pensar como ellos. Que, si no lo hago, es porque no quiero adaptarme. Pero no se puede pedir a una mariposa que actúe como una hormiga.

A veces, hasta piensan que soy idiota. Que tengo un problema. Que soy defectuoso. Como si un coche deportivo al que se han olvidado de poner un limitador de velocidad fuese defectuoso.

Y sé que muchos al leer este pesar sentirán satisfacción. Puede que la mayoría. Creerán que es justo. Porque una cosa es pretender ser diferente y otra cosa es pretender ser mejor. Y yo pretendo ser mejor. Creo que soy mejor. No por mis virtudes, sino por vuestra extrema deformidad. No tengo ninguna intención de ser como vosotros.

La cuestión es que podría haber tratado de decantar este manifiesto hacia lo lacrimógeno. Apelar a la solidaridad. Eso seguramente podría evitarme muchos problemas y seguramente daría a este texto más opciones de ser leído.

Pero no puedo. Hay dos razones principales. La primera es que no creo en vuestra solidaridad. No puedo. Sé cómo sois. La segunda es que sé que eso tampoco me ayudaría a salir de mi infierno particular, porque ya he sido discriminado incluso antes de haber confesado.

Estoy condenado a sufrir. No hay salida plausible para mí. Y tampoco es un gran problema. Ya estoy acostumbrado. No temo tanto al dolor como vosotros. Y de todas formas todos estamos condenados a sufrir por una u otra razón.

Y hay una tercera razón por la que decidí orientar este manifiesto de este modo: incitar al morbo. El morbo de encontrarte cara a cara con un neandertal que no solo no se cree inferior, sino que reclama su venganza y su lugar en este mundo como ser superior. Creo que es una idea literaria interesante, independientemente de si conseguí ejecutarla de manera aceptable o no.

Printed in Great
Britain
by Amazon